LA THÉORIE DE LA TARTINE

Née en 1980, Titiou Lecoq débute très tôt sa carrière littéraire en réécrivant la fin des romans de la Comtesse de Ségur. Après une formation en sémiotique et divers petits boulots, elle devient pigiste pour plusieurs magazines et crée le blog girlsandgeeks.com, qui croise les thèmes de l'internet, du sexe et… des chatons. Elle est l'auteur d'un premier roman remarqué, *Les Morues* (Au diable vauvert, 2011), et a notamment écrit une *Encyclopédie de la web culture* (Robert Laffont, 2011) avec Diane Lisarelli.

TITIOU LECOQ

La Théorie de la tartine

AU DIABLE VAUVERT

© Éditions Au diable vauvert, 2015.
ISBN : 978-2-253-06909-6

À Johan

*L'esprit de notre temps est fixé sur
l'actualité qui est si expansive, si ample
qu'elle repousse le passé de notre horizon
et réduit le temps à la seule seconde
présente. Inclus dans ce système, le
roman n'est plus œuvre (chose destinée
à durer, à joindre le passé à l'avenir)
mais événement comme d'autres
événements, un geste sans lendemain.*

Milan KUNDERA,
L'Art du roman, 1986

PREMIÈRE PARTIE

La vraie vie est absente.
Nous ne sommes pas au monde.

RIMBAUD,
« Délire I – Vierge folle,
L'Époux infernal », *Une saison en enfer*

Reality is what can kick back.

Richard DAWKINS,
inventeur du terme « mème »

Chapitre un

#1

Le vendredi 18 août 2006, vers 23 heures, Christophe Gonnet, 32 ans, était avachi en sweat et caleçon sur le canapé-lit ouvert, son ordinateur portable posé sur un coussin lui-même installé sur ses cuisses. Malgré cette protection 100 % plumes d'oie, il sentait la chaleur de la machine dont le ventilateur interne s'activait en vain pour refroidir le système. Une sensation agréable dans cet été particulièrement parisien. Pluvieux, frais et maussade.

S'il avait enlevé le coussin, Christophe aurait pu achever de se réchauffer les couilles grâce à son ordi. Il avait vécu ces derniers mois tenaillé par la trouille des conséquences possibles de la proximité entre son appareil reproducteur et son ordinateur connecté en wifi. Mais la semaine précédente, la Vie avait décidé de le rassurer une fois pour toutes quant à la vivacité de ses spermatozoïdes : Claire avait agité devant ses yeux un test de grossesse positif. Une démonstration magistrale que

Christophe avait jugée un peu extrême. Ses yeux étaient allés alternativement du bout de plastique au visage neutre de sa compagne, cherchant la réaction adéquate. Il avait opté pour un timide, « OK… Qu'est-ce qu'on va faire ? » Claire avait haussé les épaules puis gonflé ses joues avant d'expulser une série de pout-pout-pout perplexes. Il s'était retenu de demander comment bordel elle avait pu tomber enceinte, pressentant que la question ouvrirait la porte sur un abîme d'engueulades.

Il attrapa le fil d'alimentation de l'ordinateur dont la jauge de batterie clignotait. Il devait cesser de ressasser l'équation « deuxième enfant = gouffre financier ». Il jeta un coup d'œil à la box Internet qui gisait par terre, au pied du canapé-lit. Si Claire décidait de garder le bébé, ils devraient désactiver le wifi et Christophe ressortirait ses vieux câbles Ethernet jaunes de quarante centimètres de longueur qui obligeaient à repenser l'agencement du salon en fonction d'une boîte de vingt centimètres. L'an passé, il avait écrit une lettre ouverte pour se plaindre de cet inconvénient, espérant secrètement que le patron de Free lui répondrait. Il lui demandait s'il pensait vraiment que rajouter trente centimètres à ces câbles risquait d'entraîner une surcharge de frais qui ferait couler sa belle entreprise. Xavier Niel n'avait jamais réagi.

Christophe tourna la tête et regarda la petite masse en pyjama étendue à côté de lui malgré les recommandations de Claire : « Pendant mon absence, tu ne dors pas avec lui, il a sa chambre. » Lucas avait le visage enfoncé dans le matelas. Christophe se demandait par quel miracle il arrivait à respirer. Il ne put résister à la tentation de poser sa main sur le flanc de son fils, juste histoire de vérifier. Tout allait bien. Comment Lucas prendrait-il l'arrivée d'un autre bébé ? Il avait dix-huit mois et n'était pas encore prêt à admettre qu'il n'était pas l'épicentre de l'univers. Christophe lui enviait cette certitude d'être l'astre solaire autour duquel le Monde s'organisait. Il lui aurait bien laissé encore un peu de répit. Il poussa un soupir et prit la télécommande pour monter le volume de la télé.

Deux hommes à moitié nus se parlaient sur une plage appelée Esmeralda – un hommage que Victor Hugo n'aurait pas manqué d'apprécier à sa juste valeur.

Harry : J'ai subi la tentation. J'ai cédé au bout du quatrième jour. Ça veut dire que je ne suis pas vraiment un garçon fidèle, quand j'y pense, mais j'ai vraiment kiffé. Oui, j'ai kiffé. Par contre, Emeline, elle va pas kiffer. Je la connais Emeline. Au regard et à sa parole, ça va partir. C'est une hystérique, hein, c'est une hystérique.

Éric : T'es un vrai Chabert si tu dis à ta meuf « on rentre ensemble ».

Harry : Si elle a vu ce que j'ai fait, elle a dû péter comme un pop-corn.

Éric : Moi, c'est pire que toi parce que c'est moi qu'a déçu.

Harry : Eh, moi, c'est violent hein !

Éric : Moi, elle a dit que j'étais un déchet. C'est mort là.

Harry : À Paris, ça va pas être pareil. Avec Emeline, je pense que c'est terminé aujourd'hui. Bon ça va me faire un peu mal au cœur parce que j'avais pris l'habitude avec elle, qu'elle lave mon linge, qu'elle fasse la vaisselle, qu'elle nettoie la moquette…

Éric : Moi j'ai choisi le chemin de l'ouverture. Y a tout réuni pour que je me laisse penser à rien.

Christophe tapa « Drame sur l'île de la tentation : Simone de Beauvoir et le Grevisse s'immolent par le feu ». Il valida et, quelques secondes plus tard, le titre apparut en une de son site, Vox, « Le meilleur de l'actu, du web et de la pop culture », un slogan foutraque fidèle à la ligne éditoriale défendue par Christophe : on écrit ce qu'on veut. Il but une gorgée de bière. Chaque semaine depuis le début de l'été, il recopiait les meilleures répliques et commentait les moments forts de l'émission de TF1. Comme ces derniers correspondaient systématiquement à des moments faibles en syntaxe, le niveau des candidats de cette année constituait une mine d'or. En ce mois d'août 2006, l'internet français s'était pris d'une passion soudaine pour un candidat nommé Harry. Et Christophe étant coincé à Paris, il avait le temps de capitaliser sur cette passion qui permettait à Vox de battre des records d'audience. Ça tombait d'autant mieux que la plupart des pigistes

16

qui bossaient avec lui étaient partis en vacances. Même Louis, son associé, s'était barré. Il était tel un capitaine abandonné tenant seul le navire de son site sur l'océan du web.

Sur l'île de Diamante K, une femme se confiait face caméra.

Mélanie : J'ai été plus comblée avec Raymond que je suis même pas avec. Si j'avais pas fait cette expérience, si ça se trouve, j'allais habiter avec Vincent. Là, j'économise le déménagement.

Il se demanda si les grammairiens s'étaient penchés sur la prolifération des propositions relatives dans la langue orale. Brusquement, une vibration parcourut le lit. Il chercha son téléphone en essayant de ne pas réveiller Lucas, il le trouva dans un repli du drap, au milieu de miettes de gâteau.

« Allô chérie. Ça va ?

— Oui. Et vous ? Vous avez fait quoi aujourd'hui ?

— On a été à la piscine, Lucas s'est éclaté, puis au square. On a fait cinquante fois du toboggan.

— Il fait toujours aussi moche ? »

Il regarda machinalement par la fenêtre mais ne vit que la lumière chez le voisin d'en face.

« Oui.

— Lucas dort ?

— Non, il est dans la cuisine, il prépare des mojitos.

— T'es con… Il dort dans son lit hein ?

— Bien sûr. Je fais comme tu as dit.

— Cool. Tu regardes *L'île de la tentation* ?

— C'est mon sacerdoce du vendredi soir cette émission. Et toi ? Comment tu te sens ?

— Ça va. On est allées à la plage et on a mangé comme des truies.

— T'es encore fatiguée ?

— Franchement oui. Pourtant, je dors douze heures par nuit. Ça me fait quand même du bien de m'aérer et de voir le soleil. Mais vous me manquez.

— Toi aussi… Et sinon, tu as eu le temps de réfléchir à ce qu'on allait faire ?

— Bof. Quand je me lève le matin, je trouve qu'avoir un deuxième enfant, c'est super. Quand je me couche le soir, je pense que c'est une grosse connerie. Et toi ?

— Pareil. Je sais toujours pas quoi en penser.

— Il va falloir qu'on se décide hein…

— Ouais. On se laisse jusqu'à ton retour la semaine prochaine. Ne te prends pas trop la tête et va te coucher.

— Bonne nuit, à demain.

— Bonne nuit chérie. »

Christophe savait que c'était le début de grossesse qui épuisait Claire mais il s'inquiétait quand même. Elle était attachée de presse free-lance et acceptait de plus en plus de clients pour subvenir aux besoins de la maison. Et malgré ça, chaque fin de mois se profilait avec sa cohorte de découverts et d'appels de la banque.

18

François : La tentatrice que j'ai le plus d'affinités, c'est Annabelle. C'est celle que j'ai le plus d'affinités en commun.

Le concept que j'ai le moins d'affinités, c'est l'argent. C'est celui que j'ai le moins d'affinités en commun, pensa Christophe. L'argent était à peu près le seul et unique problème dans son existence. Un concept maudit – ce qui était d'autant plus rageant qu'au final il s'agissait de bouts de papier et de morceaux de métal auxquels on assignait une valeur plus ou moins arbitraire. Ça paraissait quand même dingue qu'on persévère avec un truc qui rendait les gens aussi malheureux. Si on avait supprimé les sous, Christophe aurait été ravi d'avoir un deuxième enfant, ils auraient passé davantage de temps tous ensemble, dans un appart de plus de quarante mètres carrés. Ils auraient même pu partir en vacances. Mais les contraintes économiques empêchaient Christophe de se payer quelques jours de repos en famille.

Voyant l'état de fatigue avancé de Claire, ses copines l'avaient invitée à partir une semaine dans le Sud entre filles, sans enfant ni mec. Christophe l'avait encouragée à en profiter, il pouvait gérer Lucas seul. Ça ne le changeait pas trop du reste de l'année. Comme il bossait à la maison (maison désignant en réalité un deux pièces, une chambre pour leur fils et le salon pour eux) et qu'ils n'avaient

ni place en crèche, ni les moyens de payer une nounou à temps plein, Christophe gardait Lucas quatre
jours par semaine. Au début, ça avait été facile. Il
le calait dans son transat, le balançait un peu et il
bossait. Mais à un an et demi, Lucas exigeait de plus
en plus d'attention et ne voyait pas trop pourquoi il
devait partager son père avec un ordinateur.

Alors si Christophe se retrouvait avec deux bébés
à gérer en même temps…

Il pressentait que Claire allait prendre sa décision
de façon collégiale avec ses copines. Qu'elles partent
entre meufs tenir un conciliabule sur l'opportunité
d'avoir un deuxième enfant pendant que lui-même
restait à l'écart, il se rendait bien compte que ça pouvait paraître étrange. Mais quand il était sorti avec
Claire, il avait tout de suite compris qu'il lui faudrait
accepter ses copines. Elles faisaient partie du lot. Il
y avait évidemment des côtés désagréables, comme
la conviction qu'elles commentaient ensemble ses
performances sexuelles malgré les dénégations éner-
giques de Claire – « Jamais je ne te ferais ça ! » –
mais en l'occurrence, ce conciliabule le soulageait.
Parce que, honnêtement, il ne savait pas ce qu'il
pensait de cette grossesse. En revanche, il savait
que cette indécision exaspérait Claire. Il était certain
qu'elle attendait de lui une réaction très précise,
mais il n'arrivait pas à deviner laquelle. Soit elle
espérait qu'il lui tienne un discours réaliste, « Ma
chérie, je crois que ce n'est pas le bon moment, on
n'a pas les moyens. Dans deux ans, ça sera plus

20

simple, Lucas ira à la maternelle », soit elle attendait un enthousiasme capable de faire fi des difficultés matérielles, « Oui c'est la merde mais on s'en fout, je suis tellement heureux qu'on élargisse notre famille, gardons cet enfant, on trouvera toujours un moyen de s'en sortir, ne t'inquiète pas et occupe-toi de toi. »

En règle générale, Christophe nourrissait une passion pour les solutions de compromis. Mais avoir un enfant ou avorter était un dilemme qui ne souffrait pas de demi-mesure. Malheureusement, il n'existait pas encore de technique permettant de dire : « Écoutez, nous sommes très heureux de cette grossesse mais nous aimerions attendre encore un peu, serait-il possible de congeler le fœtus pour le réactiver au moment propice ? » Et surtout, Christophe refusait de s'arroger le droit de dire à Claire ce qu'elle devait faire de son corps. Si lui avait été enceint, tout aurait été plus simple. Il aurait pris sa décision. Mais il ne voulait lui imposer ni un avortement ni une grossesse. Il ne voyait pas comment cela pouvait être une vraie décision de couple quand les conséquences concernaient uniquement le corps de l'un des deux. Il y avait un truc mal foutu mais il hésitait à incriminer la nature qui s'était foirée ou l'égalité dans le couple qui était irréaliste.

Mélanie : Bon, vas-y, je vais commencer. J'ai pleuré grave quand je t'ai vu au feu de camp. T'étais dans

un lit bras dessus bras dessous avec Shanice, au bout
de deux jours.

Vincent : Tu veux savoir si j'ai eu des plaisirs char-
nels ? T'es aussi vicieuse que ça ? Tu veux me cuisi-
ner ? J'ai l'air d'un concombre ?

Il regarda son agenda Google. Jeudi prochain : rendez-vous avec Jean-Marc Delassalle, un patron de presse qui semblait très intéressé par Vox. Christophe devait réussir à le convaincre d'y investir quelques miettes de sa fortune. Il ne pouvait pas continuer à faire fonctionner son site avec des moitiés de bouts de ficelles pourries. Il devait pouvoir rémunérer décemment les gens, à commencer par lui-même – même si Claire l'assurait que ça ne la dérangeait pas de payer le loyer et une grande partie des courses parce que « un jour, tu vas réussir, tu gagneras plein de sous, et moi je serai une femme entretenue ». En attendant, il gardait Lucas, allait au lavomatic, étendait le linge, faisait les courses et tentait de conquérir Internet. Plus exactement, il attendait que le reste du monde se rende compte qu'Internet existait et lui donne de l'argent. L'année précédente, Louis, son associé, avait réussi à trouver un investisseur qui avait pris une participation à hauteur de 40 % du capital – le reste étant divisé, 35 % pour Louis et 25 % pour Christophe, qui avait un peu fait la gueule mais silencieusement puisqu'il n'avait pas d'argent en propre à apporter – mais ça ne suffisait pas. Il leur fallait plus de pub, plus de cash pour embaucher des gens et pour que le salaire mensuel de Christophe parvienne à dépasser le seuil minable des 800 euros.

Depuis l'école de journalisme, il avait gardé des contacts et faisait quelques piges. *Libération* avait lancé *Écrans*, un supplément qui traitait du numérique dans lequel Christophe écrivait toutes les semaines. Ça arrondissait un peu les fins de mois. Mais ce n'était pas viable à long terme. Il avait 32 ans, il était père de famille et il vivait comme un étudiant fauché. Pendant des années, il n'en avait rien eu à foutre du fric tant qu'il conservait sa liberté. L'arrivée de Lucas avait tout changé, l'argent était devenu une préoccupation. Il ne pouvait pas se décharger sur Claire, la laisser assumer quasiment seule le poids financier du ménage. Ce n'était pas la vie qu'il voulait lui offrir.

Par curiosité, il alla jeter un œil sur le site de *Libé*. Il ne comprenait pas bien pourquoi ils payaient des pigistes pour écrire un supplément papier au sujet du numérique sans publier ces papiers sur leur site. Parce que quand même, a priori, les gens qui s'intéressaient à l'actualité d'Internet, ils étaient sur Internet. Bref. De toute façon, on ne l'écoutait jamais.

Fin de la guerre au Liban qui avait occupé le mois de juillet.

Attentats déjoués en Grande-Bretagne et en Allemagne.

L'appart de Royal et Hollande cambriolé pendant leurs vacances.

Sortie de *Miami Vice* et *La Science des rêves*.

Un article à chier sur « Le Net, dernier endroit où les jeunes se causent. Le lancement en français du géant des sites communautaires, MySpace, met en lumière le dynamisme d'un secteur qui attise l'appétit des médias ».

Eh bien, donnez-nous des sous alors. En même temps, tant qu'ils considéreront que le Net est réservé aux ados… Le web n'existait pas pour les médias qu'on qualifiait pudiquement de « traditionnels ». Ils ne l'évoquaient que comme une curiosité pittoresque d'adolescents boutonneux. Quand Christophe essayait d'expliquer qu'un jour, très prochain, même nos grands-parents seraient connectés et qu'Internet allait bouleverser profondément les rapports sociaux, le rapport au travail, à la politique, à la médecine, à l'espace, au temps, il provoquait l'hilarité générale.

Dans le susdit article, un professeur en psychologie expliquait ainsi l'attrait du web : « Les mutations de la famille (les mères sont rarement à la maison après l'école) et l'évolution du climat social rendent plus compliqué et parfois plus inquiétant de trouver un lieu où se retrouver. MySpace procure un parfait environnement aux adolescents pour jouir d'une communication qu'ils ne trouvent pas dans leur foyer. »

24

Le succès d'Internet, c'était à cause du travail des femmes… OMG[1]… Et après, Christophe s'étonnait de ne pas réussir à trouver d'investisseur.

Nicolas : Mes souffrances à moi, je veux les souffrir avec toi.

Finalement, les candidats de *L'île de la tentation* n'étaient pas plus cons que les investisseurs qu'il rencontrait. Ou plus exactement qu'il ne rencontrait pas.

Il cala ses deux mains derrière sa tête. Dans la rue, des filles braillaient. Vendredi soir, soir d'alcool. Le voisin d'en face avait éteint la lumière. Le mur derrière la télé correspondait au terme poli de « défraîchi ». Christophe avait envisagé de le repeindre mais désormais il attendait de savoir s'ils allaient déménager. Il se rendit compte que, pour la première fois de sa vie, il commençait à s'inquiéter pour l'avenir, signe incontestable qu'il vieillissait.

Sa vision latérale fut à nouveau attirée par l'écran de l'ordi. Il avait reçu un mail de Louis. Son associé était peut-être en vacances mais, visiblement, il passait ses journées à fouiller Internet à la recherche de futures tendances qu'il devait partager avec Christophe dans la minute. Louis Daumail était l'anti-Christophe et sans doute pour cette raison,

---

1. Abréviation de *Oh My God* (oh mon Dieu…), fréquemment utilisée sur Internet.

il le fascinait. Fraîchement émoulu d'une école de commerce, il avait monté une entreprise de modération des commentaires. Le nombre de messages laissés par des internautes sur les sites était en train d'exploser avec l'arrivée du web participatif. Brusquement, n'importe qui avait le droit de donner son avis sur n'importe quoi. On pouvait enfin dire qu'on n'était pas d'accord, que c'était de la merde, que les journalistes étaient des collabos du pouvoir en place, qu'on avait adoré cette enquête, que, personnellement, on connaissait quelqu'un qui avait eu le même problème, qu'en tant que chômeur on ne voyait pas très bien la croissance économique, que tout ça c'était magouilles et compagnie et que les autres commentateurs étaient vraiment trop cons. C'était le déferlement d'une parole jusque-là interdite, une vaste partouze d'opinions, de rancœurs, d'envies, d'étonnements, de félicitations et d'insultes.

Le problème, c'est que les sites étaient légalement responsables de ce « contenu extérieur » et n'avaient pas de temps à perdre avec ce que « patriote fier 92 » pensait de l'article qu'il venait de lire, et ses interrogations sur les origines hébraïques de son auteur (« ça ne m'étonnerait pas que votre journaleux soit encore un sale youpin »). Louis proposait donc de sous-traiter la modération de ces commentaires, tâche ô combien ingrate qu'il faisait accomplir par le lumpenprolétariat des étudiants en recherche d'un emploi qu'on pouvait effectuer de chez soi, à n'importe quelle heure. Les sites étant prêts à payer pour ne plus se coltiner la corvée des « comms », l'idée avait permis à Louis de se constituer un petit pactole qu'il avait investi dans Vox. Louis était au journalisme web ce que le Captain Iglo était à la poissonnerie.

Mais Christophe avait besoin de ses compétences financières – même si elles avaient tendance à empiéter un peu trop à son goût sur le contenu éditorial du site. Ils s'étaient fortement engueulés quand Christophe avait commencé à traiter des sujets politiques qui, selon Louis, « emmerdaient tout le monde » parce que « l'internaute veut du fun » et « pas se prendre la tête » avec « des trucs déprimants que personne comprend ». Mais Christophe n'avait rien lâché. S'il avait monté Vox, c'était précisément pour qu'on ne lui dicte pas ses choix éditoriaux. Il pensait qu'il était possible de traiter de sujets dits sérieux, comme la politique, sous des angles différents. Louis avait fait la gueule pendant quelques jours devant cette envie de dépoussiérer le journalisme et puis il avait fini par accepter, tant que des sujets plus légers étaient toujours mis en avant. Louis prenait son nouveau rôle de directeur de la publication de Vox très au sérieux, avec un enthousiasme qui s'exprimait dans chacun de ses mails.

« Salut, faut absolument que tu ailles regarder ça. C'est un site américain qui a ouvert y a deux semaines. Faut faire un papier, ça va être le carton de l'année. »

Christophe cliqua sur le lien et se retrouva sur une page nommée youporn.com. Il y avait une dizaine de vidéos en ligne avec des titres suggestifs, « *Two Asian Couples Having Sex at a Park* », « *Ultra Real Female Orgasms* », « *Big Natural Boobs* », « *Paris Hilton (sex video 2004)* ». Il sursauta et jeta un coup d'œil à Lucas. Il n'était pas certain que Françoise Dolto – ou la loi – aurait approuvé la consultation d'un site porno alors que son fils était collé à lui. Il se leva, fit le tour du canapé-lit, prit Lucas dans ses bras et le coucha dans sa chambre. De retour dans le salon, il regarda plus attentivement. Dans un Internet consacré à 70 % au cul, un nouveau site porno était aussi réjouissant qu'une nouvelle marque de lessive. La sextape de Paris Hilton se trimballait partout sur le Net depuis deux ans. L'industrie du X avait été la première à investir massivement sur le réseau pour développer de nouveaux formats de vidéos plus légers à télécharger. Mais en parcourant plus attentivement YouPorn, il comprit ce qui avait excité Louis. Les vidéos n'étaient pas des vidéos pros. Il s'agissait de vidéos amateurs de mauvaise qualité, filmées avec des webcams d'ordis. Elles étaient mises en ligne par des anonymes. C'était… bah c'était comme un YouTube du sexe en fait. L'attention de Christophe s'aiguisa brusquement.

Il n'y avait pas besoin d'attendre une heure que se télécharge une vidéo porno. On cliquait sur play et, hop, on voyait une inconnue faire une fellation à un inconnu. Mais surtout, les filles ne ressemblaient pas à des actrices qui simulaient avec plus ou moins d'enthousiasme en attendant la fin de leur journée de travail. Ce qu'il avait sous les yeux, c'était des gens lambda qui s'étaient filmés en train de faire l'amour.

Il se cala dans son lit. C'était sans aucun doute l'idée la plus lucrative qu'il avait vue sur le web depuis le début de l'année. YouTube avait un an et demi et s'était déjà imposé comme une référence. Ayant retenu quelque chose de ses années en école de journalisme, Christophe s'interrogea sur le respect du droit à l'image. Si un couple s'était amusé à se filmer en plein ébat, l'un des deux pouvait mettre la vidéo sur le site, sans prévenir l'autre. Qui étaient ces filles ? Sur les dix vidéos en ligne, l'une était titrée « *French Hot Babe* », elle durait 4 minutes et 12 secondes et avait été visionnée quatre-vingt-onze fois. Il cliqua. Un couple était filmé sur le côté, en levrette. Leurs visages étaient flous mais il profitait bien de la vue sur la très jolie courbe du dos de la fille. Elle avait un tatouage juste au-dessus de la fesse droite dont il ne pouvait toutefois distinguer le motif. Il passa la main dans son caleçon. Ça faisait une semaine qu'il n'avait pas niqué, depuis l'annonce de la grossesse de Claire. Et ses journées avec Lucas le crevaient trop pour qu'il pense à se branler. La vidéo continuait. Le couple était maintenant face caméra, toujours en levrette. La tête du mec dépassait du cadre et la fille avait le visage baissé. Ses seins bougeaient au rythme des coups de bite. Puis elle leva la tête. Christophe fut d'abord surpris de la voir le regarder dans les yeux. Elle avait le teint pâle, des yeux marron, des cheveux blonds. Puis elle ferma les yeux et ses traits prirent l'expression si particulière du plaisir quand on ne sait plus si ce n'est pas de la douleur. Christophe trouvait le plaisir féminin étrange, trop complexe, à la limite de la perversité. Il augmenta un peu le son de l'ordi et sursauta en entendant les gémissements de cette inconnue. Il jouit presque par surprise, dépassé par sa propre excitation.

Après s'être nettoyé les mains, il envoya un mail à Louis : « Il y a une vidéo française sur le site. » Louis lui répondit dans la minute et Christophe se demanda s'il était lui aussi en train de s'astiquer la nouille devant son écran. « Ouais, j'ai vu. Faut absolument que tu trouves qui c'est. Que tu l'interviewes. Est-ce qu'elle est au courant que sa vidéo est sur le site, quand elle l'a faite, avec qui, etc. À toi de jouer, monsieur le journaliste. »

En se réveillant le samedi matin, Marianne eut besoin de quelques secondes pour évaluer sa situation. De toute évidence, elle était bourrée, nue, dans le lit d'un mec dont elle ne se rappelait pas lui avoir jamais demandé son prénom – ce dernier point étant un détail insignifiant dans la mesure où elle avait opté pour la technique de Margaux qui consistait à appeler ce genre de rencontre « Bob ». Le Bob en question était debout en train de mettre son téléphone à charger. Quand il vit qu'elle avait les yeux ouverts, il lui sourit. « Désolé, je ne voulais pas te réveiller. »

Elle se redressa, posture qui eut pour effet de lui faire prendre conscience de son besoin impérieux de gerber. Elle colla ses deux mains sur sa bouche et réussit à marmonner « vomi » avec un accent plaintif. De la main, il lui montra le bout du couloir. « Mais je suppose que tu t'en rappelles », ajouta-t-il avec un clin d'œil.

Elle attrapa ses fringues qui traînaient au pied du lit, courut et se prosterna devant la cuvette des toilettes. Elle eut un haut-le-cœur. Pourquoi lui avait-il fait un clin d'œil ? De quelle scène macabre ces toilettes avaient-elles été le décor nocturne ? Elle n'en avait aucune idée mais une autre interrogation l'inquiétait plus vivement : qui faisait encore des clins d'œil ? Dans son esprit, cela avait été interdit à la même période que les imitations d'Africains par Michel Leeb.

Elle entendit une sonnerie de téléphone puis la voix de Bob. « Hey salut maman ! Non, pas du tout. J'allais m'y mettre. Oui, je rends mon rapport de stage lundi, mais on n'est que samedi matin. Tu voudras corriger les fautes ? » Quelle horreur… Il parle avec sa mère alors qu'une traînée inconnue et imbibée d'alcool est en train de redécorer ses toilettes. Mais qui est ce maboul ? Elle en conclut qu'elle devait être dans un cauchemar. Il fallait qu'elle rentre chez elle de toute urgence. Elle enfila son

jean et son t-shirt. Son soutif et sa culotte devaient
être quelque part dans la chambre de Bob mais elle
se sentait incapable d'y retourner et d'affronter la
séquence : « On se dit au revoir, à bientôt ou pas,
et tiens je vais noter ton numéro, et tiens donne-
moi ton nom de famille parce que j'ose pas te dire
que j'ai oublié ton prénom. » Elle passa la tête par
l'embrasure de la porte de la salle de bains. Bob
était assis sur une chaise, le dos tourné, toujours au
téléphone, « … plutôt contents de mon travail ».

Elle rampa jusqu'à la sortie de l'appart mais sur
son chemin de croix à travers le couloir une autre
porte s'ouvrit et ce qu'elle déduisit être le coloc
de Bob (autre homme en caleçon – matin – même
logement), donc Bob2, la regarda bizarrement.
Elle fronça les sourcils, fit un mouvement de la
tête et poursuivit son expédition. Enfin arrivée sur
le palier, elle voulut dévaler l'escalier avant de se
rendre compte qu'il était en colimaçon. Le cercle
infini des barreaux qui tournaient pendant qu'elle
descendait se mariait assez mal avec sa nausée.

Elle se sentait tellement malade… Plus jamais elle
ne boirait. Plus jamais elle ne sortirait. Plus jamais
elle ne baiserait. Plus jamais elle ne quitterait son
pyjama et son ordinateur.

Dehors, le ciel était d'un blanc si uniforme qu'il
l'aveugla de migraine. Elle dut s'adosser contre un
mur et mettre une main en visière au-dessus de ses
yeux pour se repérer. Elle regarda autour d'elle
hébétée. Elle était à Paris, ça c'était sûr. D'après une

plaque de rue, dans le XVe arrondissement. Donc en fait non, pas vraiment à Paris. Elle allait marcher vers la grande rue là-bas et elle tomberait bien sur une bouche de métro. Elle avait envie qu'on vienne s'occuper d'elle tout de suite. Qu'on la prenne dans ses bras et qu'on la ramène chez elle.

Mais elle se rappela qu'elle n'avait personne à appeler.

Elle se rappela qu'ils venaient de se séparer. Et qu'il y avait peu de chances pour que Gauthier accoure la récupérer ivre morte en bas de chez un autre.

C'est par une série d'efforts qu'on ne pouvait que qualifier de surhumains qu'elle réussit à s'installer dans une rame de métro qui, doux miracle géographique, allait presque directement chez elle. Elle tâcha de garder les yeux ouverts. Pendant que les quais des stations défilaient, elle s'admonesta. Elle devait arrêter de faire n'importe quoi. Il était temps que s'achève la période postrupture amoureuse. Certes, elle s'était fait larguer comme un caca putréfié mais elle devait se ressaisir avant la rentrée. Dans moins de deux semaines, elle reprenait son boulot de pionne au lycée. Ça lui donnait une date limite au-delà de laquelle la notion même de connerie serait périmée.

Une demi-heure plus tard, elle arriva dans les quinze mètres carrés qui lui servaient de maison et put enfin s'écrouler sur le matelas posé au sol qui faisait office de lit. Avant de s'endormir, gisant à côté de son oreiller, elle vit les œuvres complètes de Guy Debord qui lui faisaient la gueule. « Oh ça va Guy, pensa-t-elle, toi aussi tu te prenais des cuites. » Il lui répondit : « Oui mais moi, entre deux cuites, j'inventais un nouveau rapport au Monde. » Elle rétorqua qu'elle finirait son mémoire de DEA – « Les notions de spectacle et de simulacre à l'heure d'Internet » – le semestre prochain, l'année prochaine, ou dans une vie ultérieure, et se retourna pour ne plus voir le portrait en noir et blanc qui ornait la couverture.

Elle se réveilla trois heures plus tard, à 12 h 30. Elle contempla le plafond. Une lumière grise d'avant la pluie balayait la pièce. Elle se sentait mieux, ce qui signifiait qu'elle ne supportait pas si mal l'alcool. 12 h 30 étant par ailleurs une heure de lever acceptable pour une étudiante en plein mois d'août, elle conclut que la journée commençait plutôt bien.

Elle tendit la main pour attraper l'ordinateur portable qui gisait au pied du matelas mais il pesait deux tonnes. Elle s'aida de sa seconde main et tira la bête à côté d'elle. Le dos confortablement calé contre la dizaine de minicoussins colorés dont elle avait cru, un samedi de désœuvrement chez Pier import, qu'ils suffiraient à transformer son lit en objet décoratif, elle consulta ses messages. L'un était de Margaux qui lui demandait comment/où/avec qui elle avait fini la soirée. Elles étaient arrivées ensemble dans l'un des rares clubs encore ouverts en août à Paris mais s'étaient perdues de vue après le énième passage au bar de Marianne. Elle avait également reçu des commentaires à publier sur le dernier article qu'elle avait posté sur le blog sexe qu'elle tenait sous pseudo, « Messieurs, aujourd'hui découvrons le clitoris ». Et un mail de christophe. gonnet@gmail.com.

« Bonsoir,

« on ne se connaît pas. Je suis rédacteur en chef de Vox, un site où l'on traite la pop culture et l'actualité web sous un angle décalé. On a un peu parlé de nous quand on a pris position contre la loi DADVSI cette année.

« Je t'écris parce que je crois t'avoir reconnue dans une vidéo. Je lis ton blog de temps en temps, et ta photo de profil ressemble beaucoup à la jeune femme qu'on voit dans la vidéo. Bon… Je dois te prévenir que la vidéo est un peu spéciale, d'ailleurs c'est pour ça que je me permets de te contacter. Je te mets le lien. »

Marianne eut le pressentiment d'une catastrophe imminente. Elle détestait toute publicité autour d'elle, une pudeur exagérée qui pouvait paraître contradictoire avec le fait de tenir un blog. Encore plus quand, comme elle, on en tenait simultanément plusieurs. Il y avait son blog principal, à tendance « universitaire fun », où elle faisait des parallèles entre culture classique et pop culture. C'était celui qu'elle revendiquait le plus fièrement, qu'elle affichait sur les réseaux sociaux. C'était donc par ce biais-là que Christophe Gonnet l'avait reconnue.

Quant à l'autre, il traitait de la sexualité et lui rapportait un peu d'argent. Mais évidemment nulle part n'apparaissait son identité civile. C'était presque une tradition sur Internet, on ne laissait jamais son prénom ni son nom de famille – sauf quand on était journaliste comme Christophe Gonnet. Le Net était un espace largement coupé de la vie dite IRL[1]. Ce qui avait donné lieu à une blague récurrente : « Sur Internet, personne ne sait que vous êtes un chien. » On pouvait mener une double vie sous le nom d'Étoile du désert pour oublier qu'on s'appelait en réalité Robert et qu'on était comptable dans le Loir-et-Cher. Et c'était toute la beauté de la chose.

Cette ambiguïté engendrait également des situations comme celle-ci, à savoir que Christophe Gonnet ignorait qu'il avait déjà contacté Marianne quelques mois auparavant, via son blog sexe, pour lui demander l'autorisation de reproduire un de ses textes. Il lui avait même proposé d'écrire des papiers pour son site, mais à l'époque elle n'avait pas le temps, elle était trop occupée à : primo, tromper son mec, deusio, gérer le moment où ledit mec l'avait appris. Une gestion qu'elle avait magnifiquement foirée puisqu'il avait fini par la foutre à la porte de chez eux en juin dernier.

Elle regarda l'adresse du lien inclus dans le mail et vit immédiatement le mot « porn ».

---

1. Abréviation de *In Real Life*, servant à désigner la vie dite réelle, en opposition avec la vie numérique.

Comme dans porno.

Comme dans : « quand tu auras vu cette vidéo, tu auras envie de mourir ».

Elle se décida à cliquer mais se cacha les yeux. Au bout de quelques secondes elle finit par entrouvrir un œil et la vue de son cul en libre accès sur Internet lui fit détourner le regard.

Non.

Par pitié.

Ça ne pouvait pas être ça.

Bien qu'ayant choisi l'athéisme depuis son douzième anniversaire, elle pria avec une ferveur qui aurait fait pâlir d'envie sainte Thérèse de Lisieux. Elle supplia Dieu pour que ce qu'elle avait cru voir ait disparu quand elle rouvrirait les yeux.

Elle rouvrit les yeux et Dieu lui répondit : « Va te faire foutre. »

Elle se trouva nez à nez avec une version d'elle-même en train de gémir de plaisir.

Elle ferma d'un coup sec le capot de son laptop. Elle n'avait pas besoin de regarder cette vidéo, elle la connaissait déjà. Elle en avait même une copie enregistrée sur son disque dur. Elle l'avait tournée avec Gauthier trois ans auparavant, à l'époque bénie où ils passaient leurs week-ends à faire l'amour, fascinés par la découverte du corps de l'autre. Ils étaient alors plongés dans la phase bien connue du début de la vie de couple, la phase dite « nous sommes supérieurs à tous les autres binômes du monde, notre perfection vous écrase, prosternez-vous devant nous, et d'ailleurs nous sommes tellement beaux qu'il faut absolument conserver une trace de ce miracle », trace qui avait donc pris la forme d'une vidéo de cul.

La question était comment cet espèce de gros dégueulasse de Christophe Gonnet – elle frissonna en pensant qu'il avait vu ça – comment donc il était tombé dessus. Qu'est-ce que c'était que ce site et comment son cul s'était retrouvé là.

Une série de questions méthodiques et pragmatiques qui lui permettaient de ne pas réfléchir tout de suite à la catastrophe absolue que constituait la publication de cette vidéo.

Elle rouvrit son ordi et répondit au mail de Christophe en lui demandant s'ils pouvaient discuter dans une chatroom privée, n'ayant aucune envie d'avoir cette explication sur le chat de Gmail. Elle se représentait Google sous la forme d'un manitou omniscient qui épiait chacun de ses échanges. Après quelques manips, ils se créèrent un lieu pour discuter.

*Christophe a rejoint le canal #miseaupoint
<Christophe> Ça marche là ?
<Marianne> Oui.
<Christophe> OK…
<Marianne> Tu peux m'expliquer ce que c'est ce truc ?
<Christophe> Heu… c'est une chatroom IRC qui

38

<Marianne> Crétin ! Je te parle de la vidéo. Tu peux m'expliquer comment ça se fait que tu m'envoies une vidéo pareille ?!!

<Christophe> Heu je crois qu'il y a une méprise. Je n'y suis pour rien. Je suis tombé dessus par hasard. À la base, c'est plutôt moi qui voulais te poser des questions…

<Marianne> C'est ça oui. Bien sûr. T'es tombé dessus par hasard, et par hasard tu m'as reconnue.

<Christophe> C'est ça.

<Marianne> Tu me prends pour une conne ? Je pense surtout que tu as piraté mon ordi et récupéré cette vidéo pour la mettre sur Internet. GROS MALADE.

<Christophe> Hein ?! Mais t'es folle ! Pas du tout ! Mais pourquoi je ferais ça ? On ne se connaît même pas.

<Marianne> Je tiens un blog, je suis assez bien placée pour savoir qu'il y a des GROS MALADES dans ton genre qui font des fixations sur des filles. Je vais prévenir la police, t'es dans la merde.

<Christophe> Holà… On se calme.

<Marianne> OK. Tu retires cette vidéo du site et tu l'effaces à tout jamais. Tu as quinze minutes. Si dans quinze minutes elle est encore en ligne, c'est la police.

<Christophe> Mais je ne peux pas la retirer puisque je ne l'ai pas publiée.

<Marianne> 14 min et 45 s.

<Christophe> Je ne peux RIEN faire.

<Marianne> tictactictactictac

<Christophe> Si tu veux, pour t'aider je peux envoyer un mail aux admins du site.

<Christophe> Ohé ? T'es là ?

<Marianne> « Votre correspondant est actuellement en communication avec la police. »

<Christophe> OK, si c'est moi, pourquoi je t'aurais envoyé ce mail ?

<Marianne> C'est le principe même du harcèlement. Pour que ça marche il faut que la victime sache qu'elle est harcelée.

<Christophe> Mais pourquoi avec mon vrai nom ? Pourquoi je n'aurais pas pris une autre identité ?

<Marianne> Pour me mettre en confiance.

<Christophe> T'as été diagnostiquée paranoïaque dans ton enfance, non ? Tu peux appeler la police si ça t'amuse. Moi je ne peux pas faire grand-chose pour t'aider. À la limite, je peux demander aux admins l'adresse IP qui a envoyé la vidéo et essayer de la retracer.

<Marianne> Je veux que cette chose infâme disparaisse maintenant.

<Christophe> Je sais. Je comprends. Mais je ne vois pas comment m'y prendre. Attends… je connais peut-être un type qui pourrait faire ça. Ou en tout cas trouver une solution en urgence. Il s'y connaît assez bien en technique. Est-ce que tu veux que je lui demande ?

<Marianne> = lui envoyer le lien et qu'il regarde la vidéo. NON.

<Christophe> Y a pas d'autres moyens.

Il y eut une pause de plusieurs minutes pendant laquelle Marianne relut leur échange. Devait-elle faire confiance à ce mec sorti de nulle part ? Elle connaissait Vox, et effectivement, elle voyait mal pourquoi son rédacteur en chef aurait cherché à lui nuire. Elle attrapa sa couette et la remonta sur ses épaules. Elle n'arrivait pas à croire que sa vidéo était en ligne.

<Marianne> J'ai envie de pleurer. Et de vomir. T'imagines même pas ce que ça me fait.
<Christophe> Ça doit être affreux.
<Marianne> C'est qui ton pote ?
<Christophe> C'est pas un pote. C'est une connaissance d'Internet qui fait des papiers pour moi sur des sujets techniques. Je crois qu'il est informaticien. Je l'ai jamais rencontré mais je suis certain qu'il est doué. Si tu veux, je vois s'il est en ligne, et je l'invite dans la chatroom. Comme ça tu décides toi-même de lui faire confiance ou pas.
<Marianne> Je sais pas.
<Christophe> Tu sais, si on ne fait rien, d'autres gens vont la voir…
<Marianne> Je sais. Je les imagine tous chez eux en train de me regarder et de… beuark…

« Je me fais chier, putain mais qu'est-ce que je me fais chier… c'est dingue de se faire chier à ce point-là, quand je pense qu'un jour je vais mourir, que ça m'angoisse, que j'ai 19 ans et que je perds mon temps à me faire chier comme ça. Je ferais aussi bien de me pendre tout de suite avec le tuyau d'arrosage. »

« Paul, tu peux nous le dire si tu t'ennuies avec nous… »

Paul regarda sa mère qui mélangeait la salade de pâtes dans un récipient en terre cuite. Ils étaient installés autour de la table de jardin, sous le parasol que son père avait mis trente minutes à incliner pour trouver la configuration parfaite qui les protégerait des derniers pâles rayons du soleil alors qu'une heure auparavant ils étaient tous allés enfiler un pull supplémentaire.

« Ouais… Bah justement…

— Paul !

— OK… Laisse tomber. Je m'amuse comme un petit fou, je vis un des moments les plus intenses de mon existence. En fait, je crois que je ne me suis jamais autant amusé que là tout de suite à vous écouter parler du conflit israélo-palestinien en mangeant des pâtes.

— Paul ! Tu es insolent.

— Non maman. Je suis dépressif. Ça n'a rien à voir. »

Au mot « dépressif », son père leva la tête de son assiette, comme si on venait de l'interpeller. En tant que psy, il existait tout un champ lexical qu'il considérait comme l'équivalent de son nom. « Hey salut

Alain Guedj » pouvait être aisément remplacé par « il/elle a une tendance à la dépression », « il/elle est aboulique », « il/elle n'a pas géré son œdipe ». Paul pensait que ça fonctionnait comme les mots-clés qui activaient les tueurs, sauf que là ça activait chez son père le mode « gros lourd ».

« Dépressif n'est pas le terme adéquat, mais il est vrai que tu as une tendance à t'isoler du monde, du principe de réalité, pour te construire un monde virtuel entièrement fantasmé. »

Sa mère hocha la tête et ajouta, tout en lui servant une part de salade :

« Ce que ton père veut dire c'est que tu ne fais rien de tes journées. D'ailleurs, c'est pour ça que tu es pâle et maigre à faire peur. Tu ressembles de plus en plus à une ombre. »

Paul essaya de reculer son assiette que sa mère continuait de remplir.

« Si, je fais quelque chose.

— Non », trancha sa mère en faisant couler un filet d'huile d'olive dans le saladier. « Rester devant un écran d'ordinateur, ce n'est pas faire quelque chose. Il n'y a qu'à voir ta position. Tu es assis, passivement, face à une machine.

— Je crois que tu confonds la télé et l'ordinateur. L'informatique, ça n'a rien à voir. »

Penché au-dessus de son assiette, le père de Paul agita malicieusement sa fourchette.

« Je crois, mon fils, qu'il faudrait surtout que tu comprennes ce que tu cherches à fuir. »

Paul le regarda en silence avant de grimacer :

« Tu veux vraiment que je te le dise ? »

La spatule en bois que tenait sa mère s'abattit brusquement sur sa main. Il poussa un petit cri de surprise et de douleur mêlées.

« Paul ! Deuxième fois ! Cesse tes insolences !

— Putain mais t'es malade maman ! Ça va pas la tête ?! Et après tu t'étonnes que je veuille vous fuir ? Vous me faites gerber, je ne vous supporte plus, tout m'exaspère chez vous. »

Sa mère leva une nouvelle fois sa spatule mais son père fit un geste pour l'arrêter et sourit avec bonhomie.

« C'est très bien Paul. Il faut que tu te confrontes à ta colère. Chérie, tu peux me passer le rosé ?

— Oui, mais je ne sais pas s'il est assez frais, j'ai l'impression que le frigo ne marche pas bien. Il faudrait appeler un dépanneur. »

Paul les regarda, sidéré. Il serra très fort son couteau et dut faire un immense effort sur lui-même pour ne pas se lever, faire le tour de la table et les égorger l'un après l'autre. Il devrait s'assurer de ne pas les louper sinon son père serait capable d'articuler dans un bouillonnement de sang qui giclerait de sa gorge : « C'est très bien Paul, il faut tuer le père pour avancer. » Putain mais pourquoi il avait accepté de partir encore une fois en vacances avec eux ? À quel moment son cerveau lui avait fait croire qu'il vaudrait mieux s'enfermer avec eux dans leur baraque de La Rochelle plutôt que passer

44

le mois d'août seul à Paris ? Paul avait 19 ans, ça devait en faire dix bien tassés qu'il ne pouvait plus les encadrer alors pourquoi ? Pour la énième fois depuis ces cinq premiers jours de vacances, il énuméra mentalement ce qui l'avait amené à subir ce calvaire.

Il était fauché.

Et ces connards le tenaient par les couilles du fric, si tant est que l'argent soit pourvu de testicules. Parce que ces tarés refusaient de lui donner des sous pour qu'il se prenne un appart (alors qu'ils en avaient largement les moyens) donc il vivait chez eux. Et que, partant comme tous les mois d'août dans leur maison de merde à La Rochelle, ils avaient dit à Paul : « Chéri, tu fais comme tu veux, tu n'es pas obligé de venir avec nous. Tu peux rester à la maison. Mais nous souhaitons t'aider à t'émanciper un peu. Donc si tu restes, tu devras payer toi-même les factures EDF, GDF et France Télécom. » C'était pas un truc de méga pervers, ça ?

Sa mère lui resservit une grosse louche de pâtes qui vinrent s'empiler sur la montagne à peine entamée des précédentes et Paul la regarda comme si elle avait décidé de danser nue au milieu de la rue. Ils étaient barjots. Il ne voyait pas d'autre explication. Son père lui tendit un exemplaire du *Monde*.

« Tu devrais t'y intéresser un peu plus tu sais, dit-il sans préciser s'il parlait de la presse papier ou de l'état du monde.

— Enfin Paul, ton père a raison. C'est la guerre au Liban depuis un mois et on dirait que ça ne te fait rien !

— On dirait, ouais, opina Paul.

— Je comprends que quand on est jeune on n'a pas envie d'entendre parler de la guerre même si elle est presque à notre porte. Mais tu devrais lire la lettre ouverte de BHL aux gouvernements, c'est lumineux. Et puis, il n'y a pas que des choses négatives dans l'actualité. Là, par exemple – et son père tapota du doigt un article sur lequel il laissa une empreinte pleine de gras – le ministre de l'Économie déclare qu'on va créer plus de deux cent mille emplois cette année. C'est formidable non ? »

Paul ne répondit pas. Il savait très bien où allait les mener cette discussion en apparence anodine sur la conjoncture économique.

Sa mère prit le relais.

« C'est peut-être l'occasion de commencer à chercher un travail ? »

Et voilà, pensa Paul en commençant à manger.

Son père avait repris le journal et lisait à haute voix : « Tous les indicateurs sont au vert, explique le ministre après l'annonce, vendredi, d'une croissance de 1,1 % à 1,2 % au deuxième trimestre, bien plus que les 0,7 % attendus. La croissance permet à l'emploi de repartir, ce qui soutient la consommation, les exportations atteignent des records et les entreprises peuvent encore augmenter leur activité.

— C'est génial, s'exclama Paul, ça me donne tout de suite envie d'aller à l'ANPE. Ah mais non, zut alors ! » ajouta-t-il en se frappant le front de la main, « je ne peux pas puisque, comme vous l'avez visiblement oublié et que donc je vous le rappelle, juste au passage, comme ça, je suis étudiant.

— Oui », admit son père d'un air renfrogné. « Mais bon… Tu étudies le cinéma à Jussieu. Ce n'est pas non plus le cursus le plus… », il chercha un qualificatif en adéquation avec ce qu'il pensait de ces non-études qui consistaient à regarder des films, mais il n'en trouva pas et laissa tomber.

« OK, trancha Paul, ne vous inquiétez pas pour moi, je compte bien me trouver un boulot à la rentrée et continuer mes études. Je ne vous coûterai plus un centime.

— Ah oui ? » demanda sa mère sur un ton suspicieux. Du bout de sa fourchette, elle jouait avec les quatre malheureuses feuilles de salade qu'elle s'était servies. Paul se redit que c'était elle qui avait un problème avec la bouffe.

« Ce n'est pas la question, Paul, trancha son père, on se fiche de combien tu nous coûtes. Mais je m'inquiète à propos de tes difficultés à trouver ton propre équilibre, ta voie. J'ai l'impression que ta génération est enlisée dans la morosité et le refus du principe de réalité.

— Et puis, si tu veux un jour toucher une retraite convenable, il va bien falloir faire tes annuités, conclut sa mère.

— Merci de ta sollicitude, super. Mais quand j'aurai ton âge, la retraite, ça n'existera plus. Du coup, je me demande si c'est ma retraite qui t'inquiète ou alors le fait que j'ai pas envie de bosser pour payer les vôtres ? » Tout en parlant, il tapait légèrement sur le rebord de son verre avec sa fourchette. Il savait que ce genre de bruits répétitifs exaspérait sa mère.

« Paul, arrête ! »

Il haussa les épaules et se leva. « Je vais étudier un peu », lâcha-t-il avec nonchalance en se dirigeant vers la maison.

Une fois à l'intérieur, loin de leurs regards, il leva les yeux au plafond, écarta les mains et poussa un « rhaaaaaa » suivi de : « Putain, les relous de la mort quoi. » Autour de lui, le salon était muet, faiblement éclairé par le coucher de soleil extérieur. Les meubles normands hasardeusement disposés dans la pièce lui rappelaient son enfance. Pendant quelques secondes, il se sentit en accord avec ce qui l'entourait. Puis il entendit ses parents rire, sûrement à ses dépens, et il recommença à marmonner, « J'y crois pas comment ils sont chiants, c'est humainement pas possible d'être aussi chiant », et il partit s'enfermer dans sa chambre. Pour bien marquer qu'il s'agissait d'un territoire inviolable, son terrier à lui, Paul avait vidé sa valise à même le sol, formant un patchwork de fringues. Au-dessus du bureau, sur une étagère, il y avait encore quelques Lego édition limitée qu'il alignait méthodiquement pour les compter. Dans cette chambre, dans cette maison, il était coincé en enfance. Sa seule fenêtre ouvrant sur le monde réel, c'était l'ordinateur qu'il était en train d'allumer. Il avait envie de discuter en ligne avec xo, une *suicide girl*[1] qu'il aimait bien mais elle n'était pas là. Il essaya tous les forums sur lesquels il était inscrit mais personne n'était connecté. Cette soirée était placée sous le sceau d'une putain de malédiction.

Heureusement, il lui restait son petit plaisir quotidien.

Paul était un adepte de ce qu'on appelait le « lulz », le versant obscur du « lol ». Le lol désignait sur Internet une forme d'humour gentil et tendre. Une vidéo d'un chaton qui courait maladroitement après son ombre, c'était lol. La version lulz aurait consisté à tendre judicieusement un fil transparent sur le parcours dudit chaton.

Mais Paul faisait du lulz malin. Il aimait adapter ses attaques à ses cibles, comme un chasseur qui choisit son arme en fonction du gibier. Depuis un mois, il avait dans le viseur Alain Minc dont il ne savait rien à part qu'il avait une gueule à lécher de la merde et que son père le trouvait « intellectuellement brillant ». Or pour attaquer Alain Minc, il n'allait pas écrire « Va enculer ta mère », ça aurait eu peu d'impact et en outre son commentaire aurait

---

1. *Suicide girls :* jeunes femmes tatouées posant nues sur le site suicidegirls.com.

été censuré. Il avait donc mis au point une stratégie infiniment plus raffinée : il noyait le penseur sous des louanges outrancières qui laissaient affleurer un profond foutage de gueule. Depuis deux mois, après chaque chronique ou papier de ou sur Alain Minc, Paul se dépêchait de commenter sous des identités diverses. Un coup, il était un Hollandais prénommé Norbert qui écrivait : « Alain Minc est un laboratoire d'idées à lui tout seul. Aux Pays-Bas, il nous fait souvent penser à notre illustre Spinoza. On se demande parfois si ce n'est pas Spinoza qui a lu Minc. » Une autre fois pour une étudiante bretonne : « Pour les besoins de ma thèse consa-crée aux novations intellectuelles d'Alain Minc, je recherche l'enregistrement vidéo de l'émission 7/7 à laquelle il a participé le 30/03/1989. Qui peut m'aider ? Soizic », ou encore un Italien ambigu : « Alain Minc me fait frissonner. Son humour, sa culture et sa classe me mettent en transe. Dieu que la France est belle avec Alain Minc ! Giulio. »

Le résultat avait dépassé ses espérances puisque Alain Minc lui-même avait répondu aux messages en se disant « heureux d'être enfin soutenu et compris ».

Mais ce soir-là, une autre proie était tombée dans le viseur de Paul. Il alla sur le site du *Monde*, se connecta avec l'un de ses innombrables pseudo-nymes et cliqua sur la *Lettre ouverte aux gouver-nements mondiaux pour que cesse la guerre*, par Bernard-Henri Lévy. En dessous, dans la section commentaire, il écrivit : « BHL est la parfaite synthèse de Zola, Sartre et Althusser. Il rayonne sur la philo, le théâtre, la littérature, le cinéma et la géopolitique. Il serait justice que le prix Nobel de littérature (ou de la paix) lui soit enfin décerné. Je souhaite que les lecteurs du *Monde* se mobilisent pour cela ! » Il gloussait tout seul en validant son commentaire.

Il lut ensuite un mail qui venait de Christophe Gonnet. Voilà un truc qu'il aurait pu balancer à ses parents : il bossait puisqu'il écrivait des papiers pour un site. Mais il savait qu'ils n'auraient pas pris ça au sérieux. C'était con parce que sur Internet, il était plutôt fort. Il ouvrit le message de Christophe mais ne comprit rien au charabia du mec, « affaire délicate », « sensible », « confiance », « se retrouver dans une chatroom ». Incompréhensible mais vu le seuil de désœuvrement qu'il était en train d'atteindre, ça pouvait au moins l'occuper un peu. Il se connecta en suivant les instructions de Christophe.

*Paul a rejoint le canal #miseaupoint
\<Paul\> Salut.

Il attendit un peu. Merde, Christophe devait être parti faire autre chose.

\<Marianne\> Bonsoir.
\<Paul\> Ouais, aussi. T'es qui toi ?

51

<Marianne> Oula… Ça commence mal… T'as toujours ce ton agressif ?

<Paul> Oui et je t'emmerde.

<Marianne> OK, laisse tomber.

<Christophe> Coucou, désolé, mon fils faisait un cauchemar. Alors vous faites connaissance ?

<Marianne> Dis-moi que c'est pas lui qui est censé me sauver…

<Christophe> Il est un peu particulier mais je t'assure qu'il est très fort.

<Paul> Heu salut, vous savez que je suis là hein ? Et oui, je suis très fort. J'ai une énorme bite.

<Marianne> …

<Christophe> Laisse-lui une chance.

<Paul> Vous m'expliquez ce qui se passe ?

<Christophe> Marianne ici présente a un souci avec un site et on aurait besoin de ton aide.

<Paul> OK. Vous voulez quoi ? Faire tomber le site ?

<Marianne> Par exemple. Tu t'y prendrais comment ?

<Paul> Une attaque par déni de service. En gros, on envoie plein de requêtes au serveur du site en question, on lui en envoie tellement et puis un peu incompréhensibles, qu'au bout d'un moment il sature. Je te passe les détails techniques. Après ça dépend de la taille du site mais le résultat c'est que pendant quelques heures le site n'est plus accessible pour personne. C'est ce que tu veux ?

<Christophe> C'est pas mal ça, non ?

<Marianne> Oui… De toute façon, au point où j'en suis. Y a urgence. T'as vu que la vidéo est passée à 540 vues ?

<Christophe> Bon, je lui explique alors ?

<Marianne> Vas-y. Mais tu lui fais promettre de ne pas regarder la vidéo.

Une demi-heure plus tard, après avoir inspecté le site youporn.com qui le mit dans le même état de transe qu'Alice arrivant au pays des merveilles, Paul revint avec un plan d'attaque. Il changea très manifestement de ton avec Marianne pour une raison assez triviale : il l'avait trouvée super jolie sur la vidéo. Et Paul aimait les gens beaux. Son père aurait sans doute ajouté que c'était la raison pour laquelle il ne s'aimait pas. Il les aimait d'un amour assez absolu, se désolant que la loi de l'évolution n'ait pas encore éradiqué de l'espèce humaine tous les moches comme lui.

<Paul> Bon, je vais d'abord mettre le site hors-ligne en le saturant de requêtes par une attaque DDOS, comme je vous l'expliquais tout à l'heure. C'est dommage parce que ce site est une idée de génie. Mais tant pis. Ça ne va pas régler notre problème mais ça va nous permettre de gagner du temps. J'ai déjà commencé l'opération. Ça va me prendre au minimum quelques heures.

<Christophe> Je vais envoyer un mail aux admins du site pour leur demander l'IP à partir de laquelle

la vidéo a été envoyée, on pourra ensuite la retracer, on devrait trouver qui a fait ça. A priori, c'est quelqu'un qui ne te veut pas du bien. Je vais aussi essayer de les convaincre d'enlever la vidéo du site. Quitte à les menacer de poursuites.

<Marianne> Je ne sais pas quoi vous dire à part merci… Merci.

<Paul> De rien, c'est normal. Je peux te poser une question ?

<Marianne> Oui.

<Paul> Il représente quoi ton tatouage sur le cul ?

<Marianne> Dire que pendant quelques minutes t'as failli m'être sympathique…

<Paul> Je sais, je l'ai senti. Mais j'ai pas envie que tu tombes amoureuse de moi, après tu vas me harceler sur Internet, ma vie est déjà assez compliquée comme ça.

<Marianne> Christophe, ce qui est bien avec ton ami, c'est qu'il n'est vraiment pas lourd du tout…

Ils continuèrent de discuter, Marianne assise à son bureau dans son studio du fin fond du XIXᵉ arrondissement, Christophe avachi sur son canapé-lit dans son deux pièces de Belleville, son fils endormi contre sa cuisse, Paul dans sa chambre de la maison de La Rochelle pendant que, dans le salon, ses parents se livraient à une partie de Scrabble endiablée. Jusqu'à ce que Christophe sonne la fin de leur récréation nocturne.

<Christophe> Mes petits amis, il est tard, on va peut-être aller se coucher parce que moi demain j'ai un bébé qui se réveille à 8 heures du mat.

<Marianne> Bonne nuit alors.

<Paul> À demain.

*Christophe a quitté le canal #miseaupoint

*Marianne a quitté le canal #miseaupoint

*Paul a quitté le canal #miseaupoint

Chapitre deux

#2

Le lendemain, Marianne se réveilla en se demandant si elle existait vraiment. La question tournait dans sa tête alors qu'elle regardait le plafond de son studio pourri et le soleil qui passait en pointillé à travers le store en plastique déprimant de saleté. Nue sous la couette, elle sentait une boule comprimant son estomac. Un petit étau qui se resserrait par moments, précisément quand elle se rappelait que sa vidéo était sans doute encore en ligne.

En temps normal, le matin au réveil, elle avait toujours une impulsion. Elle sautait du lit pour se préparer avant d'aller à la fac ou au lycée où elle était pionne, ou pour chauffer de l'eau pour un thé, ou pour faire pipi, ou pour prendre son ordi. Bref, il y avait quelque chose qui la poussait vers la vie, loin de l'inactivité du sommeil. Ce matin-là, pour la première fois depuis très longtemps, elle resta abattue sans esquisser un geste. Son ventre se soulevait régulièrement et ses yeux clignaient mais tout le reste de son corps était figé, coulé dans la dalle de béton de sa couette. À quoi bon se lever quand rien ni personne ne vous attend nulle part ? Quand vous n'existez plus ? Une larme coula sur le côté de son visage tandis qu'elle se répétait avec un masochisme écœurant que personne ne l'attendait. Gauthier la détestait. Il refusait d'avoir le moindre contact avec elle et c'était sans aucun doute mérité. Elle avait foutu en l'air leur histoire d'amour, piétiné allégrement tout ce qu'il y avait de joli entre eux, de sincère, d'honnête. Elle ne pouvait même pas se payer le luxe de s'apitoyer sur son sort puisqu'elle était l'unique responsable de sa situation présente : seule dans un studio miteux, avec un mémoire qu'elle n'avait pas réussi à écrire – parce qu'à un moment donné, il fallait bien affronter la réalité et admettre qu'elle n'allait pas le rédiger dans les deux prochaines semaines et que, par conséquent, elle allait redoubler son année –, à moitié étudiante, à moitié salariée, complètement fauchée et sans aucune idée de l'avenir vers lequel elle rampait péniblement. « Nous ne voulons pas d'un monde où la garantie de ne pas mourir de faim s'échange contre le risque de mourir d'ennui. » Raoul Vaneigem. Un pote de Debord. Elle était OK pour souscrire à ce beau programme, mais il ne lui disait pas concrètement à quoi allait ressembler sa vie, si tant est qu'elle arrive à sortir du marécage boueux dans lequel elle s'enfonçait depuis quelques mois.

Putain... Qu'est-ce que c'est dur, pensa-t-elle, et son ventre se contracta en même temps que des sanglots montaient de sa gorge. Elle se recroquevilla, la tête sous la couette, et la douleur prit le dessus. Elle pleura comme font les adultes quand ils perdent le contrôle de leur corps, avec des bruits de gorge gênants. Ses larmes suivaient un ressac régulier. Elle était submergée par une vague de sanglots qui explosait si fort qu'elle lui faisait perdre sa respiration avant de s'apaiser, pendant qu'une autre montait et éclatait à son tour pour la noyer à nouveau.

Marianne avait littéralement l'impression de se vider. Elle n'avait pas pleuré quand il l'avait confrontée à ses mensonges, quand il avait voulu tout savoir, quand il l'avait insultée pendant des heures, quand il avait jeté ses affaires dans l'escalier. Chialer, c'était le privilège des victimes. Elle avait donc encaissé comme un bon coupable. Ensuite, elle avait eu plein de choses à faire, trouver un nouvel appart, dormir chez des amis, sortir, boire, baiser. Elle avait réussi à négocier avec sa peine pendant des semaines.

Mais ce dimanche matin de mi-août 2006, elle n'avait plus rien à faire qu'affronter la douleur qui attendait son moment, tapie en silence.

Son effondrement dura longtemps. Plus d'une heure pour pleurer sur tout ce qu'elle avait perdu et tout ce qu'elle n'arrivait pas à obtenir.

Le ressac se calma peu à peu. Elle sortit la tête de la couette. Son réveil affichait 10 h 37. Elle se

59

redressa avec peine. Ses cheveux étaient collés en mèches folles sur sa tête et son visage. Elle s'essuya en passant l'intérieur de son avant-bras nu autour de ses yeux. Ses pleurs avaient formé une large auréole sombre sur la housse de son lit. Devait-elle la changer ? Ces sanglots étaient-ils sales ?

Elle se leva, s'aspergea le visage d'eau froide, enfila une culotte rouge et un débardeur informe blanc, remplit la bouilloire d'eau et attendit pour faire infuser du thé.

Les murs de son studio étaient éclairés jusqu'à mi-hauteur par les rayons du soleil qui passaient à travers le store de la fenêtre qu'elle n'avait pas eu le courage de descendre jusqu'en bas avant de se coucher. Ce matin étonnamment lumineux créait une ambiance douce autour d'elle. Elle s'assit à son bureau et ouvrit l'ordinateur. Elle se sentait mieux. Fragile mais lucide. Elle avait besoin d'écrire pour mettre de l'ordre dans son esprit malade. Mais avant ça, elle allait devoir affronter la Chose. YouPorn était toujours accessible. Elle se demanda pourquoi elle faisait confiance à ce Paul, un parfait inconnu, pour régler son problème. Il n'avait rien fait, bien sûr. C'était du pipeau tout ça. Elle ne savait pas encore comment mais il fallait qu'elle arrive à faire retirer la vidéo du site. Elle connaissait assez Internet pour savoir qu'un jour ou l'autre son nom risquait d'y être associé et qu'elle serait alors marquée à jamais du sceau de l'infamie. Elle cliqua à contre-cœur sur la – sur sa vidéo. La première douleur, aussi inattendue que fulgurante, fut de revoir le corps de Gauthier. Un corps auquel elle n'avait plus accès, un corps dont d'autres profitaient sans doute. Elle aperçut la cicatrice qu'il avait gardée de son opération tardive de l'appendicite et prit une grande inspiration. Le film ne durait que quatre minutes, alors que la vidéo originale faisait presque une demi-heure. C'était déjà ça de gagné, vingt-cinq minutes d'intimité préservées. Mais au bout de deux minutes, la vidéo s'arrêta. Elle tenta de se reconnecter au site. Il était désormais indisponible. OK, Paul n'était peut-être pas un mec complètement à chier.

Que ressentait-elle en pensant au regard des autres sur cette vidéo ? Ça la rendait malade. Elle était gênée jusqu'à la souillure. Mais il y avait autre chose de troublant. C'était de se percevoir, à travers le regard potentiel des autres, comme… comme une femme. Pas juste une fille. Parce que ce qui les intéressait pour se branler, c'était de mater une femme. Dans son esprit, l'identité féminine était quelque chose d'assez trouble. Ça voulait dire quoi être une femme ? Autrefois, ça avait signifié des choses très concrètes comme ne pas avoir le droit de voter ou de posséder un compte en banque. Mais maintenant ? Avoir ses règles et des seins ? Il lui semblait qu'aucune fille autour d'elle, aussi féminine soit-elle, ne se sentait vraiment totalement femme. Quand elles en parlaient sincèrement, chacune semblait juger les autres plus féminines qu'elle. Qu'on ne naisse pas femme mais qu'on le devienne, certes.

Mais il semblait qu'on ne le devenait jamais tout à fait. On ne se sentait jamais correspondre exactement à cette figure hypersexy, adroite, délicate, douce, forte et fragile, gracieuse, mesurée dans ses gestes, avec une démarche féline et un sens inné pour accorder ses fringues à la mode. On se sentait toujours par moments pataude, maladroite, inachevée, imparfaite, floue. Humaine donc. Or la Femme n'était pas humanité. Elle était perfection. Même pécheresse ou tentatrice, dans ses défauts ou dans le vice, elle était présentée avec quelque chose relevant du sublime.

La Femme n'existait donc pas. Et pourtant, elle était partout dans les pubs, au cinéma, dans les magazines, et dans la littérature depuis des siècles.

Pour Marianne, la première rencontre frappante avec la Femme avait été la description d'Anna Karénine. « Après un mot d'excuse, il allait continuer sa route, mais involontairement il se retourna pour la regarder encore, non à cause de sa beauté, de sa grâce ou de son élégance, mais parce que l'expression de son aimable visage lui avait paru douce et caressante. » Cette Femme-là était inaccessible aux femmes. Qu'il s'agisse de l'héroïne romantique, de la femme fatale, de la vierge, de la courtisane, de Wonder Woman ou du nouvel archétype de la femme libérée.

Marianne se demanda s'il en allait de même pour les hommes. S'ils ne se sentaient jamais tout à fait homme.

62

Cette incomplétude était une source de mal-être pour elle et ses amies. Ce n'était pas seulement qu'elles n'étaient jamais assez minces, ou qu'elles n'avaient pas les cheveux suffisamment brillants, c'était plus profond que ça. Il s'agissait d'une manière d'habiter son corps – d'être. Et du coup, c'était leur identité même de femme qui leur pesait, comme un échec quotidien sans cesse renouvelé. Elles étaient des femmes ratées. Les « garçons manqués » étaient avant tout des « femmes manquées ». Marianne en revenait donc à son sujet de prédilection, le fond de son travail universitaire : bien avant Internet, l'individu dans nos sociétés s'était déconnecté du réel pour n'exister dans le monde que par l'intermédiaire d'images préfabriquées, de fantasmes imposés par le système social.

Elle se connecta à la chatroom et vit que Christophe était là.

*Marianne a rejoint le canal #miseaupoint
<Marianne> Salut.
<Christophe> Salut, ça va ce matin ? T'as réussi à dormir ?

Elle faillit se remettre à pleurer. Elle voulait lui dire ses blessures, sa fragilité, mais malgré elle, ses doigts tapèrent une réponse ironique.

<Marianne> Nonobstant le fait que j'ai recouvert mes draps de larmes et qu'il va falloir que je les essore, ça va. Et toi ?… Enfin, toi et ton fils. T'as un fils c'est ça ?

<Christophe> Oui, Lucas, 18 mois, sait dire dix mots mais a une nette préférence pour « non ».

Elle ne savait pas quoi répondre. Elle ne connaissait pas la race des enfants et, finalement, elle ne connaissait pas non plus Christophe. Elle aurait pu se déconnecter mais elle avait la sensation qu'elle avait besoin de lui.

<Christophe> Bon, sinon j'ai contacté les administrateurs du site. Pour ce qui est des menaces, ils ne sont pas franchement inquiets. La loi française ne s'applique pas à un site étranger. En plus, leurs serveurs sont en Russie donc autant dire qu'ils m'ont ricané au nez quand j'ai parlé de poursuites judiciaires. Mais ils ont quand même accepté de me filer l'IP de la personne qui a envoyé la vidéo. Je sais pas si ça va nous aider.

<Marianne> Mais avec ça, tu peux au moins savoir d'où la vidéo a été envoyée non ?

<Christophe> Oui.

<Marianne> Bah alors, dis-moi.

<Christophe> D'un bled du Limousin qui s'appelle Bourganeuf.

<Marianne> … Pardon ?

<Christophe> Tu sais, on est sur Internet. C'est pas comme dans la vraie vie. Si t'as pas bien lu, tu peux relire ce que j'ai écrit sans me demander de répéter… Tu connais quelqu'un à Bourganeuf ?

<Marianne> Oui.

<Christophe> Ah…

<Marianne> C'est la maison familiale de mon ex où il va tous les étés.

<Christophe> Heu… L'ex c'est celui qui est sur la vidéo ?

<Marianne> Voilà.

Marianne se prit le front entre les mains et regarda sans les voir les touches de son clavier. Elle était trop conne. C'est pour ça que la vidéo était aussi courte. Il avait coupé tous les passages où on voyait son visage à lui. Ce qui impliquait logiquement qu'il n'avait même pas agi sur un coup de tête. Se casser le cul à faire ce montage signifiait qu'il avait prémédité son attaque – parce que franchement elle ne voyait pas quel autre mot employer.

En quelques secondes, elle gravit plusieurs échelons de l'évolution humaine, passant du stade de pauvre petite chose fragile et perdue à l'état de déesse vengeresse, et se débarrassant au passage de la culpabilité qui l'écrasait depuis des mois. OK elle avait merdé, OK elle l'avait trompé, OK ce n'était pas bien, mais lui, il venait de lui déclarer la guerre.

*Paul a rejoint le canal #miseaupoint

<Paul> J'ai raté des trucs ?

<Christophe> En fait c'est l'ex de Marianne qui a posté la vidéo. Mais là, elle ne répond plus. J'ai l'impression qu'elle est un peu énervée.

<Paul> HÉ HO MARIANNE (c'est marrant quand j'écris en majuscules ça me donne l'impression qu'elle va m'entendre crier).

<Christophe> (T'es con parfois.) COUCOU TU NOUS ENTENDS ?

<Paul> MOI JE T'ENTENDS VACHEMENT BIEN CHRISTOPHE MAIS TAPE MOINS FORT ÇA ME FAIT MAL À LA TÊTE.

<Marianne> Ça va les crétinos ?

<Paul> Tu lui as fait quoi à ton ex pour qu'il te pourrisse comme ça ? J'espère qu'au minimum tu t'es tapée son père.

<Marianne> Non, un mec de mon boulot qu'il avait rencontré juste une fois.

<Paul> Pfff c'est nul ton histoire. Il se vexe facilement dis donc.

<Marianne> Je vais le démolir. Je sais pas comment mais je vais lui faire bouffer de la merde à la petite cuillère.

Quand la porte de sa chambre s'ouvrit, Paul sursauta. « Putain, maman ! Frappe avant d'entrer ! » Sa mère lui adressa un sourire charmeur. Elle portait un chapeau de paille avec lequel Paul était convaincu qu'elle se trouvait belle. À son humble avis, il lui donnait surtout l'air d'une femme qui s'imaginait que l'excentricité du port d'un chapeau de vieille paysanne la rendrait pleine de charme. « J'ai tapé mais tu n'as pas entendu. » Elle restait debout, visage et chapeau passés dans l'entrebâillement de la porte. Paul attendait qu'elle parte mais il vit qu'elle essayait de jeter un coup d'œil à son écran d'ordinateur. « Tu fais quoi ? Tu chattes avec tes amis virtuels ?

— Ils ne sont pas virtuels. Ce sont de vrais gens. Et puis ce ne sont pas mes amis. Tu voulais quoi ?

— Ton père et moi on va au marché. Tu ne veux pas venir avec nous ? Ça te ferait du bien de prendre l'air…

— Non merci. J'ai assez d'oxygène dans cette pièce pour tenir jusqu'à la fin des vacances. »

Elle prit un air contrarié avant de hausser les épaules et de refermer la porte. Il ne supportait pas quand elle faisait ça. Quand elle devenait sympa. Et que, par retour de balancier, il passait pour un infâme petit monstre. Il faillit se sentir coupable, et puis se rappela que c'était elle qui avait initié l'ignoble chantage consistant à le menacer de lui faire payer les factures de l'appart de Paris. C'était facile, maintenant, de se la jouer mère courage maltraitée par son ingrat de fils. Ça lui foutait la rage qu'elle arrive encore à le manipuler. C'est pour ça qu'il devait se barrer, outre qu'il ne supportait plus de vivre avec eux, il crevait d'envie de trouver une maison paisible où on ne viendrait pas le torturer à coups de culpabilité parentale.

Il chassa de son esprit la mine peinée de sa mère et se reconcentra sur Marianne. Il se demanda comment elle était habillée. En pyjama ? En nuisette un peu pute ? En fait, elle aurait pu être en combinaison de ski, ça l'aurait quand même excité comme un porc. La veille, avant de dormir, il s'était branlé deux fois de suite en regardant sa vidéo. Il avait trouvé un moyen de l'enregistrer sur son propre disque dur avant de faire crasher le site. Il se disait que c'était un peu moche mais en même temps ça ne faisait de mal à personne. Il hésita à se branler encore une fois mais vit que Christophe était en train de demander à Marianne quelle vengeance elle comptait mettre en œuvre.

<Marianne> Je sais pas. Mais je vais trouver. Déjà, je vais lui flinguer son référencement. Je veux que si quelqu'un tape son nom dans Google, il découvre quel être immonde il est.
<Paul> MOI MOI MOI, je peux faire ! J'adore ça ! Tu me laisses ?

Marianne lui expliqua que pour savourer sa vengeance, il fallait qu'elle agisse elle-même, mais comme Paul insistait, elle accepta son aide. Ils passèrent le reste de la matinée à réfléchir aux différentes stratégies possibles. Christophe n'intervenait que de façon ponctuelle, quand Lucas lui en laissait le temps.

Ils décidèrent de commencer avec un Google Bombing, un nom qui, bien qu'évoquant un tapis de bombes lâchées par une escadrille de F-4, consistait en réalité simplement à exploiter la méthode de classement des résultats de recherches de Google. Une partie du succès du moteur venait de son algorithme qui, pour donner un résultat pertinent, privilégiait les pages vers lesquelles plusieurs autres pages avaient fait des liens. Mais comme toute mécanique, elle était facile à pirater. Par exemple, en 2004, plusieurs pages avaient été créées avec le terme « magouilleur » qui renvoyaient vers la biographie de Jacques Chirac sur le site de l'Élysée. De cette unanimité, Google avait déduit qu'il s'agissait d'une association pertinente et redirigeait toutes les personnes qui tapaient « magouilleur » vers le portrait du Président.

Il restait à trouver quel terme associer au nom de Gauthier Sandoz. Après avoir passé en revue « gros connard », « vieux pervers » et « tueur de chatons », Christophe leur suggéra qu'il devait être puni par là où il avait péché. Marianne trouvait l'idée intellectuellement satisfaisante. Ils se mirent donc au travail pour qu'à la recherche « Gauthier Sandoz », Google renvoie vers des pages sur les problèmes d'érection et de micropénis. C'était mesquin mais cela procurait à Marianne une certaine jouissance.

Restait malgré tout un point noir à l'horizon. Si YouPorn n'était toujours pas accessible, le site finirait par être réparé et la vidéo réapparaîtrait.

Paul réussit à obtenir de Marianne l'autorisation de demander de l'aide à certains de ses amis d'Internet. Elle accepta à condition qu'ils n'aient aucun accès à la vidéo.

Le même jour, à l'heure du déjeuner dominical, Christophe était en train de négocier avec Lucas pour qu'il mange au moins un cinquième de son assiette d'épinards. Malheureusement, le rapport de force ne jouait pas en sa faveur. Son fils le regardait certes avec gentillesse et amour mais il ne déviait pas d'un iota de sa position qui était : « Jamais une bouchée d'épinards ne pénétrera ma bouche. » Ils étaient assis dans la cuisine, face à face. Le soleil entrait par une minuscule fenêtre qui ressemblait à une meurtrière et éclairait la vieille table en formica qu'ils avaient achetée dans une brocante l'été précédent. Malgré tous leurs efforts pour rendre la pièce vivante et agréable, elle était figée dans la déprime et la crasse. Aucune aération n'étant prévue pour évacuer les odeurs de bouffe, les reflux de nourriture restaient en suspension dans la cuisine avant de finir par s'incruster sous forme de taches de gras sur les murs écaillés. La plupart du temps, ils prenaient leurs repas dans le salon-chambre, assis sur le canapé-lit devant la table basse. Mais Claire insistait pour que Lucas s'habitue à manger sur sa chaise haute, installé devant une vraie table.

« Allez, une cuillère, Lucas, s'il te plaît, juste une. »

Lucas conserva son sourire imperturbable puis lui répondit :

« Gâteau. »

Christophe entendit la sonnerie de son ordinateur qui l'informait de la réception d'un nouveau mail.

Il soupira.

Il se leva, sortit Lucas de sa chaise haute, lui donna un gâteau et ils allèrent s'installer dans le salon. Christophe avait de la chance : Lucas ne maîtrisait pas suffisamment le langage pour raconter à sa mère que pendant son absence, il avait dormi avec son père toutes les nuits et s'était nourri exclusivement de biscuits grignotés devant la télé.

Le mail en question était celui qu'il redoutait. Louis le relançait pour la dixième fois depuis ce matin, il voulait savoir où il en était de son « enquête ». Si samedi matin, il avait annoncé, tout fier de mettre en avant ses compétences journalistiques, qu'il avait effectivement le nom de la fille de la vidéo et qu'il était en contact avec elle, depuis samedi soir, et un peu plus chaque heure passée à chatter avec Marianne, il s'enfonçait dans une situation inextricable. Louis s'impatientait, le pressant de boucler son article. Christophe lui avait écrit que la fille en question n'avait pas envie de répondre à des questions parce qu'elle souffrait énormément de la parution de cette vidéo mais son associé insistait pour qu'il publie son papier même sans déclaration de la nana, on s'en fout, faut juste qu'on soit les premiers à en parler. Christophe comprenait l'insistance de Louis – préoccupation éthique versus pragmatisme économique. C'était le problème récurrent de leur relation en particulier et de l'économie mondiale en général. Il était dans la même merde qu'un ministre chargé des droits de l'homme dans un pays en pleine crise économique.

Il passa la main sur le drap du canapé-lit pour épousseter les miettes de gâteau. Lucas mangeait machinalement, captivé par le DVD de Petit Ours Brun, volume 1, *Petit Ours Brun fait des farces*.

Christophe s'était trop engagé dans cette histoire. Il n'arrivait même plus à se rappeler comment il avait réussi à se foutre dans une situation aussi ridiculement merdique. Tout avait basculé quand Marianne l'avait soupçonné d'être un gros pervers qui cherchait à détruire sa vie. Son besoin viscéral de prouver qu'il était un mec bien l'avait incité à endosser le rôle de chevalier servant qui allait la sauver. Sans doute aussi avait-il été mû par la culpabilité judéo-chrétienne de s'être branlé la veille sur sa vidéo. Mais dès lors, il était devenu partie prenante de cette affaire. Il n'était plus journaliste. Il se résigna à affronter Louis et lui répondit : « Tu vas trouver ça étrange mais ça m'ennuie d'impliquer cette fille. C'est très dur ce qui lui arrive et je n'ai pas envie de l'enfoncer encore plus en donnant son nom dans un article. Je pense qu'on devrait plutôt lui foutre la paix. »

Deux minutes plus tard, la réponse arrivait : « OK, je comprends. Pas de problème. Fais juste le papier sur YouPorn. On n'est pas obligé de donner son nom. Faut parler du site avant tout. C'est essentiel. Je sens qu'on tient un truc qui peut nous assurer un énorme trafic pendant des mois. Ça va nous sauver. Il faut vraiment que Vox arrive à passer un cap en termes de trafic. Si, comme je le pense, ça booste nos visites, ça nous aidera à trouver d'autres investisseurs et à avoir enfin un peu d'argent pour nous augmenter. On pourrait titrer ça un truc comme "Le porno enfin gratuit et à portée de clic". Et dedans tu mets plein de mots-clés importants. Gratuit, facile, fellation, X, porno, etc. Pour l'instant YouPorn est hors service, ça te laisse un peu de temps. Ils doivent avoir trop de visites d'un coup, mais ils vont vite le réparer. Il faut qu'on puisse publier le papier dès que leur site marchera de nouveau. »

Christophe se renversa sur le lit. Lucas tourna la tête vers son père puis reprit sa contemplation de Petit Ours Brun dans son bain qui foutait de l'eau partout parce que Petit Ours Brun est un vrai coquin.

Mais comment je vais me sortir de là, se demanda Christophe. Même s'il faisait un papier sur le site sans évoquer Marianne, il ferait de facto de la pub à YouPorn. C'était schizophrénique. Il ne pouvait pas d'un côté organiser le crash du site pour le faire disparaître de la surface du web, et de l'autre faire sa promotion.

Et même s'il décidait que la schizophrénie n'était pas une maladie bien grave et passait outre, il y avait peu de chances pour que Marianne partage son opinion. Si elle voyait qu'il avait publié un papier parlant de ces vidéos, elle se sentirait une nouvelle fois trahie.

En même temps, songea Christophe, c'est pas comme si c'était une amie. Je ne la connais même pas. Tout ça est ridicule. Il devait se concentrer sur ce qui était le mieux pour Claire et Lucas et hypothétiquement l'autre bébé à venir. Soit rédiger cet article. Parce que d'un point de vue économique, Louis avait raison. « Je ne peux pas passer mon temps à me plaindre de ne pas avoir de thune, et saborder délibérément toute opportunité d'en gagner. »

« Petit Ours Brun, tu as mis de l'eau partout !
— Mais non maman, je suis un sous-marin. »

Il se redressa. Et s'il publiait le papier sous un pseudo ? Mais ça revenait au même, il était rédacteur en chef du site, Marianne le tiendrait pour responsable.

Il se laissa retomber sur le matelas. Comment contrecarrer son associé ? Puisque l'obsession de Louis pour l'audience du site tenait au fait d'attirer des investisseurs, il n'avait qu'à lui dire qu'il avait justement rendez-vous avec un grand patron de presse qui était très intéressé par Vox. Dans l'idéal, il aurait préféré ne lui en parler qu'une fois l'entrevue passée mais tant pis, ça pouvait faire patienter Louis. Il lui écrivit : « On n'a pas besoin de ce papier pour le trafic. Il se trouve que justement j'ai été contacté par Jean-Marc Delassalle. Il veut me rencontrer. Il dit qu'il est très intéressé par Vox. Ça serait formidable de l'avoir comme investisseur. »

Il était satisfait de lui mais ce fut de courte durée. La réaction de Louis ne fut pas exactement celle qu'il avait anticipée. « C'est quoi ce bordel ? Pourquoi tu ne m'en parles que maintenant ? Je suis directeur général de Vox, tout ça doit passer par moi en priorité. Je n'aime pas trop que tu viennes empiéter sur mon champ d'action. Chacun doit rester à sa place. En plus, il est hors de question qu'on s'inféode à un grand groupe de presse. Les journalistes, c'est toujours des emmerdes. » Cela confirmait une réalité que Christophe s'obstinait à ne pas voir depuis plusieurs mois. Leurs désaccords ne portaient pas sur des points de détail. Ils n'étaient fondamentalement d'accord sur rien. Mais malgré tout, Christophe continuait de penser qu'ils formaient une bonne équipe. Si ça n'avait pas été le cas, Vox serait déjà mort. Il fallait juste qu'il continue de prendre sur lui pour supporter l'obsession de Louis pour le fric et l'audience.

Il se leva et partit chercher un truc à grignoter dans la cuisine. Il avait la flemme de se faire à manger. Sur la table graisseuse, traînait l'assiette intacte de Lucas. Il attaqua la douceur d'épinards et riz au lait concoctée par Blédichef. C'était froid. C'était dégueu. C'était comme ce mois d'août. Il pensa à Marianne. C'était quand même étrange de se retrouver impliqué dans la vie d'une fille qu'il ne connaissait pas. Il s'était déjà fait la réflexion la veille au soir pendant leur séance de chat. Ils étaient de parfaits inconnus les uns pour les autres et pourtant, il était en train de se passer un truc. Une dynamique de groupe se développait grâce à la reconnaissance de l'appartenance au même milieu. À Internet. Une appartenance commune qui passait par la capacité à créer des relations humaines hors de tout cadre social, dégagées de toute convention. Pas des relations virtuelles comme le prétendaient la plupart des gens. Son inquiétude pour Marianne était réelle, elle n'avait rien de virtuel. Il savait, en parlant avec Paul et Marianne, qu'ils existaient. C'était d'autant plus réel que leurs échanges étaient justement libérés de tout contexte social. Ils n'avaient pas à prendre des pincettes, à passer par des circonvolutions, ils n'étaient pas des amis d'amis, ou des collègues de travail, ou des membres d'une même famille. Il n'y avait dans leur relation que ce qu'ils décidaient d'y mettre. Ils se parlaient parce qu'ils en avaient envie. Ils pouvaient se déconnecter quand ils le voulaient. Ils ne se devaient rien. C'était le summum de la relation libre.

Et pourtant, Christophe était en train de se foutre dans la merde pour Marianne.

Il soupira encore une fois.

Prise dans ses problèmes et sa soif de vengeance, Marianne n'avait pas pensé à demander à Paul qui étaient ces amis d'Internet qu'il allait appeler en renfort. Elle s'imaginait qu'il était informaticien et que les informaticiens formaient une sorte de guilde secrète où ils se venaient en aide les uns les autres par des moyens purement techniques. Ce qu'elle ne pouvait pas non plus imaginer une seconde, c'est que Paul était un postado enfermé en vacances avec ses parents, pétri de haine et disposant de tout son temps de libre pour mener à bien leur vendetta.

Ces paramètres conjugués expliquaient sans doute que la vengeance prit si vite une telle ampleur.

Deux jours plus tard, Marianne était installée à la terrasse d'un café avec Olivier et Margaux. Olivier était assez beau pour qu'un groupe de filles assises à une table pas très loin lui jettent des regards en coin puis gloussent entre elles. Grand, brun, le visage parfaitement régulier, la mâchoire carrée, il cumulait tous les traits de ce qu'on appelait un morceau de choix, nonobstant le fait qu'Olivier était fondamentalement plus intéressé par le fait de passer la nuit avec les mecs de ces filles qu'avec les filles elles-mêmes.

« Ça ne te fatigue pas de te faire reluquer par des troupeaux de nanas ? » lui demanda Margaux que le cirque hormonal de leurs voisines énervait depuis déjà quelques minutes.

« Non. Je m'en fous. Qu'est-ce que tu veux que j'y fasse ? »

Margaux haussa les épaules.

« J'en sais rien. Achète du mascara, des t-shirts roses échancrés, n'importe quoi.

— Oui, et puis je peux aussi me faire tatouer pédé sur le front.

— Ou mets une sextape de toi sur Internet », trancha Marianne avant de finir son verre de vin.

Olivier la regarda avec sollicitude et lui répéta pour la dixième fois de la soirée :

« C'est pas la fin du monde. »

À quoi Margaux rétorqua pour la dixième fois :

« C'est la fin du monde. »

Marianne posa sa tête sur l'épaule de Margaux à moitié en signe d'assentiment, à moitié parce qu'elle commençait à être saoule.

Il venait de pleuvoir et la lumière du réverbère à leur droite se reflétait sur le bitume humide. La fraîcheur était presque automnale, un temps de rentrée des classes, à la différence près qu'en cette mi-août, les rues de Paris étaient encore désertes.

Olivier remonta la fermeture éclair de son sweat à capuche et écarta les mains.

« Tout le monde nique. Je vois pas pourquoi ça serait la honte. Et puis, même moi je peux te le dire : tu es hyperbandante sur cette vidéo. Tu es magnifique. À part ton tatouage pourri.

— J'ai pas envie de retourner au boulot », murmura Margaux. Petite brune introvertie, elle était chargée du standard dans une maison d'édition de bandes dessinées, un moyen déguisé de s'approcher de son véritable but : réussir à publier son propre album. Elle passait son temps à dessiner – ce qui lui évitait d'être présente au monde. D'ailleurs, sur la table du café, devant elle, étaient posés un carnet noir à spirales et un stylo-feutre qu'elle attrapait de temps en temps pour esquisser des silhouettes, ou les postures d'Olivier et Marianne, qu'elle traçait sans y réfléchir, tout en répondant à ses amis. Elle venait justement de dessiner le visage d'Olivier avec une bulle « ce n'est pas la fin du monde ». Derrière lui, on voyait un énorme champignon atomique. Elle déchira la feuille et la tendit à Marianne qui esquissa un sourire.

Le téléphone de Marianne sonna. Elle le sortit de son sac, écarquilla les yeux et tendit l'écran vers Olivier et Margaux qui purent lire : « Appel de Gauthier ».

« Je fais quoi ?

— Tu réponds pas, affirma Margaux.

— Passe-le-moi, enchaîna Olivier.

— Non, tu vas lui dire n'importe quoi », répondit Marianne. Elle ne quittait pas l'écran des yeux. « Vous croyez qu'il m'appelle pour quoi ?

— Egocentrique comme il est, il a dû chercher son nom sur Google et il est arrivé sur la page de j'ai un micropénis. »

Marianne fit une moue mitigée. La première hypothèse qui lui venait à l'esprit était qu'il l'appelait forcément pour s'excuser et lui expliquer qu'il n'y était pour rien, qu'un de ses cousins avait piqué son ordi et posté leur vidéo. Ils seraient très ennuyés tous les deux et il lui demanderait sur un ton un peu meurtri comment elle avait pu imaginer ne serait-ce qu'une seconde qu'il l'avait trahie. Elle lui dirait qu'elle était désolée.

Le téléphone arrêta de vibrer et de sonner, comme s'il avait succombé à une attaque cardiaque. Marianne attendit le bip de la messagerie mais la sonnerie se remit en marche.

« Putain, il rappelle ! Je fais quoi ? »

Olivier lui arracha le téléphone des mains et appuya sur le bouton vert.

« Allô ? »

Marianne lui cria sans un bruit un énorme « NOOOON » et mima le geste de lui trancher la gorge. Margaux, qui était assise entre les deux, tenta de reprendre le combiné en vain, Olivier lui tordit le poignet pour la tenir tranquille.

« Non, elle est pas là. En tout cas, elle est plus là pour toi, connard. Tu veux laisser un message ? Hein ? Quoi ? OK… Heu mec… Tu vas pas chialer là ? »

Marianne fronça les sourcils en signe de questionnement mais Olivier se contenta de faire une moue qui signifiait « je sais pas ». Il continuait en parallèle de répéter « OK… OK… je comprends pas bien. Ah… Parle moins vite. T'es sûr ? Bon, bah je transmettrai. Je suis pas sûr que ce soit une bonne idée. OK… Au revoir. »

Il regarda l'écran pour s'assurer qu'il avait bien raccroché et rendit son téléphone à Marianne.

« Alors ?!

— Je vais pisser et je vous explique.

— Mais non, s'écria Margaux, tu contractes ta petite vessie et tu nous racontes. »

Olivier se leva. « Désolé, mais je dois vraiment y aller. » Il rentra dans le café et elles échangèrent un regard exaspéré.

« Il est chiant quand il veut ramener l'attention sur lui comme ça.

— C'est marrant, c'est le seul de nous trois qui n'a pas de blog et pourtant, c'est lui l'*attention whore*[1]. »

Quand Olivier revint s'asseoir, il affichait un sourire satisfait qui agaça les deux filles.

« Alors, je vais essayer de vous expliquer. Gauthier est bouleversé. Je n'ai pas trop compris de quoi il parlait exactement. Il dit qu'il en a ras le bol des pizzas.

— … Des pizzas ?

— Ouais. Il répétait : "Dis-lui d'arrêter, c'est du harcèlement ces pizzas, ces insultes, je vais porter plainte."

— Attends, je pige rien. Il veut porter plainte contre qui ?

— Heu… Bah contre toi je crois. Pour harcèlement. Parce que tu le harcèles à coup de pizzas.

---

1. En français « prostituée de l'attention », expression désignant sur Internet les personnes prêtes à tout pour attirer l'attention.

— Mais putain *pourquoi* je t'ai laissé décrocher ?!
Ça veut rien dire ce que tu racontes. C'est quoi tes
infos pourries là ? »

Margaux se pencha vers Marianne pour lui chuchoter : « On va lui acheter un appareil auditif »,
puis se retourna vers Olivier en articulant très fort :
« TU ES SÛR QU'IL PARLAIT DE PIZZAS, PAPI ? »

Olivier faisait la gueule.

« Je suis pas dingue. Il a clairement dit qu'il en
avait ras le bol des pizzas. Il veut que tu arrêtes avec
les pizzas et les insultes. Il est convaincu que tu es
folle à lier. Il veut te voir pour te le dire en face.

— Hein ? grimaça Marianne, on va se voir pour
parler quatre-fromages et margherita ? Mais ça n'a
aucun sens. »

Son portable sonna à nouveau. C'était un texto de
Gauthier : « On doit se voir tout de suite. »

« Bon, je fais quoi ? »

Margaux trancha : « Dis-lui OK. S'il est à Paris, il
n'a qu'à venir ici, au café. Olivier et moi, on se met
à une autre table. Comme ça, il va t'expliquer son
allergie aux pizzas, tu ne vas pas perdre des jours à
te prendre la tête là-dessus, et au cas où ça dérape
– vu qu'a priori il est devenu maboul, on sera là
pour intervenir. »

Ce plan d'action semblait satisfaisant même si
Marianne aurait préféré pouvoir se préparer davantage à cette rencontre. Ils ne s'étaient pas revus
depuis leur rupture et elle s'était imaginé que le
jour, inévitable, où ils se croiseraient à nouveau,

elle serait coiffée, maquillée, décolletée. Là, elle était prise au dépourvu, en sweat, jean, Converse et chignon. En même temps, peut-être que ça réveillerait en lui le souvenir ému de leur ancienne intimité… Et puis, elle ne pouvait résister à l'idée de le voir apparaître là, devant elle, dans trente minutes. Après deux mois sans aucun contact, elle se rendit compte qu'elle crevait d'envie de le regarder, de l'écouter, de le sentir. Même si deux jours auparavant, elle crevait surtout d'envie de lui faire avaler de la merde, les heures passant, sa rage s'était atténuée pour une raison simple : quelque part au fond d'elle, elle était persuadée qu'il n'y était pour rien. Il devait y avoir une explication rationnelle à l'apparition de leur vidéo sur Internet, une explication qui dédouanerait Gauthier. Parce que, comme souvent à la fin d'une histoire, ce qui ressurgissait dans son esprit, c'était le début de leur relation. Leurs fous rires. Leur complicité. Cette conviction d'être deux face au reste du monde. Évidemment, sa mémoire tendait à passer à la trappe les souvenirs des textos qu'elle envoyait en douce depuis les toilettes à son amant, les soirées à s'emmerder ensemble devant la télé sans faire l'amour.

Gauthier lui répondit par texto qu'il serait là dans vingt minutes. Cela conforta Marianne dans sa présomption d'innocence. Selon une logique toute cartésienne, s'il était à Paris, il n'était pas à Bourganeuf. *Lutetiam sum ergo non Bourganeufam sum.*

Olivier et Margaux déménagèrent leurs affaires à une table au fond de la terrasse, dans un coin peu éclairé, une manœuvre suivie attentivement par la grappe de filles gloussantes.

Quand Marianne distingua la silhouette de Gauthier, sa démarche rapide, ses jambes arquées, elle crut d'abord que son cœur allait s'arrêter. Puis elle comprit qu'elle ne pouvait pas vivre sans lui. Mais quand il fut assez près pour que le réverbère éclaire son visage, cette certitude laissa place au pressentiment qu'il ne partageait pas cet avis. Il avait l'air fou de rage. Son visage était ravagé par des cernes effrayants, un teint livide, des yeux brillants, les traits tirés. Toute chose qui tendait plutôt à confirmer l'idée selon laquelle il avait disjoncté et qu'il était davantage disposé à égorger Marianne qu'à l'épouser. Elle scruta ses mains et fut rassurée de n'y voir aucun couteau.

Il lui dit « salut » et s'assit en face d'elle.

Il était défait mais elle le trouvait beau.

Il était trois ans de sa vie.

Elle voulait de toutes ses forces effacer les six derniers mois.

Elle hasarda un « Ça va ? » qui sembla déclencher chez lui une montée de bile.

« À ton avis madame la cinglée ? Non, ça va pas. Je dors plus. Je fais plus rien. T'es satisfaite ? Fière de toi ? C'est ce que tu voulais ? »

Marianne se tassa sur elle-même. Elle aimait modérément les conflits.

« Je… En fait, je ne comprends pas bien ce que tu dis. Je ne t'ai rien fait.

— Ah ouais ? T'assumes pas ta petite vengeance minable ? Ça ne m'étonne pas de toi, de toute façon t'as jamais rien assumé de ta vie. Non seulement tu me fais cocu comme un gros con et en plus tu te permets de venir ruiner ma vie ? Mais comment tu peux ME FAIRE ÇA, MERDE ? COMMENT ? Tu m'expliques ? »

Selon la loi immuable voulant que les serveurs parisiens viennent toujours interrompre une discussion au pire moment, la serveuse s'approcha pour prendre la commande. Gauthier demanda une bière. La serveuse se tourna vers Marianne qui haussa les épaules et finit par dire d'une voix tremblante : « Un verre de vin blanc, merci. »

Elle prit une grande inspiration avant de demander à Gauthier :

« Je t'assure que je ne comprends pas ce que tu dis. Est-ce que tu peux m'expliquer de quoi on parle ?

— On parle de pizzas et de menaces de mort.

— OK… Alors d'abord, c'est quoi cette histoire de pizzas ? »

Il la regarda d'un air soupçonneux et elle remarqua qu'il avait la paupière gauche qui tressautait.

« T'es pas au courant ? »

Elle secoua la tête.

« Depuis deux jours, je suis harcelé. Je reçois des mails de menaces de mort. Pas quelques mails, des centaines. C'est comme du spam. On m'envoie des images atroces de crimes de guerre, de camps de concentration, d'enfants brûlés au napalm, de charniers. Et surtout, on me livre des pizzas tout le temps, y compris la nuit. Non-stop. Toutes les dix minutes, ça sonne chez moi et c'est un livreur. Je n'ai pas dormi depuis deux jours.

— Je ne comprends pas », avoua Marianne. Elle jeta un coup d'œil aux mains de Gauthier. Elles étaient prises d'un tremblement qu'elle mit sur le compte d'un épuisement nerveux. Il avait l'air au-delà du bout du rouleau. Elle aurait voulu le prendre dans ses bras pour l'apaiser.

Il respira profondément et parut se calmer un peu.

« Écoute, d'une manière ou d'une autre, ça vient de toi. Parce que les mails, y en a en français et en anglais, ils me disent tous que je vais payer pour ce que je t'ai fait, pour la vidéo. Alors OK, la vidéo c'était un peu abusé, mais je t'en voulais énormément. Mais là, c'est du harcèlement et j'ai demandé à mes parents, je peux tout à fait porter plainte contre ton armée de geeks dégénérés. »

Marianne sentit son sang se figer. Elle n'entendit même pas la fin de la phrase. Elle répéta laconiquement :

« La vidéo c'était un peu abusé.

— Oui, OK, je sais. Mais toi, tu es allée trop loin. »

Elle articula chaque syllabe :

« La vidéo c'était un peu abusé.

— Tu ne vas pas commencer à me faire des reproches pour ça, t'es mal placée.

— La vidéo… c'était… un peu… a-bu-sé ? »

Marianne répétait cette suite de mots comme un mantra dont son esprit devait s'imprégner. Son cerveau, habitué par des années de fac à décortiquer chaque phrase de la langue française, était en train de travailler sur le sens de « la vidéo c'était un peu abusé ». Quelles conclusions pouvez-vous en tirer ? Dans un premier temps, nous verrons comment elle constitue un aveu pur et simple de la culpabilité de son auteur. Puis à quel point il sous-estime la gravité de ce qu'il a fait. Enfin nous étudierons les sentiments de l'héroïne qui se rend compte qu'elle s'est royalement plantée, que son ex est bel et bien coupable et qu'en prime, il se fout de ce qu'il lui a fait subir. Qu'il lui pisse à la raie. Et qu'il se positionne en victime.

« Tu te rends compte de ce que toi, tu as fait ? » demanda-t-elle d'une voix tremblante de colère. « Tu sais que toi, je peux te traîner en justice pour violation de la vie privée ? »

L'ombre de la culpabilité passa sur le visage de Gauthier et s'en alla se balader ailleurs.

« Tu veux vraiment qu'on joue à ça ? Que chacun traîne l'autre en justice ? Ça t'amuse ?

— Tu es un putain de… »

La serveuse arriva avec son plateau à l'instant précis où Marianne allait prononcer le mot « connard ».

Elle servit leurs consommations en souriant pendant qu'ils se taisaient. Le téléphone de Marianne vibra. Elle y jeta un coup d'œil hagard. C'était un message d'Olivier : « Tu veux qu'on intervienne maintenant ? Si c'est oui, détache tes cheveux. »

Le cerveau de Marianne prenait conscience de l'ampleur de la trahison de Gauthier. Il avait livré son corps à elle, et leur vie sexuelle, à des inconnus, gratuitement, comme ça. Même si ça n'en était que la représentation visuelle et sonore, il l'avait livrée à tout le monde. Il avait voulu l'humilier, la baiser. La traiter comme la salope qu'il pensait qu'elle était.

« Mais comment tu as pu », la voix de Marianne se brisa une seconde avant de se raffermir, « me faire ça ?

— Ah non ! Tu ne vas pas jouer la pauvre victime après ce que tu m'as fait subir ! »

Face à un tel mur d'incompréhension, Marianne fut anéantie. Elle détacha l'élastique qui retenait son chignon et ses cheveux tombèrent sur ses épaules. Cinq secondes plus tard, Olivier posait la main sur l'épaule de Gauthier et lui disait : « Je crois que ton temps est écoulé, mec. Tu dégages. »

Gauthier le regarda sans comprendre. Olivier resserra un peu la pression sur son épaule.

« Tu dégages. Maintenant. »

Il se leva pendant que Margaux tirait une chaise qui racla le sol et s'installait à côté de Marianne pour la prendre dans ses bras.

Mais debout, les bras ballants face à eux, le regard de Gauthier se voila. Son teint descendit encore d'un ton dans la gamme craie terreuse. Il s'adressa à Marianne avec une intonation désespérée. « Tu veux que je m'excuse ? Je m'excuse Marianne. Je suis désolé de ce que j'ai fait. Même si tu m'as fait beaucoup de mal. Mais je t'en supplie arrête ce truc. C'est en train de me tuer. Dis-leur d'arrêter. Fais-le s'il te plaît. Dis-leur de me laisser tranquille. J'en peux plus. » Olivier le tira par l'épaule pour l'éloigner de la terrasse et Marianne l'entendit répéter : « Tu vas le faire hein ? S'il te plaît… »

Chapitre trois

#3

Plus tard dans la soirée, quand Paul reçut un message de Marianne lui demandant : « C'est quoi cette histoire de pizzas ? », il soupira face à l'immensité de ce qu'il allait devoir lui expliquer.

Comment lui faire découvrir de façon attrayante ce qu'on appelait les égouts d'Internet ? Il mordilla l'intérieur de sa joue droite. Il se sentait investi d'une mission d'évangélisation. Il se leva et sortit de sa chambre. En passant par le salon, il croisa son père installé dans un vieux fauteuil en cuir devant la télé. La pièce était plongée dans la pénombre.

« Salut fils.

— Salut papa. » Paul s'arrêta à côté du fauteuil de son père. « Maman dort ?

— Elle bouquine. Tu connais cette chaîne ? BFM ? »

Paul haussa les épaules.

« Mouais. Vite fait. C'est la nouvelle chaîne d'infos c'est ça ?

— Oui. Ils parlent déjà de l'élection présidentielle. On n'est qu'en août.

— Ah. »

Paul regarda le poste de télé. Des mecs causaient sur un fond bleu. Pourquoi la couleur de l'info, c'était toujours le bleu ?

« Pourquoi tu regardes ça papa ? Tu devrais plutôt te chercher un porno.

— Paul... Tu sais que le porno te présente une sexualité irréelle qui risque de pervertir ta propre sexualité ?

— Blablablabla », fit Paul en se remettant en marche vers la cuisine. Il s'arrêta sur le seuil et demanda : « Tu veux un truc ?

— Non merci.

— Un paquet de Kleenex peut-être ? »

Il crut déceler un sourire sur le visage de son père mais ce dernier se contenta de demander :

« Qu'est-ce que tu vas prendre ?

— Une bière.

— Bonne idée. Tu peux m'en apporter une ? »

Il restait deux canettes. Paul les prit et ferma la porte du frigo d'un léger coup de pied. Il regarda par la fenêtre de la cuisine. Il distinguait à peine les arbres dans l'obscurité mais entendait la pluie qui tombait sur la terre déjà gorgée d'eau. « Sympa », marmonna-t-il. Puis il pensa : « Putain, je parle tout seul, je deviens grave là. »

Il revint dans le salon et tendit une canette à son père.

« Et toi mon fils, qu'est-ce que tu fais enfermé dans ta chambre ? »

Paul avala une gorgée de bière avant de répondre.

« Bah, j'ai maté un film de boules et là je vais expliquer Internet à une meuf », il ponctua la fin de son programme d'un rot sonore.

« Très belle maîtrise de l'ironie. »

Paul le regarda avec étonnement.

« C'est encore un truc de travers chez moi, c'est ça ?

— Non. Mais fais attention, ça pourrait t'attirer des ennuis.

— Merci du conseil », répondit Paul en partant dans sa chambre.

Il se rallongea sur son lit, la nuque appuyée contre le montant en bois, et posa son ordinateur portable sur son ventre. Il fit craquer ses phalanges avant de se mettre à écrire.

<Paul> Il faut que j'arrive à t'expliquer cet Internet obscur, qu'on appelle les égouts d'Internet, ou encore les chiottes du web, et où réside la véritable âme du réseau. Il s'agit de forums où on est totalement anonyme, c'est pour ça qu'entre nous on s'appelle les Anonymous. Sur ces forums, n'importe qui peut venir poster n'importe quoi. Vraiment n'importe quoi. Mais surtout des images porno. Parce que Internet c'est ça, la liberté totale. Tu vois, si on est une communauté à passer autant de temps connectés, ce n'est pas un hasard. C'est qu'on rejette des trucs de la société. Personnellement, j'emmerde

cette société. Ce qui me plaît, c'est justement de dire ou de faire ce qui d'habitude est interdit. Pervertir tout ce qui est sacré. Le dynamiter par l'humour. C'est la transgression permanente. Le forum qui représente le mieux cet état d'esprit est appelé /b/, il est sur le site de 4chan. Sur 4chan on est justement en train de créer des Règles d'Internet où on se moque de l'idée même de règles. On y trouve :

Nous sommes les Anonymous.

Anonymous ne pardonne jamais.

Anonymous peut être un monstre horrible, insensible et indifférent.

Anonymous est néanmoins capable de tenir ses promesses.

Rien ne doit être pris au sérieux.

Aucune limite d'aucune sorte ne s'applique ici – même pas le ciel.

Rien n'est sacré.

Plus une chose est belle et pure, plus il est jouissif de la corrompre.

Quand tu as décidé de te venger de Gauthier, et surtout parce qu'il s'était servi d'Internet pour te pourrir la vie, je suis donc allé sur 4chan. J'ai expliqué vite fait quel connard c'était. Et j'ai filé les infos que j'avais sur lui. L'adresse IP que Christophe avait récupérée, son profil MySpace que j'ai trouvé via le tien, etc. À partir de là, comme on n'est pas complètement demeurés et qu'on maîtrise un peu la technique, c'était pas très compliqué de retrouver son mail, son adresse et son numéro de téléphone.

Et ensuite on a déclenché ce qu'on appelle un raid – ou une expédition punitive. Donc on a fait livrer des pizzas chez lui de manière régulière pour le rendre dingue. On l'a harcelé de mails et de coups de téléphone. Il a cru qu'il pouvait faire les saloperies qu'il voulait sur Internet ? Bah il s'est planté. Il est chez nous, et il paie.

À son immense satisfaction, ses explications intéressaient Marianne. Elle n'arrêtait pas de lui poser des questions, cherchait à comprendre quelle était leur démarche philosophique. Nihilisme ? Scepticisme ? Surréalisme ? Dadaïsme ? Mais il n'en savait foutrement rien. Il avait quelques principes fondateurs : la neutralité du Net qui exigeait qu'aucun État ni aucune entreprise privée n'intervienne dans la gestion du réseau, la liberté d'expression totale, l'autogestion, la provocation. Quand Marianne lui fit remarquer qu'ils étaient en train de créer une police du web, une sorte de milice privée, il ne sut quoi répondre. Oui, ils se faisaient justice eux-mêmes mais parce qu'ils étaient chez eux. Il voyait les dérives possibles que Marianne pointait, mais il demeurait convaincu qu'ils construisaient une société différente. Elle lui parla d'utopie. Peut-être que c'était ça, une utopie. Mais la véritable utopie, c'était de penser qu'on pouvait changer la société. Eux, ils s'en foutaient. Ils la leur laissaient, leur société pourrie. Ils se construisaient juste un autre espace en parallèle. Marianne lui dit qu'elle comprenait, que s'ils s'étaient rencontrés sur le web, ce n'était pas une coïncidence. Si on n'avait pas de problème avec la réalité, avec le monde extérieur, on n'avait aucune raison de passer ses soirées enfermé devant son écran. Il fallait être un handicapé social et trimballer une grosse dose de mal-être pour trouver toute sa beauté à Internet.

Il fallait ne pas se satisfaire du monde tel qu'il était pour partir s'installer à mi-temps dans un univers peuplé d'autres migrants boiteux. Le web avait été les Amériques des handicapés sociaux. Des bras cassés de la réalité. Des borgnes, des tordus, des mal foutus, des insatisfaits, des timides, des dépressifs, des révoltés, des paranoïaques. De ceux qui n'avaient pas confiance en eux et ceux qui n'avaient pas confiance dans les autres. De ceux qui étaient trop cyniques ou trop idéalistes pour se contenter de la réalité dans laquelle on les obligeait à vivre. Et c'était souvent les mêmes, les cyniques et les utopistes.

Ça avait été dur. Ils avaient en commun d'avoir dû accepter le stigmate social que représentait le fait de « passer ses soirées devant son ordi ». Jusqu'à en devenir fier et le revendiquer avec snobisme.

Il était presque 2 heures du matin et Marianne relança malgré tout la discussion.

<Marianne> OK, j'ai bien compris le truc. Mais comment on arrête la cabale contre Gauthier ?

<Paul> Ah… ça c'est le problème, c'est difficile à stopper.

<Marianne> Dis à tes potes Anonymous que c'est bon, c'est réglé.

<Paul> Mais ça ne marche pas comme ça. C'est comme un cheval au galop, on n'arrête pas un cheval au galop.

<Marianne> C'est pas une réplique de *Dirty Dancing* ça ?

<Paul> Non madame. J'y crois pas, tu connais pas tes classiques. Dans *Dirty Dancing*, elle dit : « Tu n'as pas besoin de courir le monde après ton destin comme un cheval sauvage. » Et puis pourquoi tu veux arrêter ? C'est dégueu ce qu'il t'a fait ce mec.

<Marianne> Oui. Absolument immonde. Mais là, le harcèlement doit cesser. Ça va trop loin. J'aime pas ces méthodes. Autant lui flinguer son nom sur Google, je trouve ça bien, autant là ça devient flippant. C'est justement une intrusion dans sa vie « réelle ». On doit s'arrêter aux frontières d'Internet.

<Paul> Ouais… Bon, je vais essayer de calmer les choses mais je ne te garantis rien. Une fois que ces mecs sont sur une proie, ils ne l'abandonnent que quand ils ont fini de la dépecer.

<Marianne> Charmant… Donc y a rien à faire ?

<Paul> Le plus simple, ça serait que ton connard d'ex change d'adresse mail, de numéro de téléphone,

qu'il efface tous ses profils sur Internet. Et s'il déménageait, ça serait encore mieux.

<Marianne> Super… Je vais lui dire ça alors…

<Paul> Ou alors on détourne leur attention avec une autre proie.

<Marianne> On dirait que tu parles de zombies. Et non, pas d'autres proies, ça suffit. Donc on résume : tu leur dis de lâcher l'affaire. Je vais me coucher et essayer d'oublier que depuis quatre jours ma vie est devenue un putain de bordel.

<Paul> T'es pas drôle comme meuf. Je le sentais depuis le début. Est-ce que, au moins, on peut continuer de lui pourrir son nom sur Google ?

<Marianne> OK. Mais tu ne prends plus d'initiative. Tu me consultes avant.

<Paul> Bah justement, j'ai eu une nouvelle idée.

<Marianne> « Est partie se mettre la tête dans le four. »

<Paul> Non mais sérieux, écoute-moi.

<Marianne> « Est partie s'ouvrir les veines. »

<Paul> T'es chiante là, je suis sérieux.

<Marianne> Mais tu laisses jamais tomber ? Je t'ai dit on va se coucher.

<Paul> Ah ! C'était une proposition sexuelle ! J'avais pas compris. Tu veux qu'on branche nos webcams ? Promis, j'enregistre pas.

<Marianne> OK, t'es définitivement le mec le plus lourd que je connaisse. Vas-y, c'est quoi ton idée ?

<Paul> Je pensais créer un faux site pour l'allongement du pénis. Tu vois les pubs pour les

trucs comme ça ? Mais en français. Et dedans il y aurait une rubrique témoignage et on écrirait un faux témoignage, genre « depuis que j'ai acheté la méthode Maxipénis, mes problèmes d'érection sont réglés, etc. », qu'on signerait Gauthier Sandoz. Et on pourrait mettre une photo de lui.

<Marianne> Ah ah… Pas mal. J'aime assez. Tu peux prendre la photo de son CV en ligne. Elle est parfaite pour ça. Bonne nuit.

<Paul> Alors on fait pas l'amour par webcam ?

*Marianne a quitté le canal #miseaupoint

Christophe regardait le square de l'autre côté de la rue, presque désert, hormis quelques retraités trop fauchés pour partir en vacances et qui venaient s'asseoir douloureusement sur les bancs publics pour nourrir les pigeons. Il avala d'une traite son café serré. Il se sentait nerveux. Il trouvait toujours étrange de voir IRL des personnes qu'il ne connaissait que par Internet. On passait par un moment gênant d'ajustement à la réalité. Mais Marianne avait insisté. Il lui avait dit qu'il avait un rendez-vous professionnel important. Il devait enfin rencontrer Jean-Marc Delassalle, le patron de presse intéressé par Vox. Il espérait réussir à le convaincre d'investir dans le site – ce qui les sauverait tous financièrement et, en outre, lui permettrait de démontrer à Louis qu'ils n'avaient plus besoin de faire un papier sur YouPorn pour assurer leur avenir économique. Ce rendez-vous était dans une heure et voir Marianne juste avant le perturbait un peu. Mais elle avait eu un argument de poids : que comptait-il faire de Lucas pendant son entretien ? Elle s'était proposée pour le garder. Elle l'emmènerait dans le square en face.

Lucas s'était endormi dans la poussette pendant le trajet en bus. D'une main, Christophe manœuvra doucement l'engin pour l'orienter vers l'ombre afin que les rayons du soleil ne le réveillent pas. Claire lui manquait. Il avait envie de la tenir dans ses bras. Elle était partie jeudi dernier, on était mercredi. Les deux jours qui restaient à l'attendre s'annonçaient très longs.

Il reconnut de loin la silhouette de Marianne. Elle était vraiment jolie, même habillée.

Il lui fit un signe de la main et elle bifurqua dans sa direction. Elle lui lança un « salut » chaleureux et il se rendit compte que c'était la première fois qu'il entendait sa voix autrement qu'en pleine jouissance. Il fallait qu'il arrête de penser à sa vidéo, elle allait finir par s'en rendre compte.

Ils se firent la bise puis elle se pencha vers la poussette avant de commenter, « beau mec ».

Pendant qu'elle s'installait sur la chaise à côté de lui, il lui demanda si ce n'était pas trop loin de chez elle.

« Nope. Faut savoir un truc : j'habite Paris et pourtant tout est un peu loin de chez moi.

— Tu vis où ?

— Gare de l'Est. Et toi ?

— Belleville.

— Ah oui… Ça rapporte rien de passer ses journées sur Internet, hein ? »

Il approuva de la tête avant de rajouter :

« Mais j'espère que grâce à ce rendez-vous, ça va rapporter un peu plus que rien. Bon, t'as parlé avec Paul ?

— Oui, on a discuté toute la nuit. Il est cinglé ton pote.

— Tu sais, je ne l'ai jamais rencontré. Mais il est très fort en Internet.

— Oui, j'ai remarqué. Il a lancé une espèce de meute numérique qu'il a trouvée sur un site qui s'appelle 4chan.

— Je connais. Il m'a fait des papiers là-dessus. Il y a quelques mois, ils ont réussi à traquer un pédophile en ligne, et ils l'ont livré à la police.

— Pas mal… Donc ils font aussi des choses bien.

— Je crois que ce n'était pas vraiment moral. C'est plutôt que ça les amusait de montrer qu'ils étaient plus efficaces que la police.

— Mais peut-être qu'ils ont raison. Peut-être qu'ils vont vraiment changer… disons la société, ou la politique. Le rapport de force général.

— Tu veux dire qu'Internet va permettre de faire une vraie démocratie ? Parfois j'en rêve aussi. Mais les contre-cultures, les contre-pouvoirs sont toujours rattrapés par le système. C'est la règle. »

Elle touilla le café que la serveuse venait de lui apporter et lécha la cuillère avant de la reposer sur la table. Il eut brusquement la vision de Marianne en train de sucer Gauthier et secoua la tête. Il fallait vraiment qu'il arrête de penser à ça.

« En tout cas, c'est parfait pour mon champ d'études. » Devant la mine interrogatrice de Christophe, elle s'expliqua. « J'écris mon mémoire de DEA sur les notions de spectacle de Debord et de simulacre de Baudrillard appliquées à Internet. »

Simulacre le fit irrésistiblement penser à simuler et il se demanda si elle simulait sur la vidéo. Puis il essaya de se concentrer sur ce qu'elle disait mais il eut du mal dans la mesure où elle portait un t-shirt blanc genre Petit Bateau trop petit pour ses seins qu'il devinait compressés dedans.

« L'idée c'est que la réalité moderne est devenue un spectacle. Pas dans le sens festif. Dans le sens factice. Ce qui compte, ce n'est plus la réalité elle-même mais un ensemble de signes. Notre génération, par exemple, n'a pas connu la guerre mais seulement le spectacle télévisé de la guerre, comme la guerre en Irak diffusée en direct. Même ma vidéo de cul relève de ça. Je sais qu'elle n'est pas ma sexualité. Le fait même que ce jour-là, on ait décidé de se filmer, ça faussait tout. Je cherchais évidemment quels angles seraient les plus flatteurs pour moi. Ça donne l'illusion de surprendre mon intimité, le naturel. Une sextape, ça n'est qu'une sextape, qui ne renvoie qu'à elle-même. Baudrillard disait que le monde réel avait disparu au profit d'une hyperréalité, d'un simulacre de réalité. On achète des meubles qui

102

imitent le bois, et dessus on pose de fausses plantes vertes. Ce qui m'intéresse, c'est que la plupart des gens considèrent Internet comme un espace virtuel alors qu'il est presque plus réel que la vie. Ce n'est pas le web qui est virtuel, c'est le monde réel qui est devenu virtuel. »

Elle s'arrêta une seconde. Elle regardait dans le vide et Christophe en déduisit qu'elle était en train de réfléchir.

« En fait, ce que Paul m'expliquait cette nuit, ça cadre tout à fait avec ma théorie. Je suis allée sur 4chan ce matin. Si le monde est devenu un immense ensemble de symboles, eux ils dynamitent ces symboles, ils les détournent. Par exemple, la Shoah, ce n'est plus les camps d'extermination comme ils étaient réellement, comme réalité vécue. C'est devenu un concept, le symbole de l'horreur absolue. Eh bien, sur 4chan, ils font des blagues dessus. Pas par antisémitisme. Mais pour en dénoncer l'aspect symbolique, le vider de sa substance. Debord aurait adoré je crois. »

Elle se retourna vers Christophe : « Je t'emmerde là, non ?

— Heu… Non. Mais je peux te poser une question indiscrète ?

— Vas-y.

— Tu veux faire quoi comme boulot ? »

Elle éclata de rire.

« Rien. Enfin, j'en sais *rien*. Je veux faire une thèse, je veux avoir le temps de réfléchir. De mûrir une réflexion sur le monde. Et si possible en restant en pyjama chez moi. Malheureusement, ça ne correspond à aucune petite annonce de l'ANPE. En fait, il faut que je trouve un moyen pour devenir riche sans travailler. Je pense qu'il faut inventer quelque chose. Comme le Monopoly.

— Si tu trouves, ça m'intéresse. »

Christophe regarda l'heure sur son téléphone. Il devait y aller. Il laissa à Marianne des instructions pour Lucas qu'elle balaya d'une main. « Ça va, j'ai déjà fait du baby-sitting, t'inquiète. »

Les bureaux de Jean-Marc Delassalle étaient juste à côté. Il arriva dans un hall d'accueil assez froid et donna sa carte d'identité à une hôtesse qui la lui échangea contre un badge magnétique. Il badgea une première fois pour passer un tourniquet identique à ceux du métro, une deuxième pour appeler l'ascenseur, une troisième pour que l'ascenseur enregistre sa destination, le cinquième étage. Quand il en sortit, il hésita sur la direction à prendre. Il demanda à une femme qui passait et qui lui indiqua le fond du couloir. Là-bas, une secrétaire lui dit de patienter une minute en désignant du menton un ensemble de quatre sièges alignés dans un coin. Christophe s'assit et repassa en revue les infos que Google lui avait fournies sur Jean-Marc Delassalle : né en 1947, diplômé de Sciences Po, gendre d'un grand patron de la presse régionale qui l'avait introduit dans le métier, il avait ensuite poursuivi une carrière sans échec, en lançant des magazines un peu innovants mais pas trop. Il avait une réputation solide dans le métier. Il aimait le vin et le whisky, avait été marié deux fois et ne rechignait pas à raconter des blagues de temps en temps. Parfois, il disait regretter l'époque où les organes de presse n'étaient pas encore aux mains des comptables et des tableaux Excel mais avait la réputation de savoir parfaitement rentabiliser ses investissements.

Quand la porte du bureau s'ouvrit, un petit homme rondouillard en sortit avec un large sourire. « Ah ! Monsieur Gonnet ! Entrez, je vous attendais. »

Ils échangèrent une poignée de main ferme et chaleureuse.

Christophe se dit que ça s'annonçait bien.

Il s'installa en face du bureau, dans le fauteuil que Delassalle lui indiqua.

« Je suis très content de vous rencontrer, vous savez. »

Christophe se sentit mi-flatté, mi-désarçonné.

« Heu… Moi aussi. »

C'était trop facile, pensa Christophe. Il avait l'impression que dans deux minutes, Delassalle allait sortir son chéquier pour lui filer 100 000 euros, en rigolant d'un air débonnaire.

« Je suis très attentivement votre site. En fait, je l'ai découvert au moment de votre mobilisation contre la loi DADVSI. Ce que j'aime, c'est votre inventivité. » Les mains de Delassalle s'agitaient dans les airs comme si elles mimaient les explosions d'un feu d'artifice. « Vous arrivez à avoir un regard à la fois pointu et décalé sur l'actualité. C'est une qualité essentielle dans nos métiers. »

Christophe se contenta de sourire. Il avait sans doute l'air d'un gros bêta mais il ne voyait pas quoi répondre à ces louanges légèrement exagérées. Delassalle tapotait maintenant son index sur le bureau comme s'il actionnait un bouton magique.

« J'ai particulièrement aimé votre série de papiers sur le CPE. Et aussi celui sur le coup de boule de Zidane. » Rien qu'en l'évoquant, il était repris de rire. Mais il s'arrêta de glousser pour rajouter très sérieusement :

« Et c'est malin. *Très* malin. Ce ne sont pas juste des articles drôles. Non, ils disent quelque chose. Prenez votre grille de bingo pour la DADVSI. Ça dit quelque chose de la politique, de la manière dont la parole politique est figée et prévisible. Et vos lives ! Cette idée de commenter en direct sur Internet ce qui passe à la télé… Malin… »

Christophe murmura « merci » tout en pensant : « C'est trop beau pour être vrai, c'est une caméra cachée. »

« Vous apportez quelque chose de neuf dans le journalisme. Je suis peut-être vieux mais je sais reconnaître le talent quand je le croise. Et du talent, vous en avez. »

Christophe avait atteint un tel degré de gêne que tout ce qu'il arrivait à faire, c'était décroiser les jambes pour les recroiser dans l'autre sens. Ce qui devait sans doute lui donner l'air d'un individu dangereusement instable mais Jean-Marc Delassalle, imperturbable, continuait avec force mouvements des mains. Là, par exemple, il venait de les écarter avant de les abattre brutalement sur le bureau.

« C'est pour ça que j'aimerais vous faire une proposition. Je pense que la presse va au-devant d'une énorme crise. Une crise économique sans précédent et dont, malheureusement, la plupart des acteurs n'ont pas encore conscience. Aux États-Unis ça a déjà commencé. Pour s'en sortir, il va falloir être malin. Il va falloir comprendre que le monde change. Et changer avec lui. »

Christophe opina du chef. Il en était convaincu depuis des années. Il aurait pu le dire mot pour mot.

« Internet bouleverse beaucoup de choses. Et notamment ce que les gens ont envie de lire. Un état d'esprit. » Ses mains firent le signe des guillemets. « L'*infotainment*. On ne peut pas continuer à faire les mêmes journaux comme si Internet et les gratuits n'existaient pas. »

Il fit une pause et pointa un doigt vers Christophe.

« Je peux vous poser une question, Christophe ? Qu'est-ce que vous comptez faire dans les prochains mois ? »

Christophe eut envie de répondre : « Apprendre à mon fils à aller sur le pot », mais il se retint.

« Eh bien… » Il décroisa les jambes. « Continuer à faire évoluer mon site. L'imposer comme une référence sur le web français. » Il commença à s'animer. « Il y a une place à prendre. Puisque aucun journal ne semble prendre Internet au sérieux, c'est le moment idéal pour devenir incontournable. À un moment ou à un autre, la bascule va se faire. L'argent de la pub qui va pour l'instant vers les publications papier va finir par migrer sur le web. Et à ce moment-là, j'aimerais que Vox soit le site incontournable. Évidemment, le tout c'est de tenir économiquement jusqu'à cette bascule. Et de réussir à continuer à nous développer grâce à des investissements. »

Delassalle se renfrogna et passa le plat de sa main sur le bureau comme s'il voulait effacer les paroles de Christophe.

« Moui… Mais si j'avais une autre proposition à vous faire ? »

Il leva un regard si gourmand que Christophe eut l'impression d'être une énorme religieuse au chocolat enrobée de chantilly.

« Et si je vous proposais de prendre la codirection d'un magazine de mon groupe ?

— D'un magazine ? » répéta Christophe sans comprendre.

« Oui. Un magazine. Un magazine d'infos, certes. Avec une totale liberté et un salaire de rédacteur en chef.

— Heu… Excusez-moi mais vous parlez d'un magazine *papier* ? »

Jean-Marc Delassalle éclata de rire.

« Oui, évidemment ! Vous l'avez dit vous-même, il n'y a pas de recettes publicitaires suffisantes sur Internet. Pour l'instant, le papier c'est encore l'avenir. »

Alors ça, ce n'était plus du tout quelque chose que Christophe aurait pu dire. Il aurait plutôt décrété « le papier est mort et bientôt enterré ».

« Je veux votre esprit, votre jeunesse, votre inventivité dans un magazine papier. Ça serait formidable, non ? »

Christophe écarquilla les yeux. Il essaya timidement de s'expliquer.

« Mais ce que vous aimez sur Vox, c'est son côté web. Là, vous me demandez de faire du web sur un support papier. Ça n'a pas de sens. Si j'ai des idées de sujets différents c'est justement parce que je travaille sur un support différent. Qui offre des tonnes de possibilités. La grille de bingo dont vous parliez, ça marche sur Internet parce qu'on peut l'envoyer à ses amis, parce qu'on peut cliquer dessus pour l'agrandir. Mais dans un magazine papier, ça n'aurait pas de sens.

— C'est là que je crois que vous vous trompez. Vous sous-estimez la puissance du papier. Vous avez déjà vu les rotatives tourner ? Entendre le bruit, sentir l'odeur, voir le journal sortir. C'est magique. C'est la magie de l'ère industrielle. Je vous emmènerai, et vous tomberez amoureux du papier. Comme tout le monde.

— Malheureusement mon cœur est déjà pris. Il appartient au web. »

Delassalle hocha la tête.

« Vous avez des enfants ?

— Un fils, oui.

— Il a quel âge ?

— Un an et demi.

— Et vous vous en sortez ? Je veux dire financiè-rement. Vous lui offrez tout ce dont vous rêvez ? »

À ce moment-là, revint à l'esprit de Christophe l'image d'un cafard qui courait sur la plinthe d'un mur de la cuisine, et Claire et lui en train de cher-cher comment l'attraper sans le blesser parce qu'ils avaient entendu dire que si on les écrasait, ils pon-daient automatiquement des œufs.

« La bascule va se faire », répéta Christophe d'une voix moins assurée.

« Et si ce n'est pas le cas ? Ou si elle se fait dans vingt ans ? Qu'est-ce que vous allez devenir pendant vingt ans ? Vous allez attendre des budgets pub qui n'arrivent pas ? Pendant que d'autres vont vous copier et gagner de l'argent avec vos idées, parce que c'est ce qui va arriver. Je vous ai découvert. D'autres vont le faire. Vous leur offrez vos idées en accès gratuit sur votre site. Et eux, ils vont les vendre à des lecteurs ces idées, ce ton différent. »

Christophe se sentit découragé. Delassalle avait tapé juste. Christophe avait toujours refusé de se projeter dans l'avenir. Et s'il avait raison ? Dans vingt ans, Lucas aurait 21 ans et lui 52. Il fut pris d'un vertige.

« Ce que je vous propose est une opportunité assez rare. Je ne suis pas un mécène gracieux non plus. Je vous propose ce poste parce que je sais que j'en tirerai un profit.

— En fait, vous êtes en train de me dire qu'Internet, ça ne marchera jamais ?

— Je vous dis qu'il n'y a pas pour le moment de modèle économique viable sur le web. En plus, depuis l'éclatement de la bulle en 2001, les investisseurs sont très peureux. Je suis désolé », ajouta-t-il avec un accent de profonde sincérité. « J'ai l'impression de briser vos rêves. Mais il faut tenir compte de la réalité telle qu'elle est. »

Christophe se surprit à penser à Marianne, et à Baudrillard, et à cette drôle d'idée selon laquelle la réalité n'était qu'un ensemble de signes.

Mais Delassalle reprit avec entrain :

« Et puis, vous pouvez aussi rêver avec le papier ! Je ne vous dis pas que la bascule ne se fera jamais. Mais le papier l'emporte pour l'instant, et il survivra si on trouve la bonne manière pour le faire. Tenez, vous vous voyez lire un roman entier sur un écran ? Non, n'est-ce pas ? L'écran sera dédié à certains usages, et le papier à d'autres. Et une pub sur papier aura toujours plus de gueule que sur Internet. Donc les annonceurs seront toujours prêts à la payer plus cher. »

Delassalle écarta les mains comme pour symbo-
liser sa propre impuissance devant cet état de fait.

« Je ne vous demande pas de me répondre tout
de suite. Réfléchissez-y quelques jours. Si vous êtes
intéressé, je vous en dirai davantage sur ce nouveau
journal que je veux lancer. Mais n'oubliez pas que
l'un des avantages c'est qu'en intégrant un groupe
de presse vous êtes assuré de pouvoir évoluer ver-
ticalement. De faire carrière. »

Christophe sortit du bureau à peu près dans le
même état que si un six tonnes lui était passé sur
le corps. Alors qu'il longeait le couloir vers l'ascenseur, sa seule idée fixe se résumait à : « Il faut que
je parle à Claire, il faut qu'elle rentre de vacances
et qu'on parle. »

Debout devant l'ascenseur, il se rendit compte
qu'il était incapable de retourner tout de suite au
café retrouver Marianne et Lucas. Il se remit en
marche et suivit le panneau qui indiquait discrètement les toilettes.

Il s'assit dans une cabine qu'il verrouilla. Le carrelage était d'un blanc immaculé. Il pouvait même
poser sa tête contre la chasse d'eau chromée pour
se rafraîchir la tempe. Il essaya de réfléchir.

Constat n° 1 : il n'avait pas de nouvel investisseur
pour Vox. Ça confortait la position de Louis donc
la nécessité de faire un article sur YouPorn, et ça le
ramenait donc dans sa merde vis-à-vis de Marianne.

Constat n° 2 : il allait peut-être devoir réfléchir à
son avenir. Delassalle lui avait fait une proposition

112

de travail très intéressante. Surtout d'un point de vue financier.

Il regarda ses chaussures. Pour faire bonne impression, il avait mis ses seules chaussures dites « de ville » au lieu de ses traditionnelles baskets. Tout ça, pour rien. Il se sentit vaguement honteux.

Accepter cette offre, ça voulait dire laisser tomber Vox auquel il se consacrait non-stop depuis plus d'un an. Ça voulait dire laisser tomber Internet et passer à l'ennemi, au papier. Jusqu'où devait-on s'accrocher à ses projets perso ou rendre les armes et rentrer dans le rang par réalisme économique ? C'était à peu près les interrogations de toute une génération résumées dans son cas particulier.

Un vrai poste de rédacteur en chef, c'était tentant. Une nouvelle aventure. Avec un vrai salaire, un vrai budget.

Mais il ne pouvait pas le faire. Il regarda la porte des chiottes et il comprit que c'était impossible. Ce qu'il savait faire, c'était du web. Il ne connaissait pas le papier. Il n'y voyait que des contraintes. Comment pourrait-il renoncer à la liberté que lui offrait Internet ? C'était une drogue. Et il était bon à ça. Certes, il pariait sur l'avenir mais il était convaincu qu'il avait raison. Peut-être qu'il se plantait, peut-être qu'il faisait la plus grosse erreur de sa vie.

Il revenait donc à la case départ. Il ne touchait pas 20 000 euros.

Et il n'avait plus qu'à prier pour que Claire ne décide pas de garder le bébé.

Ce qui l'amena à une seconde prise de conscience. Il ne pouvait plus prendre ce genre de décisions seul. Il était hors de question de refuser un boulot avec un meilleur salaire et de demander à Claire de continuer à gagner de l'argent pour deux, enfin trois, enfin peut-être quatre, sans la consulter.

Il se leva et sortit des toilettes pour retourner à l'accueil récupérer sa carte d'identité avant de quitter cet immeuble dans lequel il ne remettrait sans doute plus jamais les pieds. Il n'y avait personne dans la rue ensoleillée et aucune voiture ne circulait mais il se mit sous une porte cochère pour téléphoner. Elle répondit tout de suite. Il ne la dérangeait pas, bien sûr, elle allait faire une sieste avant le déjeuner. Il lui raconta son entrevue avec Delassalle, en prenant soin de ne rien omettre des prédictions les plus funestes qu'il lui avait faites sur l'avenir du web. Il passa juste sous silence ses problèmes avec Louis. Il ne lui avait pas parlé de YouPorn, Marianne et tout ça. Il ne voyait pas l'intérêt pour le moment. Ce qu'il voulait surtout, c'était lui raconter l'entretien comme si elle y avait assisté, sans parti pris, pour ne pas influencer sa réponse.

« OK », dit-elle calmement à la fin de son exposé. « Et qu'est-ce que tu en penses toi ?

— Je sais pas. » Il cognait le bout de sa chaussure contre la porte de l'immeuble.

« Christophe ! On sait toujours. Même quand on a l'impression d'être paumé, dans le fond on sait

114

toujours ce qu'on va faire. Tu dois bien sentir que tu penches d'un côté ou d'un autre ?

— Franchement, non », mentit-il.

Il y eut un silence. Puis elle reprit avec une voix qu'il connaissait bien, la voix qu'elle avait quand il l'exaspérait.

« Putain ! Mais Christophe, arrête ! Tu fais exprès d'avoir l'air neutre, objectif pour ne pas m'influencer. C'est gentil mais c'est gonflant.

— Comment çà ?

— C'est comme pour ma grossesse. Je *sais* que tu as un avis sur la question, ça n'est pas possible autrement, et je *sais* que tu ne veux pas me le donner pour ne pas m'influencer. Mais ça te regarde aussi.

— Oui mais là, ce boulot, ça te concerne aussi.

— Il te propose combien comme salaire ?

— J'en sais rien. J'ai pas demandé. J'imagine que ça tourne dans les 3 000 euros mensuels.

— Ah ouais… Quand même… »

Christophe fit une grimace intérieure.

« Ça fait pas mal d'argent en plus… » Il sentit qu'elle était en train de calculer et il ajouta :

« Oui mais sachant qu'une partie irait dans une nounou à temps complet parce que je ne pourrais plus garder Lucas.

— Tu crois qu'on pourrait déménager ? demanda-t-elle.

— Oui. On pourrait même se prendre un trois pièces et avoir notre chambre à nous.

— Wahou… Et on pourrait payer des baby-sitters le soir pour aller au restau en amoureux…

— Oui. Et au ciné. »

Ils se turent. Il l'entendit soupirer dans le combiné.

« Mais tu n'as pas envie de faire ça dans la vie hein ?

— Aller au restau avec toi ? Si. »

Il entendit l'amorce d'un rire qui finit encore une fois en soupir.

« Tu n'as pas envie de laisser tomber Vox et d'aller bosser pour un magazine hein ?

— Ça peut être intéressant…

— OK. Refuse alors.

— Je veux que tu y réfléchisses.

— Je ne sais pas comment t'expliquer ça mais… je n'ai pas envie que tu fasses un boulot qui ne t'intéresse pas. Je n'ai pas envie que tu renonces à ce qui te tient vraiment à cœur pour qu'on puisse aller au restau. »

Christophe lui dit alors ce qui lui pesait depuis des mois sans avoir jamais osé le partager avec elle.

« Mais moi je n'ai pas non plus envie de t'offrir une vie merdique. » Il crut un instant qu'il allait pleurer tellement ce constat sur leur vie actuelle lui faisait mal. « Une vie où on passe notre temps à galérer pour la thune. Je t'aime. Je veux que tu sois heureuse, je veux que tu aies un bel appart, où tu te sens bien. Je ne veux pas qu'on renonce à un deuxième enfant parce qu'on n'a pas d'argent. Je ne veux pas que tu avortes parce qu'on est fauchés.

Merde… J'en ai marre. J'ai envie qu'on ait la belle vie. »

Elle se taisait. Quand elle reprit la parole, elle était émue.

« Elle n'est pas merdique notre vie, tu sais. Et puis on est jeunes, on a 30 ans. Si on en avait 40 et qu'on était dans cette situation, OK, on y réfléchirait à deux fois. Mais j'aime notre vie. Et je t'aime. Et j'en ai rien à foutre d'avoir un bel appart si je vis avec un mec déprimé parce qu'il a renoncé à ses projets. On irait tous les soirs au restau et il se passerait quoi ? Rien parce que tu serais éteint. Je trouve que tu as une chance incroyable d'avoir trouvé ce qui te plaît vraiment. Ce qui te passionne. Je t'envie un peu. Moi je fais un boulot pas nul mais dont je n'ai rien à foutre. Si comme toi j'avais trouvé un truc qui me passionne, je ne le lâcherais pas. Malheureusement, picoler avec mes copines, ou passer la journée avec toi au lit, c'est pas encore officiellement considéré comme un boulot.

— Mmmm… J'aimerais être pété de thune et te payer à chaque fois qu'on fait l'amour.

— Je serais ta prostituée attitrée ?

— Exactement. D'ailleurs, je crois que c'est en train de m'exciter comme idée.

— Si ça t'excite à ce point-là, on peut commencer avec des prestations pas chères. On fait comme pour les impôts, on indexe le tarif sur les revenus.

— Je t'aime.

— Je sais. Je suis une femme formidable. Je renonce à tout confort matériel pour toi. Je pense que même sur ton lit de mort, je viendrai te hanter pour te répéter à quel point j'ai été géniale dans cette histoire. »

Quand ils raccrochèrent, il n'avait qu'une idée en tête : faire l'amour à Claire. Mais à la place, il devait aller récupérer leur fils.

Il trouva Marianne et Lucas dans le square, en face du café où ils étaient deux heures avant. En deux heures, il avait fait un grand huit émotionnel et il se sentait dans le même état, à moitié abasourdi et vidé, que s'il venait de descendre du Space Mountain.

Lucas courait après les pigeons et Marianne se tenait accroupie pour l'encourager. Elle avait ramené ses cheveux en chignon, dégageant sa nuque fine. Elle leva les yeux vers Christophe et fronça les sourcils :

« Ça va ?

— Oui.

— T'es sûr ? T'as une drôle de tête.

— Oui.

— OK. T'es pas trop du genre à t'épancher auprès des autres, hein ? »

Il sourit et désigna Lucas du menton :

« Ça s'est bien passé ? »

Lucas le vit à ce moment-là et débaula pour se jeter dans ses jambes en criant « Papapapapapa ». Christophe l'attrapa et le serra dans ses bras. Est-ce qu'on pouvait prendre une mauvaise décision pour de bonnes raisons ?

« Merci Marianne, ça m'a vraiment aidé. Lucas, tu dis au revoir à Marianne ?

— Nan. »

Lucas tendit les bras vers Marianne et réussit à attraper un bout de son t-shirt auquel il s'agrippa de toutes ses forces qui étaient non négligeables.

Christophe regarda Marianne avec un sourire gêné. « Il est pas du genre à lâcher facilement », commenta-t-il. Elle rit. « Oui, j'avais remarqué. » Il essaya d'expliquer à Lucas qu'il fallait rentrer à la maison pour déjeuner et que papa devait travailler mais rien n'y faisait. Lucas serrait dans son poing le t-shirt blanc.

Finalement, Marianne proposa de les accompagner chez eux. En définitive, elle n'avait pas grand-chose à faire de sa journée. Et puis elle dit à Christophe que l'heure passée avec Lucas était la première depuis cinq jours où elle avait réussi à ne pas penser à l'infâme bordel qui régnait dans sa vie.

Sur le chemin, elle lui demanda comment il faisait pour travailler en s'occupant de Lucas. Il soupira avant de répondre.

« Tu connais Gulli ?

— Ah… OK… »

Il crut percevoir dans sa voix cette pointe de jugement insupportable propre aux gens qui n'ont pas d'enfant. Les nullipares avaient leurs tics à eux face aux hypothétiques défaillances des primipares.

Mais le cerveau de Marianne avait suivi un autre parcours réflexif puisqu'elle lui demanda : « Tu veux que je reste avec vous ? Comme ça tu bosses pendant que je lui file son déjeuner ? »

Ça arrangeait pas mal Christophe mais il se sentit terriblement gêné quand elle entra chez lui. Enfin… Chez eux. Elle pénétrait dans son intimité, il était mis à nu. L'espace d'une seconde, il eut l'intuition du dixième de ce que pouvait vivre Marianne avec une sextape affichée sur Internet.

Il replia le canapé-lit, remit la housse en velours marron maculée de taches irrécupérables et s'installa avec son ordi, pendant que Marianne faisait manger Lucas dans la cuisine. Il sourit un peu en pensant à la galère qu'elle allait vivre à tenter de convaincre son fils de s'alimenter d'autre chose que de gâteaux.

Il avait reçu un nouveau, énième mail de Louis qui lui ordonnait, dans des termes qui ne laissaient plus de place au louvoiement, de publier maintenant son article sur YouPorn, parce que le site était de nouveau en ligne.

Christophe alla tout de suite vérifier. YouPorn fonctionnait effectivement et la vidéo de Marianne était accessible. Quand il vit l'image de présentation de la vidéo – les fesses de Marianne prise en levrette – il se sentit à la fois dégoûté et fasciné. Il savait que, désormais, il était incapable de la regarder.

Il ne savait pas s'il devait prévenir Marianne tout de suite.

Il ne savait pas quoi répondre à Louis.

Il ne savait même plus dans quel ordre s'occuper de ces problèmes.

Il contacta Paul sur IRC pour lui dire que le site était réparé.

<Paul> Bah oui, je vous avais prévenu que c'était momentané. Ça règle pas le problème de fond.

<Christophe> Tu peux le refaire tomber ? Histoire qu'on gagne du temps ?

<Paul> Je peux mais va falloir trouver autre chose. Faut que les mecs acceptent de retirer la vidéo. C'est la seule vraie solution à long terme.

Il entendit Marianne et Lucas rire ensemble. Il se leva et vint se placer dans l'embrasure de la porte de la cuisine. Lucas était en pleine démonstration de charme auprès de Marianne. Elle tourna la tête et adressa un regard interrogateur à Christophe. Il fit un signe de la main qui signifiait « Rien, tout va bien », puis retourna s'installer sur le canapé. Il cliqua sur répondre et écrivit :

« Louis, je comprends très bien l'importance que tu accordes à YouPorn, et je suis d'accord. Mais moralement, ça me pose un problème de faire la promotion de ce site. Les vidéos de cul profession-nelles qu'ils postent, OK, très bien. Mais il y a aussi des vidéos amateurs de nanas qui ne doivent même pas être au courant que leur vie sexuelle est étalée sur Internet. Je n'ai pas envie de cautionner ça. On peut s'en sortir sans tomber dans ce genre de papiers racoleurs. Pour un mois d'août, le site fait un bon trafic, les lives de *L'île de la tentation* fonctionnent très bien. En juillet, on a été super boosté par le Mondial de foot. On peut se contenter de ça. Ça me met trop mal à l'aise de faire la pub d'un site comme YouPorn. »

Il se sentit soulagé. C'était la première fois depuis le début de cette affaire qu'il parlait honnêtement à son associé – même s'il taisait le fait qu'il avait contribué à mettre YouPorn hors service.

Marianne et Lucas vinrent s'installer dans le salon avec lui et il vit avec étonnement que son fils n'avait pas de gâteau dans la main. Marianne lui demanda si Paul était en ligne. Il dut admettre que oui. Il savait quelle serait la prochaine question. « Et y a du nouveau ?

— Hum… Un peu. Le site a été réparé mais Paul s'occupe de le refaire tomber, ne t'inquiète pas. »

Marianne ferma les yeux une seconde avant de demander : « La vidéo est de nouveau disponible ? »

Christophe hocha la tête. Elle vint s'asseoir à côté de lui pour regarder son écran. Il cliqua à contre-cœur sur l'onglet YouPorn. Elle émit un long sifflement. « Bah dis donc, je fais un gros carton. Je devrais peut-être envisager une reconversion professionnelle. » Puis elle ajouta : « Tu peux dire à Paul que je le remercie ? »

122

Il cliqua sur IRC et tapa :

<Christophe> Marianne te dit merci.

<Paul> Elle est avec toi ?

<Christophe> Oui, elle bb-sit mon fils.

<Paul> Putain… Suis trop jaloux.

<Christophe> Marianne dit : « T'as qu'à venir nous rejoindre. »

<Paul> C'est gentil mais je suis à La Rochelle avec mes parents.

Christophe et Marianne lurent en même temps la réponse de Paul et échangèrent un regard incrédule. Marianne murmura : « Mais il a quel âge au juste ? 12 ans ? »

<Christophe> Marianne demande si tu as 12 ans ?

<Paul> Connasse. J'ai 20 ans.

<Christophe> Marianne calcule que si tu dis 20, tu mens sûrement, donc elle estime ton âge à 18. C'est juste ?

<Paul> Double connasse. 19.

Marianne posa sa main sur l'épaule de Christophe et le regarda intensément avant d'articuler : « Tu as mis ma vie entre les mains d'un gamin de 19 ans ?

— Mais je savais pas. Je t'ai dit que je ne le connaissais pas. »

Ils regardèrent l'écran ensemble. Il y avait toujours écrit « 19 ». Marianne murmura : « Ça se trouve, il a même pas le bac… » Ils éclatèrent de rire.

<Christophe> Et tu sais ce que tu veux faire quand tu seras grand ?

<Paul> Vous êtes lourds. On dirait mes parents. Je vous signale que c'est vous qui avez besoin de moi. Pas l'inverse.

<Christophe> OK, le prends pas mal. Ça nous fait juste bizarre.

<Paul> Je vous hais.

<Christophe> C'est de ton âge oui.

Marianne lui tapa sur l'épaule. « Vas-y mollo, le pauvre, c'est tellement les boules d'avoir 19 ans. Tu vas le vexer. »

<Christophe> Marianne demande si tu vis toujours avec tes parents.

<Paul> Plus pour longtemps. Je trouve un moyen de me faire de la thune et je me barre.

Marianne écarta les mains. « Mais tout s'explique ! Il est connecté en permanence parce qu'il se fait chier en vacances avec ses parents. Et il a la rage contre tout parce qu'il est jeune. »

Elle s'arrêta et regarda Lucas. « Il s'est frotté les yeux. Je vais le coucher pour la sieste, non ? »

124

Christophe approuva. Il regarda Lucas se blottir dans les bras de Marianne, ou plus exactement
contre ses seins, pendant qu'elle l'emmenait dans
sa chambre.

Il revint à ses mails. La réponse de Louis venait
d'arriver avec le sifflement d'une flèche qui attein-
drait un adversaire en plein dans le dos.

« Mais qu'est-ce que tu fous Christophe ? T'es
complètement malade ou quoi ? Tu cherches à
couler Vox ? Si toi tu fais n'importe quoi, je vais
devoir prendre mes responsabilités d'actionnaire et
de directeur financier. Je suis désolé. Tu publies ce
papier maintenant ou je m'en occupe moi-même et
j'en tire les conséquences. Ça fait déjà un moment
que tu chies dans la semoule. »

Christophe fut pris d'une brusque envie de lui
faire bouffer son clavier par le cul. Pour qui il se
prenait ? Qui avait monté Vox ? Qui s'occupait
de faire vivre le site chaque jour ? Qui comprenait
Internet ? Louis comprenait les chiffres. Mais Internet, c'était autre chose que des chiffres. Putain… Ce
mec aurait pu vendre des rouleaux de PQ, ça aurait
été pareil. Il répondit :

« Je refuse qu'on publie ce papier. Je suis rédacteur en chef du site, c'est moi qui décide du contenu
éditorial. »

« Malheureusement pour toi, tu es également
actionnaire minoritaire puisque tu n'as rien investi.
Si tu y avais mis ton fric perso comme je l'ai fait,
tu verrais sans doute les choses différemment et tes

problèmes de morale disparaîtraient. Je ne peux pas m'offrir le luxe de dilemmes à la con d'un journaliste qui se branle la nouille. Le site doit devenir rentable. Il va le devenir. Mais visiblement, ce ne sera pas avec toi. »

« Ça veut dire quoi ça ? »

« Ça veut dire que je vais organiser une réunion avec notre actionnaire, l'actionnaire que *j'ai* ramené et avec qui je suis largement majoritaire, et qu'on va voter pour décider si tu restes rédacteur en chef. Et qu'on va voter que non, tu ne le restes pas. Je ne supporte pas les mecs comme toi qui n'ont pas de couilles, c'est eux qui font foirer les affaires. Désolé que ça se finisse comme ça. »

Christophe regardait son écran comme s'il le défiait du regard quand Marianne sortit de la chambre en refermant la porte tout doucement. « Je lui ai lu deux histoires », chuchota-t-elle.

Il la regarda. Elle se tenait debout et lui souriait. Si elle avait été moins jolie, ou même carrément moche, aurait-il mis en péril sa carrière ? C'était pour cette parfaite inconnue, blonde, les yeux noisette, une fossette à la joue quand elle souriait, qu'il était en train de se foutre, et sa famille avec, dans une putain de merde intersidérale. Et elle ne le savait même pas. Elle dut sentir quelque chose d'étrange dans le regard que Christophe posait sur elle parce qu'elle ajouta : « Je vais y aller maintenant », avec une précipitation suspecte.

126

Christophe hocha la tête en signe d'assentiment. Il avait envie qu'elle parte, qu'elle disparaisse à jamais de sa vie, que leurs chemins ne se soient jamais croisés. Cette fille ne lui apportait que des problèmes, c'était un nid à emmerdes dont il s'était senti mystérieusement responsable. Et tout ça était parti d'un malheureux mail envoyé vendredi soir, un mail qui était en train de foutre sa vie en l'air.

Chapitre quatre

#4

La réunion de prérentrée de l'établissement scolaire secondaire ne servait pas à mettre au point des détails pratiques afin que l'école soit en état d'accueillir les nouveaux élèves, elle avait pour fonction essentielle de permettre au personnel de faire le deuil psychologique des vacances et d'admettre la triste réalité : les élèves et les problèmes allaient incessamment sous peu revenir.

Chaque année, depuis trois ans qu'elle occupait le poste d'assistante d'éducation, Marianne trouvait cette réunion non seulement inutile – ne travaillant qu'à mi-temps, elle n'avait pas besoin d'accompagnement psychologique pour enterrer l'insouciance de l'été – mais franchement ennuyeuse à périr. Cette fois ne faisait pas exception à la différence près que l'ennui dans lequel elle plongea la réconfortait aussi efficacement que tous les câlins du monde. Il lui offrait la sécurité de la continuité. L'école était le lieu par excellence de la routine, une routine certes émaillée de bastons à la cantine, de rapports sexuels entre élèves dans les toilettes, de grossesses non désirées et de crises de spasmophilie coïncidant mystérieusement avec un contrôle d'histoire, mais une routine somme toute rassurante une fois qu'on avait appris à gérer toutes ces situations.

Autour d'elle, au milieu du préau qui servait traditionnellement de salle de réunion, le personnel était assis sur des chaises prises dans les classes. La prof d'anglais rigolait avec la secrétaire administrative, le prof de techno faisait le fayot au premier rang en hochant la tête à chaque phrase du proviseur qui se tenait debout devant l'assemblée. À côté d'elle, Olivier était occupé à envoyer des textos à sa dernière conquête, un prof de gym suédoise, ce qu'elle trouvait, à titre personnel, affreusement caricatural. En bref, tout était exactement comme d'habitude, comme avant les vacances. Et Marianne goûtait avec une certaine délectation la morosité du discours du proviseur. « Les nouvelles directives du ministère nous obligent donc à mettre en place des heures d'étude personnalisées pour les élèves, heures que nous ne pouvons pas effectuer au vu du volume horaire qui nous a été imparti cette année. Ces heures de soutien scolaire seront donc fusionnées avec les heures de colle. Une heure de colle = une heure d'étude personnalisée. Je pense que nous sommes tous d'accord ? »

Des mains se levèrent. Mme Thibault, la très crainte professeur d'histoire qui provoquait des crises de spasmophilie chez les élèves, prit la parole :

« Ça dépend de qui va s'occuper de ces heures. Les heures de colle se déroulant en fin de journée, pour ma part il est hors de question que je reste dans l'établissement jusqu'à 18 h 30 pour surveiller les heures de colle sans augmentation salariale. Qui va donc prendre en charge ces heures de soutien ? »

Le proviseur fit un signe conciliant et expliqua : « Les heures de colle ont toujours été la prérogative de nos merveilleux assistants d'éducation, il n'est donc pas question que cela change. Ils pourront ainsi profiter de leur jeunesse qui les rend plus proches de nos élèves pour... » Il sembla hésiter sur la formulation à choisir. « Pour... Pour les aider dans leurs difficultés scolaires. Ils sont tous de brillants étudiants avec un sens extraordinaire de la pédagogie. Et qui plus est, ils sont déjà rémunérés pour surveiller ces heures de colle, ce qui ne change donc rien à notre volume horaire. »

Marianne se redressa et demanda la parole. « Excusez-moi mais je ne vois pas ce que ça change avec l'année dernière. Vous croyez qu'on fait quoi pendant les heures de colle ? Des sudokus ? Non, on les aide dans leurs devoirs. Mais ça évidemment vous ne le savez pas puisque à cette heure-là, il n'y a plus personne dans l'établissement... »

Il y eut des bruits de chaises qui se déplacent, de toux, d'éternuements. Les professeurs étaient en général très mal à l'aise dès que les pions prenaient la parole pour revendiquer leur statut de prolétariat de l'établissement.

Olivier se leva pour renchérir : « Je ne suis pas certain que le ministère approuverait cette interprétation très personnelle de la nature des "heures d'accueil individualisées". En outre, je vous signale que la dernière heure de la journée, on doit à la fois surveiller les élèves collés et rentrer les absences dans l'ordinateur. Et que, comme je l'ai déjà fait remarquer l'année dernière, l'ordinateur se trouve dans le bureau du CPE, alors que la colle se déroule dans le préau et qu'il n'y a qu'un seul AED à chaque fois à ce moment-là. AED qui doit donc se trouver dans deux endroits différents simultanément. Nous attendons encore une solution à ce problème. »

Il se rassit à côté de Marianne et ils échangèrent un regard satisfait. Ils savaient tous les deux qu'il n'y aurait aucune solution, qu'ils continueraient à laisser les élèves seuls dans le préau pendant qu'ils étaient dans le bureau, mais ils aimaient assez jouer le jeu de l'établissement en emmerdant un peu le proviseur, qui afficha une mine contrariée comme s'il venait de découvrir une difficulté inattendue.

« Oui, bien sûr, je comprends. Eh bien, vous n'avez qu'à rentrer les absences à un autre moment de la journée. Bref. Nous verrons tout cela ultérieurement, il s'agit évidemment de petits ajustements qui vont se faire d'eux-mêmes en cours d'année. Je vous propose maintenant de prendre le café et les croissants qui nous attendent à la cantine pour une petite collation de rentrée. » La proposition fut accompagnée de soupirs de soulagement et du même brouhaha qui accompagnait la fin des cours. Ils se dirigèrent à la queue leu leu dans l'escalier menant au réfectoire.

La prof de français, avec qui Marianne s'entendait évidemment bien vu leurs centres d'intérêt communs, la prit par le bras et lui demanda : « Alors ? C'était comment tes vacances ? T'as réussi à te remettre à ton DEA ? »

Marianne lui répondit avec un enchaînement sourire/soupir qui en disait long sur l'état d'avancement de son travail universitaire. La prof lui tapota l'épaule. « Ne t'inquiète pas, tu vas réussir à le finir cette année. »

Elle approuva mais se dit surtout qu'au milieu de toutes ses emmerdes, elle avait un peu négligé sa principale source d'angoisse : ses études et l'après. À quel métier pouvait-on prétendre avec un DEA sur Baudrillard ?

Olivier s'approcha d'elle et lui tendit un café brûlant dans un gobelet en plastique. « Je vois pas l'intérêt d'être là quand il n'y a pas les élèves », lui dit Marianne comme chaque année. Et comme à chaque fois, Olivier lui répondit : « Moi j'aime bien ces réunions, ça me donne l'illusion qu'on fait un vrai travail. » Mais Marianne soupçonnait que la véritable satisfaction d'Olivier résidait 1) dans le fait d'être le centre d'attention de tous les membres féminins de l'établissement, 2) dans son tropisme procédurier.

Et comme chaque année, ils finirent par se demander s'ils seraient encore là l'année suivante.

« Ça se trouve, c'est notre dernière réunion de prérentrée ? Vivons-la à fond », commenta Olivier d'une voix morose.

« Mouais… Vu l'état actuel de ma vie, j'y crois pas. »

Olivier leva un sourcil interrogateur.

« Bah normalement la vie est censée aller en s'améliorant. Ou au moins tendre vers un progrès. Or objectivement, si on regarde ma situation, depuis quelques mois elle va en se dégradant. » Elle s'interrompit une seconde. « Ma vie ressemble à une tranche de pain de mie moisie. Peut-être que j'ai dépassé ma date de péremption de bonheur. »

Olivier rigola.

« Bon, franchement, oui, ta situation n'est pas brillante. Mais c'est pas non plus catastrophique. »

Marianne leva la main et se lança dans une énumération doigt par doigt.

« J'avais un mec. Je n'ai plus de mec. Il m'aimait. Maintenant je pense qu'il préférerait passer une nuit avec Hitler plutôt que de me croiser dans la rue. Je n'ai toujours pas fini mon DEA. Je n'ai aucune perspective d'avenir professionnel. J'habitais un joli deux pièces, je suis dans une cage à lapin déprimante. Je passe mes soirées sur Internet à parler avec deux mecs inconnus qui m'ont vue me faire baiser sur une vidéo. Et mon seul salut en ce moment repose sur les compétences informatiques d'un gamin de 19 ans qui est en vacances avec ses parents. Qui dit mieux ?

— Mais par contre, tu gardes une grande distance face à tout ça sans t'écrouler.

— Je suis devenue insensible à mon propre malheur. »

Le cuisinier s'approcha d'eux : « Alors les jeunes ? Ça va ? Vous avez fait la fête pendant deux mois ? » Pour ne pas briser ses illusions sur ce que signifiait être-jeune-de-nos-jours-en-France, Olivier et Marianne firent de grands gestes du type « Oulalala… Si tu savais… Ah ah ah. » Le cuisinier eut l'air satisfait. « Ah oui… La jeunesse, c'est le plus bel âge. Vous avez raison d'en profiter. Les emmerdes arriveront bien assez vite. » Marianne hocha la tête en signe de profond assentiment. « Moi, quand j'avais votre âge, on partait en stop pour voyager avec des copains. C'était génial. C'était la liberté. On était insouciants à l'époque. » Olivier ne put s'empêcher de nuancer un peu son enthousiasme. « Oui mais tu sais, on n'est pas vraiment une génération très insouciante… » Le cuisinier prit un air sombre. « Je sais, je sais. Je vois ça avec mon fils. Le chômage, le sida, tout ça… Vous êtes pas gâtés hein ? Mais vous êtes jeunes, rien n'est grave à votre âge. » Marianne hésita une seconde à lui demander à combien, sur une échelle de 1 à 10, il évaluait la gravité d'avoir une vidéo de son cul sur Internet mais elle s'abstint. Elle l'aimait bien. Et puis, comme la plupart des « jeunes », elle avait l'habitude que certains baby-boomers leur envient un âge qui pour eux avait été béni, sans se rendre compte qu'avoir entre 20 et 30 ans en France de nos jours n'était pas exactement un cadeau de la vie.

Olivier la tira par le coude. « Je viens de recevoir un texto de Margaux, elle essaie de te joindre mais tu réponds pas.

— Ah oui, j'ai laissé mon téléphone dans mon sac, dans le bureau. Elle veut quoi ?

— Je sais pas. Elle dit que c'est urgent.

— Ah… Bah ça doit être l'annonce d'une nouvelle catastrophe dans ma vie », commenta Marianne avec calme. Si Margaux voulait lui parler, il y avait peu de chances que ce soit pour lui annoncer que des postes de chercheuses en situationnisme venaient d'être créés. Elle remonta en réfléchissant à ce qu'Olivier lui avait dit. Était-elle vraiment devenue indifférente à son malheur ? Son esprit s'était-il recroquevillé dans son cerveau pour se protéger ? Elle pensa à Gauthier. Si elle avait gardé l'espoir secret qu'ils pourraient se remettre ensemble, maintenant elle pouvait l'enterrer. Elle entra dans le bureau du CPE qui était aussi le bureau où les assistants d'éducation travaillaient. Elle s'arrêta quelques secondes sur le seuil. Et voilà, une nouvelle année commençait. Il faut que ce soit ma dernière ici, pensa-t-elle. Il faut que j'arrive enfin à m'insérer dans la société.

Elle prit son téléphone à contrecœur. Elle n'avait aucune envie d'appeler Margaux pour apprendre une énième mauvaise nouvelle. Elle s'assit dans le large fauteuil devant le bureau et posa le téléphone devant elle. Deux jours auparavant, elle avait envoyé un mail à Gauthier pour lui dire qu'elle avait tout fait pour qu'il retrouve sa tranquillité et savoir si les choses s'étaient calmées. Il n'avait pas répondu. Elle aurait dû être folle de rage qu'il l'ignore après ce qu'il lui avait fait, mais il avait réussi à inverser les rôles et s'accaparer le statut de la victime. Pire, il était encore parvenu à la faire culpabiliser. Mais dans le fond, elle savait qu'elle ne culpabilisait pas pour cette histoire de harcèlement aux pizzas. Elle s'en voulait tout bêtement de l'avoir trompé et d'avoir ainsi foutu en l'air leur histoire. Elle était la méchante. C'était écrit comme ça.

La femme de ménage passa devant la porte ouverte du bureau et lui fit un signe de la main. Marianne lui répondit par un sourire triste.

Elle se décida à appeler Margaux. Comme prévu, son amie n'avait pas l'intonation de celle qui a gagné au loto et va vous proposer de vous entretenir à vie. Elle avait plutôt la voix faussement calme qu'on prend pour s'adresser à une personne fragile.

« Écoute Marianne, ce n'est pas grave.

— OK… À ce point-là ?

— Non, non, je t'assure. T'es assise là ?

— Oui.

— Bon, sur Vox il y a un article qui parle un peu de ton histoire. Je ne sais pas ce que ton pote Christophe a foutu mais ils en ont fait un papier. Mais, bonne nouvelle, il n'y a pas ton nom. Ils disent juste que tu as un blog. Mais deuxième bonne nouvelle, il n'y a pas de lien vers ton blog.

— QUOI ?! »

Olivier entra à ce moment-là dans le bureau et jeta un œil interrogateur à Marianne.

« OK bichette, je vais regarder ça. Je te rappelle après. »

Elle raccrocha et alluma l'antique machine qui faisait office d'ordinateur. Olivier vint s'asseoir à côté d'elle. Il lui fallut dix minutes pour réussir enfin à consulter le site de Vox. À la une, s'affichait un titre en gras : « Trahie par son ex, elle lance une cyberarmée contre lui ». Elle cliqua.

« Quand une histoire de cul devient une histoire de buzz.

« Au cœur de l'été, YouPorn, le nouveau site de vidéos pornographiques gratuit, a déclenché une étrange guerre entre deux jeunes Français.

« Tout commence par l'histoire aussi banale que triste d'un jeune couple qui se sépare après trois années de bonheur. C'est lui qui prend cette décision le jour où il découvre qu'elle l'a trompé. Il est brisé, désespéré et commet alors l'irréparable.

« Alors qu'il est parti se remettre de son désespoir chez sa famille, il découvre YouPorn, le site dont on vous parlait hier (voir notre article, "YouPorn, du sexe gratuit, du porno sans risque, la révolution du cul est en marche"). Sur ce site, n'importe qui peut envoyer une vidéo pornographique qui est mise en

138

ligne et consultable par tous. Dans un moment de faiblesse et de rage, le jeune homme envoie au site une vidéo de lui et son ex-compagne en plein ébat.

« Quand elle la découvre, la jeune femme se sent trahie, salie, violée dans son intimité. Blogueuse influente, elle contacte ses âmes damnées et organise la contre-attaque. Une véritable cyberguérilla commence alors pour pousser à bout le jeune homme et transformer sa vie en cauchemar. En amour, tous les coups sont permis. Dans la haine aussi. Il reçoit des messages d'insultes, des menaces de mort, des colis contenant des excréments. Puis le harcèlement s'intensifie encore. Pendant trois jours, les cybersoldats qui ont son adresse lui font livrer des pizzas toutes les dix minutes, nuit et jour.

« Il plonge dans un épisode dépressif.

« On attend la suite de cette aventure pleine d'amour et de cruauté de ces Roméo et Juliette du web 2.0. »

Olivier éclata de rire. « Je suis désolé, c'est tellement con. » Mais quand il vit la tête de Marianne, il prit un air sérieux et essaya de la rassurer.

« Non mais t'inquiète pas, personne ne peut te reconnaître dans cette histoire. Y a pas ton nom ni ta photo.

— Je sais. Mais d'abord ce papier est faux. Ça ne s'est pas du tout passé comme ça. Je ne suis pas une impératrice intergalactique qui aurait levé une armée. Et surtout… »

Elle fut coupée par l'arrivée intempestive du CPE. Le conseiller principal d'éducation était leur supérieur direct, ce qui n'aurait pas été grave s'il n'avait pas été également l'un des êtres les plus exaspérants que Marianne et Olivier aient pu rencontrer au cours de leur existence.

« Ah ah ! Mon duo de choc est de retour ! » constata-t-il avec satisfaction. Il restait planté devant le bureau, comme s'il était en visite, alors que Marianne et Olivier occupaient sa place de l'autre côté du meuble.

« Bonjour, articula Marianne.

— Bonjour, vous arrivez un peu tard pour la réunion de prérentrée non ? » osa Olivier.

Le CPE afficha un sourire qui révéla ses dents jaunes en dessous de sa moustache. Il s'approcha du bureau et s'installa sur le siège visiteur. « Ah, vous savez, les réunions de prérentrée, ça ne me concerne pas vraiment. Et puis si c'est pour entendre encore les profs se plaindre de tout, c'est pas la peine. Dans le fond, on sait ce qui les travaille, ces femmes-là », ajouta-t-il avec un clin d'œil que Marianne qualifia intérieurement de « particulièrement dégueu ».

« Le sens du travail ? » hasarda Marianne, ce qui eut pour effet de faire hoqueter de rire son supérieur. Mais il se reprit pour émettre une de ses sentences favorites :

« Sérieusement, je pense vraiment que l'éducation nationale, notre noble institution, fonctionnerait beaucoup mieux si on avait lutté contre sa féminisation. Au XIXe siècle, il n'y avait pas tous ces problèmes de violence dans les écoles. Et au XIXe siècle, l'école était majoritairement tenue par des hommes. CQFD comme on dit… »

Olivier serra le genou de Marianne sous le bureau. Ils évitèrent soigneusement de se regarder.

« Et sinon, quoi de neuf ? » leur demanda leur chef avant d'être interrompu par l'entrée de l'infirmière scolaire qu'il accueillit avec chaleur : « Ah ! Janine la divine ! Comment vas-tu ? »

Janine et sa centaine de kilos vinrent s'effondrer sur le deuxième siège visiteur.

« Oulalala… C'était fatigant ces vacances…

— Ah oui ? Tu étais où ? Parce que moi j'étais au Yémen et c'était ma-gni-fique. »

Marianne se pencha vers Olivier pour chuchoter. « Le vrai problème c'est pourquoi cet article est en ligne. Christophe est censé m'aider et là il publie un papier sur cette histoire. Ça s'appelle me planter un couteau dans le dos, non ? »

« … un pays magique où des millénaires d'histoire nous contemplent. Et il fait très chaud là-bas. »

« Je sais, c'est bizarre. En même temps, tu fais confiance à ce type depuis le début sans aucune raison. Tu ne le connais pas. Et tu lui as confié tes problèmes les plus personnels. Tu lui racontes ta vie. Tu gardes son môme. C'est n'importe quoi. Depuis que je te connais, tu passes ta vie sur Internet, tu devrais quand même savoir que la règle n° 1 c'est de se méfier des étrangers. »

Marianne fit une moue contrariée. Ça ne collait pas. Enfin… Si, théoriquement, ce que disait Olivier était juste mais ça ne collait pas avec la personnalité de Christophe. Il avait l'air d'un mec solide, droit, digne de confiance, pudique. Pas un connard qui l'aurait manipulée pour récupérer des infos en vue d'un article.

« Je vais lui envoyer un texto. » Elle prit son téléphone et commença à pianoter : « Tu peux m'expliquer l'article sur Vox ? En fait, tu t'es servi de moi pour avoir des infos pour ton papier merdique ? »

« Marianne ? Ça va ? On ne te dérange pas trop ? » demanda le chef sans même attendre une réponse. Il se retourna vers Janine : « Ces jeunes, toujours collés à leur téléphone. Je t'assure, celle-là, c'est maladif, si elle s'éloigne de plus d'un mètre de l'ordi, elle s'évanouit. »

Marianne serra les dents. Cette nouvelle année de boulot s'annonçait particulièrement longue. Elle devait trouver un autre moyen de gagner de l'argent.

La réponse de Christophe fut laconique, à la limite de l'ère glaciaire. « Je ne travaille plus pour Vox. Si tu veux vérifier, je te fais suivre ma lettre de licenciement que j'ai reçue ce matin. »

Elle tendit le téléphone à Olivier qui regarda et haussa les épaules d'un air interrogateur. Elle lui mima avec ses lèvres : « Donc c'est pas lui », sans émettre un son mais c'était trop tard, le CPE avait senti qu'il se passait une chose dont il n'était pas au courant. Ce qui signifiait à ses yeux qu'il s'agissait forcément de quelque chose d'important.

« Dites donc, c'est quoi vos messes basses ? Ça concerne un élève ? Un prof ? Le proviseur ? Il vous a parlé ? Parce que vous savez que je tiens à ce que nous ayons une relation de confiance au sein de laquelle vous me rapportez les informations.

— Nan, c'est rien, on parlait de nos vacances », éluda Olivier. Le chef le regarda avec soupçon. « Bon, vous avez fini de préparer les dossiers de rentrée ? »

Non seulement elle avait gâché sa vie, son existence professionnelle, foutu en l'air tous ses projets, les avait mis, Claire, Lucas et lui dans une situation financière apocalyptique, mais en plus, elle avait le culot de l'agresser par texto ? Mais c'était quoi cette espèce de cinglée ? Christophe, qui était toujours en apparence d'un calme olympien, tapa du poing sur le canapé dont le velours défraîchi ne rendit qu'un « pfff » mou et étouffé. Il se dit que c'était le bruit de sa vie. Sa vie faisait « pfff ». Il était la caisse de résonance de tous les « pfff » du monde.

Mais à quoi il s'attendait au juste ? Il aidait une parfaite inconnue sans même penser à vérifier qu'elle n'avait pas un dossier psychiatrique à Sainte-Anne. Et après, il osait se prétendre journaliste… De toute façon, dès le premier soir, il aurait dû le savoir. Elle l'avait quand même soupçonné de lui tendre un piège, d'avoir piraté son ordi pour mettre la vidéo en ligne. Elle aurait aussi bien pu se balader avec un t-shirt « Je suis paranoïaque ».

Il était débile.

Il tapa du poing à plusieurs reprises. Pfff pfff pfff.

Puis il leva la tête et regarda sa lettre de licenciement. Une heure plus tôt, dans un moment de rage teinté de masochisme, il l'avait scotchée au-dessus de la télé, histoire de l'avoir bien en face de lui quand il était assis sur le canapé. Depuis 9 heures ce matin, il affrontait cette lettre dans un duel mental. Il n'arrivait tout simplement pas à croire que Louis puisse lui faire ça. OK, ils s'engueulaient à longueur de journée mais ils formaient une équipe. Et même en cas de divorce, on ne pouvait pas lui voler son bébé. « De graves désaccords concernant la ligne éditoriale du site qui hypothèquent son avenir et mettent en danger sa stabilité financière. »

Il était certain que Louis préparait son coup depuis un moment. On ne prenait pas une décision pareille sur un coup de tête. Peut-être même que, depuis le début, depuis le jour où son connard de futur associé l'avait contacté pour le féliciter pour Vox et lui proposer de bosser avec lui, il avait fomenté un plan machiavélique pour le lourder et mettre la main sur le site.

Mais va te pendre Louis ! Christophe se leva, attrapa un stylo et s'approcha de la lettre. Il la regarda bien en face et écrivit en bas : « Va te pendre connard. »

Puis il contempla le résultat mais s'aperçut avec désarroi qu'on pouvait avoir l'impression que le « va te pendre » lui était destiné. Comme si on lui écrivait : « Tu es viré, il ne te reste plus qu'à te pendre. » Découragé, il retourna s'asseoir.

Claire allait arriver dans moins d'une heure. Elle franchirait le seuil de la porte et qu'est-ce qu'il allait lui dire ? « Salut chérie, c'était bien tes vacances ? Moi ? Oh bah tu sais, la routine. J'ai refusé un super boulot pour me consacrer à mon site miteux dont je viens d'être viré. Tu veux des lasagnes pour ce soir ? »

Si elle avait eu des doutes auparavant, là, elle allait bien être obligée d'admettre la vérité : elle s'était maquée avec un loser.

Son téléphone vibra. « Merde… Je suis désolée. Qu'est-ce qui s'est passé ? J'espère que c'est pas à cause de moi ? »

Bah non Marianne, ça n'a rien à voir avec toi voyons… En plus d'être paranoïaque, elle était bête.

Alors que Marianne et Christophe étaient aux prises avec tous les malheurs du monde, Paul, pour sa part, se réveilla dans un état de bien-être parfait. Allongé dans son lit, il s'étira mollement. Il allait se lever, brancher son ordi, prendre son petit déj, et regarder *Borat* – un film dont il avait lancé le téléchargement la veille avant de dormir.

La matinée idéale.

Finalement, ses rapports quotidiens avec Marianne et Christophe avaient eu l'immense avantage de lui rendre ses parents supportables. Les vacances étaient presque finies et il ne les avait pas assassinés. Internet lui avait permis d'aérer un peu ce huis clos familial. Tout était pour le mieux.

Il se décida à se lever et s'assit machinalement à son bureau mais quand il tendit la main vers le clavier, il eut la surprise de sentir le bois de la table. Il secoua la tête pour émerger un peu et recalculer le mouvement de son bras. Mais il ne vit rien. Il n'y avait rien sur le bureau. Il fronça les sourcils et se retourna. Peut-être qu'il avait laissé son PC par terre. Il se leva et fouilla dans son lit, autour de son lit, sous son lit pour arriver à un seul constat : son ordi avait disparu.

Il se précipita dans le salon, pris de panique. Et si des cambrioleurs avaient pénétré dans la maison pendant la nuit et que ses parents étaient bâillonnés et ligotés à des chaises quelque part dans la maison ? Il trouva son père dans le jardin qui arrosait les rosiers et sa mère dans la cuisine en train de nettoyer une salade. Elle leva la tête en souriant et lui demanda : « Ça va chéri ? Tu veux du café ? Il est encore chaud. » Il avait l'impression de nager en plein cauchemar mais le plus plausible était simplement qu'il avait la tête dans le cul. Il allait se réveiller et retrouver son ordinateur. Sa mère s'essuya les mains sur son tablier puis lui tendit une tasse de café et lui ébouriffa les cheveux avec tendresse.

Il la regarda d'un air soupçonneux. « Qu'est-ce qui t'arrive maman ?

— Oh mais rien ! Je n'ai plus le droit de m'occuper de mon bébé, c'est ça ? »

Elle retourna devant l'évier pour éplucher des concombres. « Tu as bien dormi ? Je me disais qu'on pourrait faire une promenade en vélo tout à l'heure. Ça serait bien, non ? Les vacances sont presque finies et on ne t'a pas vu. »

Paul avala son café et regarda par la porte-fenêtre qui donnait dans le jardin. Il faisait frais mais beau. Il finit par lui répondre : « Y a un truc qui tourne pas rond ce matin. »

Il entendait le bruit de l'économe qui glissait le long des concombres.

« Ce soir, on pensait aller manger des moules », enchaîna sa mère.

Paul posa calmement sa tasse vide sur la table et se tourna vers elle.

« Tu as pris mon ordi ?

— Il paraît qu'elles sont délicieuses dans le nouveau restau qui a ouvert, tu sais, celui avec la devanture bleue.

— Tu es entrée dans ma chambre pendant que je dormais, tu as débranché mon ordi et tu l'as pris ? »

Le bruit de l'économe cessa.

« Arrête Paul. On n'en parle plus. »

Il s'approcha d'elle.

« C'est ça que tu as fait ? »

Elle jeta l'économe dans l'évier et tourna son visage vers lui. Toute trace d'amabilité avait disparu. Elle avait un regard digne de la reine des neiges.

« Oui. C'est ce que j'ai fait. D'ailleurs, je pense que tu as un problème d'amygdales, tu ronfles beaucoup trop pour ton âge.

— Tu te rends compte que tu es malade ? Et que ça, ça s'aggrave vraiment avec l'âge ? »

Paul vit que le coup portait. Toute référence au processus inéluctable du vieillissement était comme une gifle pour sa mère. Mais elle n'était pas prête à s'avouer vaincue.

« Et toi, tu n'as plus d'ordinateur. Maintenant, tu vas profiter de ta famille pendant les deux jours qu'il nous reste à passer ensemble.

— Où il est ? »

Elle haussa les épaules.

« Tu peux chercher. Tu ne le trouveras pas. »

Paul connaissait assez sa mère pour savoir qu'elle ne lançait pas ce genre d'affirmations en l'air. Elle était capable de l'avoir expédié à Paris par la poste. Il fut pris d'une violente envie de lui retourner une bonne baffe. Mais il essaya de se contrôler.

« Rends-le-moi. J'en ai besoin. »

Elle effectua une volte-face complète et tenta de le dominer du haut de son mètre soixante. Elle posa ses mains sur ses hanches et trancha :

« Tu n'as pas compris Paul. J'ai essayé de faire ça gentiment mais si tu le prends sur ce ton, ça va très mal se passer. Donc je vais être claire avec toi : tu ne

148

reverras pas ton ordi avant notre retour à Paris. Tu as la chance qu'on t'offre des vacances alors tu vas patienter quarante-huit heures dans la vraie vie avec de vrais gens à faire de vraies choses. Capisce ? »

Il l'attrapa par le bras et serra sa main autour de son poignet.

« Non. Tu vas me le rendre maintenant. J'en ai besoin. Il y a des gens qui ont besoin que je sois connecté pour les aider. MAINTENANT. »

Il n'avait aucune idée de la tête qu'il faisait à ce moment-là mais, pour la première fois de sa vie, il vit une lueur de peur dans les yeux de sa mère. Elle essaya de libérer son poignet qu'il serra un peu plus fort.

« Tu me fais mal, Paul… »

Son père entra à cet instant dans la cuisine. Il s'arrêta net sur le seuil, incapable de comprendre le sens de la scène qu'il avait sous les yeux. Sa femme l'appela à l'aide. « Alain ! Il est devenu fou, il me fait mal ! » Le père de Paul le regarda toujours sans comprendre et lui dit : « Mais lâche ta mère, qu'est-ce que tu fais ? »

Paul obéit et lui expliqua :

« Elle m'a pris mon ordi. Elle refuse de me le rendre. C'est du vol. J'en ai besoin. Dis-lui de me le donner. »

Sa mère s'était écartée de lui pour venir se réfugier contre son mari. Elle se massait le poignet ostensiblement et elle chuchota assez fort pour que

Paul l'entende : « Je crois qu'il est en plein épisode psychotique. »

Le père de Paul se recula et les regarda alternativement. Il demanda à sa femme si elle avait vraiment pris l'ordinateur. Elle avoua. Le bon droit de Paul allait enfin être reconnu. D'ailleurs, son père fit remarquer sur un ton de reproche : « Je t'ai déjà dit qu'il était mauvais pour un jeune homme d'avoir une mère trop intrusive. C'est castrateur à son âge. »

Elle lui jeta un regard blessé. « Je m'en fiche. Je veux mon fils pendant deux jours, je l'aurai. Même si pour ça je dois lui confisquer son ordinateur de malheur. » Elle se retourna vers Paul. « Parce que quand un parent prend un bien à son enfant, je te rappelle que ce n'est pas du vol mais une simple confiscation.

— Si j'avais 5 ans peut-être, là j'en ai 19 et je peux tout à fait porter plainte. »

Le père de Paul leva les mains en signe d'apaisement.

« Chacun doit raison garder. Retrouvons nos esprits.

— Tu as raison mon chéri », approuva sa mère d'une voix désolée. « Tu veux que je refasse du café ? »

Paul la regarda avec haine.

« Papa ?! Mais tu vas pas la laisser gagner comme ça ? Tu vas lui dire de me rendre mon ordi, hein ? »

Son père sourit.

150

« Tu connais ta mère. Quand elle s'est mis martel en tête… Ça lui passera, ne t'inquiète pas.

— Mais putain papa ! T'as pas l'air de piger. J'en ai vraiment besoin. Je vais pas attendre que cette malade passe à une nouvelle lubie. »

Sa mère se tenait toujours en retrait, la cafetière à la main. Elle lança d'un ton faussement interrogatif :

« Et tu en as besoin pour quoi au juste ? Pour travailler ? Non, vu que tu ne travailles pas. Donc la discussion est close. »

La voir ainsi s'arroger le droit de le priver de sa propriété – OK, il ne l'avait pas payé de sa poche mais ça ne changeait rien – et imposer une nouvelle fois sa volonté tyrannique le rendait dingue. Il avait très envie de traverser la cuisine pour lui coller une bonne beigne dans la gueule. Ce qui aurait sans doute été la meilleure manière de lui montrer qu'il était un adulte.

« Figure-toi, chère maman, qu'il n'y a pas que le boulot salarié, d'ailleurs il n'y a pas que l'argent dans la vie. J'ai besoin de cet ordi parce qu'on a besoin de moi. J'ai des obligations sur Internet. J'ai des attaques à gérer. Tu me le rends ou je me casse. »

Ses parents se regardèrent.

« Je te l'avais dit, Alain. Il est incapable de passer ne serait-ce qu'une journée sans son informatique. Tu appelles ça comment ? Moi, je dis que c'est de la dépendance. En plus, ça le rend violent », ajouta-t-elle en recommençant à se malaxer le poignet. « Tu es son père, tu devrais agir. »

Alain Guedj hésitait encore sur la démarche à accomplir quand sa femme fit un pas en direction de leur fils.

« Tu vois, Paul. C'est pour ça que je le fais. Pour t'aider à comprendre qu'en réalité, tu n'en as pas *vraiment* besoin. C'est comme les drogués. Il faut les sevrer de force pour qu'ils se rendent compte qu'il y a une vie en dehors de la drogue. Plus tu insistes, plus je me rends compte que je fais le meilleur choix pour toi. » Elle marqua une pause mélodramatique. « En fait, je suis enfin en train de jouer mon rôle de parent. »

Paul s'admonesta. Faut pas que je la frappe, faut vraiment pas.

« J'ai 19 ans, je suis majeur, je fais mes choix. Et tu vas me rendre mon putain d'ordinateur. » Il avait une voix sourde.

Sa mère se retourna vers son père :

« Tu vois », s'écria-t-elle, triomphante. « Tu vois qu'il a un sérieux problème. Tu entends sa voix ? Tu vois comme il est tout tendu ? On dirait un drogué en manque. Il a besoin qu'on l'aide. »

Putain, je vais lui en retourner une. Faut que je me calme.

« Mais regarde comme il tremble ! Il a presque de la bave aux lèvres !

— Mais putain, tu comprends pas que c'est toi qui me rends dingue ?! C'est toi qui me pollues la

152

vie à longueur de temps. T'es ma mère, merde ! T'es censée être gentille avec moi, mais tu passes ton temps à m'agresser, à me rabaisser. » Il se tourna vers son père. « Vous me traitez comme un malade, un handicapé, un bon à rien, juste parce que ça vous rassure de m'infantiliser. Elle me traite comme si j'étais un enfant, tout ça parce que ça la fait flipper d'avoir des rides et des cheveux blancs. »

Il vit sa mère s'approcher de lui. Quand elle fut face à lui, elle lui retourna la gifle retentissante qu'il rêvait lui-même de lui administrer. Et elle reprit dans un murmure glaçant dont il ne sut jamais si son père l'avait entendu :

« Et moi ? Tu penses à moi ? À la déception quotidienne que c'est d'avoir comme seul enfant un maigrichon asocial et haineux ? »

C'était une deuxième gifle, infiniment plus douloureuse que le soufflet qui lui avait chauffé la joue quelques secondes auparavant. Paul regarda autour de lui mais la haine brouillait sa vision. Finalement, il prit un verre posé sur le rebord de l'évier. Et il le jeta par terre. Le verre explosa et se répandit en morceaux sur le carrelage.

Sa mère mit ses mains devant son visage et poussa un long cri suivi de : « Mon Dieu… C'est encore pire que ce que je croyais. » Sa voix se contracta dans un sanglot étouffé. « On aurait dû réagir avant, j'ai peur qu'il soit trop tard. On aurait dû être vigilants, voir les signes. » Puis elle s'adressa à Paul : « On va tout faire pour t'aider chéri. Ne t'inquiète pas. »

Son père était interloqué mais il se ressaisit vite.

« Paul, je crois que ta mère a raison. Tu n'es pas dans ton état normal. Tu es devenu incapable de contrôler tes pulsions. »

Le lancer de verre avait bizarrement épuisé Paul. Il restait les bras ballants, en caleçon, devant eux. Il parla d'une voix fatiguée.

« Vous ne comprenez pas que mon problème dans la vie, c'est vous ? C'est elle la cinglée. C'est elle qui a un gros problème. Et toi, comme d'habitude, tu prends son parti.

— Les premières heures vont être difficiles, lui dit son père, c'est toujours comme ça, mais ça va passer. Dès demain, tu commenceras à te sentir mieux.

— Non, ça ne va pas se passer comme ça. Je ne reste pas deux jours avec vous sans mon ordi. »

Mais ils ne l'écoutaient plus. Son père aidait sa mère à s'asseoir comme si une voiture piégée venait d'exploser devant elle. Putain, son père aurait été un flic à chier, même pas foutu de voir qu'il était en train de consoler la terroriste.

Paul quitta la pièce en essayant d'éviter les éclats de verre et retourna dans sa chambre. Il se sentait étranger à tout et surtout à lui-même. Sa rage s'était brusquement éteinte. Il ne restait que la sensation que quelque chose en lui avait rompu. Parce qu'il était désormais sans colère, déjà loin du cirque familial, il pouvait pour la première fois se mettre en action. Il attrapa ses fringues de la veille et les enfila.

154

Prit le sac qui lui servait à ranger son ordi et y fourra quelques affaires. Il ressortit, passa dans le salon. Il trouva le portefeuille de son père. Il y avait 40 euros et sa carte bancaire. Il les mit dans sa poche. Il entendait sa mère sangloter dans la cuisine. Entre deux reniflements, elle répétait : « Il est malade… »

Il sortit discrètement. Devant la maison, il enfourcha son vélo et partit sans se retourner.

Il pédala jusqu'à un magasin d'informatique où il avait déjà acheté des cartes mémoire. Il entra et choisit un petit PC pourri qu'il paya avec la carte de son père. Il ne voulait pas non plus abuser en s'offrant une belle bécane. Il considérait qu'il lui empruntait un peu d'argent en compensation du vol de son ordi. Évidemment, s'il avait trouvé la carte bleue de sa mère, il n'aurait pas hésité à se payer le MacBook qu'Apple venait de commercialiser.

Il ressortit et gagna la gare où il acheta un billet pour le prochain train à destination de Paris. Il avait deux heures d'attente. Il pédala jusqu'à l'avenue Albert-Einstein où il trouva enfin un McDo, quasi désert. Il commanda un McMorning et s'installa dans le coin wifi avec son nouvel ordinateur. Quand il put le brancher sur une prise d'alimentation et que l'icône wifi s'alluma, son cerveau se remit enfin en marche. Il sirota son café et sentit comme le picotement d'un début d'enthousiasme. Personne ne savait où il était, ce qui constituait une forme de liberté suprême. Il n'était absolument pas à l'endroit où il aurait dû se trouver à l'instant présent. Cette pensée lui donna subitement faim. Il dévora son petit déjeuner et partit en chercher un second qu'il mangea en observant une vieille dame seule, qui buvait un café à une table devant lui.

Il espérait que son père aurait un jour le courage de quitter sa mère et qu'elle finirait comme ça.

En attendant ce miracle, c'est lui qui était parti. Il avait laissé ces deux cinglés entre eux. Et ça avait été tellement facile... Pourquoi il ne l'avait pas fait avant ? Pourquoi il avait continué à encaisser tous leurs délires ? Ça lui paraissait déjà incompréhensible. Il repensait à ses atermoiements perpétuels et n'y voyait qu'une contamination de leur propre folie. Il se sentait, pour la première fois depuis des années, serein. En fait, c'était peut-être ça qui l'avait tenu attaché là-bas aussi longtemps : la rage. Elle avait agi comme un lien entre eux, un nœud coulant qui, à chaque crise, l'enfermait un peu plus. Et quand sa colère permanente s'était enfin éteinte, il avait réussi à foutre le camp.

Paul était parti sans réfléchir au sens de cette fuite mais seul, devant sa table jonchée d'emballages en carton sales, il dut admettre qu'il était un peu trop vieux pour faire une fugue. À son âge, un départ devait être définitif. Il ne revivrait jamais avec eux. Il se cala avec aise contre le dossier de la chaise et étendit ses jambes. Libre. Seul et fauché mais bon, il n'allait pas se gâcher ses premières heures de liberté avec ces détails. Il aviserait. Il fallait être méthodique. Le premier objectif était de se tirer de

La Rochelle et de rentrer à Paris. Il se connecta sur le chat. Marianne lui avait envoyé un message pour lui dire que Vox avait publié un papier sur l'histoire de la vendetta. Elle ne lui demandait pas d'aide, elle disait juste qu'elle ne savait plus quoi faire. Par contre, aucune nouvelle de Christophe.

Il leur écrivit un mail commun. « Vous savez que je vis chez mes parents. Ça se passe hyper mal entre nous. Là ils m'ont fait le pire coup de pute possible. J'ai donc dû partir. Je rentre à Paris par le train qui arrive à 17 h 24 et j'ai nulle part où aller. Ça serait vraiment sympa que l'un d'entre vous vienne me chercher et m'héberge juste quelques jours le temps que je trouve une solution. Je suis un peu dans la merde là. » Il attendit jusqu'à la dernière minute pour débrancher son ordi et partir à la gare mais il ne reçut pas de réponse.

En compostant son billet, il fut étreint par une angoisse désagréable. Peut-être que ses parents s'inquiétaient pour lui ? Peut-être qu'il ne pouvait pas faire ça à son père ? Finalement, il n'y était pour rien, lui. Mais il était incapable de retourner chez eux. Ce n'était même plus une question de courage ou de lâcheté, de responsabilité ou de culpabilité, c'était simplement au-delà de ses forces. Il monta dans le train et, pour la première fois, se sentit comme un adulte responsable de sa vie qui faisait des choix et s'y tenait. Il eut un frisson d'excitation. Il s'installa à sa place et posa sa tête contre la vitre pour regarder le paysage défiler. Il voulait voir les kilomètres qui s'accumulaient entre son ancienne vie et son futur. Pendant le passage dans un tunnel, son reflet lui apparut : il avait un sourire niais.

Il ouvrit son ordinateur. Nouveau document. Titre : Plan d'action. Ses mains flottèrent une seconde au-dessus du clavier. Il ne lui restait plus qu'à trouver un moyen de gagner de l'argent. Mais pour ça, il avait déjà une idée qu'il qualifiait en son for intérieur de « putain de géniale » et qu'il devait mettre noir sur blanc.

Quand il descendit du train à la gare Montparnasse, au bout du quai, il vit d'abord Marianne, debout près d'un poteau. Elle était en jean et sweat léger, avec un sac à main en bandoulière. Ça faisait un peu chelou de la voir habillée. Quand il entra dans son champ de vision, elle ne lui sourit pas, pour la simple raison qu'elle ignorait à quoi il ressemblait. À côté d'elle, se tenait un brun mal rasé avec des cernes qu'il supposa être Christophe. Ils ne se parlaient pas, comme deux étrangers que le hasard avait mis à proximité l'un de l'autre. Paul bifurqua de sa trajectoire pour s'approcher. Quand il arriva devant eux, ils échangèrent tous trois des sourires gênés. Marianne lui tendit la main en précisant « Marianne ». Paul lui répondit : « T'es pas mal aussi habillée. » Christophe dit : « Il faut qu'on discute, je propose qu'on aille se poser dans un café. » Ils s'en allèrent ensemble.

Chapitre cinq

#5

Marianne regardait Paul manger en se demandant comment un individu aussi maigre pouvait faire disparaître une telle quantité de nourriture. Il avait déjà engouffré deux croque-monsieur et attaquait un cheese-cake avec le même entrain. Elle avait l'impression de voir en action les capacités absorbantes d'un trou noir. Peut-être que ses parents l'affamaient en le tenant enfermé dans une cave avec une paillasse, un quignon de pain et une connexion wifi ? Pour le reste, il ressemblait exactement à l'image qu'on se faisait des postados qui passaient leurs journées derrière un écran. D'une maigreur effrayante, très pâle, ni beau ni moche, quelconque, avec un corps qui semblait n'être qu'une encombrante enveloppe ectoplasmique.

Christophe se faisait à peu près les mêmes réflexions, mais teintées du plaisir de voir quelqu'un manger avec une telle aisance. Depuis que Lucas refusait d'avaler un repas normal, il était devenu particulièrement sensible au spectacle d'un individu se nourrissant sans difficulté.

« Putain, j'ai une de ces dalles », s'exclama Paul, la bouche encore pleine de son dessert.

Ils étaient installés dans une de ces brasseries aussi prétentieuses que ringardes, qu'on trouvait systématiquement disséminées autour de chaque gare parisienne, et qui ne désemplissaient pas malgré une stratégie commerciale commune qui semblait avoir pour unique but de dégoûter à jamais le voyageur débarquant dans la capitale. Paul fit un signe au serveur déguisé en pingouin neurasthénique pour lui commander une crème brûlée, puis il se retourna vers Marianne et Christophe assis en face de lui et leur demanda :

« Alors ? Je dors chez qui ce soir ?

— Chez moi », répondit Marianne, mais devant la mine réjouie de Paul, elle tempéra son enthousiasme. « Calme-toi tout de suite. Tu vas dormir par terre. J'ai un tapis de sol et un sac de couchage. »

Paul les regarda et, les désignant l'un après l'autre avec sa fourchette, fit remarquer :

« Pourquoi j'ai l'impression que vous vous faites la gueule ?

— On ne se fait pas la gueule, on ne se connaît pas », trancha Christophe.

Marianne détourna le sujet.

« Christophe ne va pas très bien, il a des problèmes au boulot. »

Christophe faisait tourner son verre de bière sur le sous-bock.

« On peut dire ça comme ça. Sauf que pour avoir des problèmes au boulot, il faut déjà avoir un boulot.

— Tu sais, ça serait plus simple si tu nous expliquais ce qui s'est passé, lui dit Marianne. Pourquoi tu t'es fait licencier. C'est clair que ça a un rapport avec moi. »

Christophe ne savait pas quoi répondre. Il y avait bien réfléchi et il lui paraissait incongru de balancer à une demi-inconnue : « Je me suis fait licencier parce que j'ai voulu te protéger. » Il n'était plus vraiment énervé contre elle depuis sa discussion avec Claire qui lui avait, une nouvelle fois, prouvé qu'il vivait avec la déesse de la perfection absolue. Plus tôt dans l'après-midi, ils étaient allongés l'un contre l'autre sur le canapé pendant que Lucas faisait la sieste et il lui avait tout raconté. Elle avait poussé un sifflement presque admiratif. « Eh bien… Je t'ai laissé une semaine… Je suis impressionnée. » Elle l'avait rassuré. Il lui paraissait évident qu'à partir du moment où il s'était engagé dans l'histoire de Marianne, il ne pouvait plus jouer sur les deux tableaux. Il avait bien fait. Mais elle avait ajouté en lui pinçant le bras : « La question, c'est pourquoi tu as eu besoin d'aller jouer le chevalier servant… Elle est vraiment si jolie que ça ? » Quand Christophe avait posé sa tête sur ses seins déjà un peu gonflés, et lui avait expliqué dans quelle merde financière ils se trouvaient désormais, elle avait tout balayé d'un revers de main. « Je viens de rentrer. Déjà, faut que j'assimile cette histoire. Pour la thune, on verra ça demain. » Elle avait ensuite paru hésiter avant d'ajouter avec un sourire timide : « Là, j'ai juste envie qu'on fête mon retour et ma grossesse. » Il avait levé la tête et l'avait embrassée.

Il allait de nouveau être papa.

Il était dans la merde.

Mais il était heureux.

Et il ne voyait pas comment justifier auprès de Marianne d'avoir perdu son boulot pour elle alors qu'ils ne se devaient rien. Il se disait qu'au mieux ça risquait de les mettre tous les deux mal à l'aise, qu'au pire il allait encore passer pour une espèce de détraqué. Parce que, dans le fond, il en était convaincu : un individu normalement constitué ne se serait jamais foutu dans une telle mouise.

Paul réfléchissait. Il finit par dire :

« Bon, si je comprends, tu t'es fait virer de Vox après la publication de l'article sur Marianne et l'autre connard. Évidemment, t'étais contre la parution de ce papier. Donc j'en déduis que tu t'es fait lourder parce que tu t'es opposé au chef, t'as dû refuser de faire paraître ce papier et il t'a mis à la porte. C'est pas très compliqué. »

Marianne regarda Christophe dans l'attente d'un signe d'approbation ou de dénégation. Il se contenta d'esquisser une moitié de sourire avant de répondre :

162

« On peut passer à autre chose ? Merci. »

Marianne acquiesça.

« Donc Paul, qu'est-ce qui s'est passé ? Pourquoi tu as fugué ? »

Paul remercia le serveur qui venait de déposer devant lui sa crème brûlée industrielle au dessus soigneusement non homogène.

« J'ai pas fugué. J'ai pas 15 ans. Je suis parti définitivement de chez mes parents. Et ils peuvent aller crever en enfer.

— D'accord. Et tu vas faire quoi ? Tu as un travail au moins ?

— Non.

— Me dis pas que t'es encore au lycée ?

— Je suis étudiant en ciné à Jussieu. »

Christophe rigola.

« Elle faisait quoi la conseillère d'orientation dans ton lycée ? Elle était bouchère ? »

Paul se renfrogna.

« Toi t'es au chômage, tu vas pas me donner de leçon.

— Certes, mais moi au moins, j'ai un logement. »

Marianne leva les doigts pour énumérer.

« Tu veux dire que t'as pas de boulot, pas de thune et pas d'appart ? Tu comptes passer trois ans sur mon plancher ?

— Nope. J'ai réfléchi dans le train et j'ai tout prévu. »

Les deux autres le regardèrent.

« D'abord je vais me prendre un appart. Y a pas mal de trucs cools dans le Marais.

— Je sais que t'as que 19 ans, mais t'es au courant qu'il faut des fiches de paie et des cautions pour louer un appart ?

— Je sais que t'as que 25 ans, mais t'es au courant qu'il existe un logiciel qui s'appelle Photoshop et qui permet de faire de faux papiers ? »

Christophe commenta :

« Il a pas tort. Moi aussi, je fais ça. »

Marianne lâcha à contrecœur :

« OK, admettons. Et pour payer le loyer ? Tu comptes photoshopper des billets de banque ? »

Le visage de Paul s'épanouit dans un sourire radieux pendant qu'il s'essuyait les mains.

« Ah ! Voilà une excellente question. J'ai trouvé le meilleur plan du monde pour avoir de l'argent. Et c'est un peu grâce à toi Marianne.

— La production de films porno ? » demanda Christophe. Marianne lui donna un coup sur l'épaule : « Hé ho le dépressif, je préférais quand tu faisais la gueule je crois. »

Paul les regardait en silence. Il continuait d'afficher un sourire extatique.

« Bon bah balance ton idée, ordonna Marianne.

— Je suis un génie. C'est tout ce que je peux vous dire. »

Il se fit prier pendant quelques minutes avant de leur présenter en un mot la nature de l'idée extraordinaire qui allait le rendre riche : Pénissimo.

« Ton site bidon d'extension du pénis avec la photo de Gauthier ? demanda Christophe.

— Figurez-vous que depuis que j'ai mis en ligne Pénissimo et Maxipénis, je reçois des demandes de vrais gens pour acheter cette méthode.

— Mais elle existe pas cette méthode.

— Bien sûr que si ! C'est une méthode américaine. En fait, ce que t'achètes, ce sont des petits manuels qui décrivent des massages de la bite qui permettent d'améliorer ton endurance. Le faux témoignage de Gauthier les a tellement séduits que j'ai toute une tripotée de mecs qui veulent absolument l'essayer. Donc je vais acheter la méthode sur le site américain, et la traduire en français pour l'envoyer à mes clients.

— Mais c'est de la connerie ton truc, s'exclama Marianne.

— Qu'est-ce que t'en sais ? T'as une bite peut-être ? »

Christophe rebondit :

« C'est pas complètement con en fait... Si ces sites existent aux États-Unis, c'est qu'ils marchent. Tu la vends combien ta méthode ?

— 70 euros.

— Ah ouais... Quand même...

— Mais c'est complètement illégal.

— On s'en fout de la loi. On est sur Internet. Ils vont pas venir nous faire chier. Qu'ils commencent par arrêter tous les médiums de France. »

Christophe reprit :

« C'est bien beau, mais il faut te créer une boîte.

— Ouais, je sais, mais c'est hyper compliqué. Je me suis dit que tu pourrais m'aider un peu… Du coup, ça tombe plutôt bien que tu te sois fait lourder. Ça te laisse du temps. »

Paul passa les jours suivants sur la moquette de Marianne à monter ce qu'il appelait son entreprise. Si Marianne avait appréhendé de se retrouver en tête à tête dans quinze mètres carrés avec un postado relou et bavard qui empiéterait sur sa tranquillité, elle dut vite admettre que Paul était le coloc parfait. Il se réveillait, attrapait son ordi et restait scotché devant toute la journée sans parler. Le soir, il préparait le dîner, c'était à peu près leur seul moment d'échange. Ils mangeaient affalés sur la moquette, devant la télé, en faisant des blagues. La frénésie alimentaire qui avait saisi Paul depuis sa fuite semblait insatiable. Il ne sortait que pour aller chez Christophe, toujours pendant la sieste de Lucas entre 13 heures et 15 heures. Les deux garçons traduisaient la méthode d'allongement du pénis et amélioraient le site. Paul avait tenu à mettre une photo d'un vieux médecin juif (« T'inquiète pas, c'est une photo de mon grand-père ») comme caution scientifique. Il avait également ajouté des images de labos où l'on voyait de jeunes scientifiques en plein travail et il avait enrichi la rubrique Témoignages. Désormais, Gauthier S. n'était plus le seul à remercier Maxipénis pour son aide. Il avait été rejoint par un certain Alain G. qui s'exclamait : « Cette méthode a changé ma vie. En retrouvant des érections d'une grande qualité, j'ai repris confiance en ma virilité. Ma femme vous dit merci. Ma secrétaire aussi. » Mais le plus gros du travail avait consisté à finaliser le montage financier de l'entreprise. Assez vite, il apparut qu'entre 1) faire un montage légal et transparent et 2) faire un montage illégal qui rapportait plus d'argent, Paul avait une nette préférence pour l'option n° 2. Christophe le mit en garde mais il ne voulait rien entendre, surtout quand cela impliquait des termes comme « impôts » ou « taxe ». Il décida donc de passer par un site qui proposait d'ouvrir sa boîte, clé en main, et dont le slogan était « Confidentialité, Efficacité, Intégrité ». Il suffisait de choisir ses options, comme on aurait personnalisé une paire de baskets ou une voiture, et quelques heures plus tard, on était le patron d'une entreprise off shore.

Était considérée comme off shore une société établie dans un pays où elle n'exerçait pas d'activité et où ses dirigeants ne vivaient pas. Et au grand émerveillement de Paul, ce n'était même pas illégal. Ce qui l'était un peu plus, en revanche, c'était de ne pas déclarer à l'État français les revenus qu'on en tirait. Mais les paradis fiscaux promettaient justement anonymat et confidentialité. Le site en proposait quatre-vingts où domicilier sa société et, de l'avis général, le must était le Delaware. D'ailleurs, c'était celui qu'avait choisi Google. Paul décida de faire confiance au grand patron du web en l'imitant. Et puis, avoir une entreprise domiciliée dans le Delaware, c'était la classe.

Minuscule État coincé entre New York et Washington, le Delaware était devenu un paradis fiscal au début du XXe siècle quand, fauché, il avait trouvé cette solution pour attirer les entreprises. Et c'est comme ça que sur 5 328 kilomètres carrés, le territoire hébergeait 200 000 entreprises – dont désormais PénisInc, société éditrice de Pénissimo et Maxipénis. La moitié des sociétés cotées à Wall Street étaient domiciliées là-bas. Outre la garantie de l'anonymat, il n'y avait pas besoin de capital minimum ni de registre comptable, et surtout : on n'était soumis à aucun impôt, hormis dans certains cas une microtaxe de 300 euros par an. À la fin du mois d'août, Paul était à la tête d'une société domiciliée dans le Delaware et dont le compte en banque était à Bruxelles. Un Monopoly mondial réalisé depuis l'appartement de Christophe à Belleville et qui lui permettait d'échapper à tout contrôle du fisc français.

Il ne restait plus qu'un point délicat à régler. Pour récupérer son argent, Paul ne voulait pas faire de virement de son compte bruxellois à son compte bancaire français, c'était trop risqué. Il faudrait donc partir tous les mois à Bruxelles retirer en argent liquide les bénéfices générés par Pénissimo et Maxipénis. Et là résidait une difficulté inattendue, à savoir que depuis son retour à Paris, Paul ne pouvait plus passer à proximité d'une gare sans se retrouver en sueur. L'idée de s'éloigner de la capitale l'amenait juste au bord du ravin de la crise d'angoisse. Il avait d'abord pensé qu'il s'agissait tout connement de sa culpabilité envers ses parents qui tentaient désespérément de le joindre sur son portable et à qui il refusait de répondre. Il décida donc d'envoyer un texto à son père : « Salut, moi ça va. Pas d'inquiétude. Je vous inviterai dans mon nouvel appart bientôt. » À quoi son père avait répondu : « Nous sommes très fiers que tu te prennes en main. » Mais cette main tendue n'avait rien changé à son angoisse du départ. L'apparition de la gare de l'Est à proximité de laquelle habitait Marianne provoquait chez lui des difficultés respiratoires.

Au bout d'une semaine, ils avaient finalisé l'opération et fêtaient ça en s'accordant une bière en plein après-midi. Christophe se sentait triste. Il avait apprécié les visites quotidiennes de Paul, elles entretenaient dans sa vie une illusion d'utilité professionnelle. Pendant une semaine, elles lui avaient évité d'affronter une vraie journée de chômage.

Il n'avait aucune idée de ce qu'il allait faire des semaines, mois, années à venir. Claire lui avait suggéré, en attendant d'avoir un projet précis, de profiter du congé parental. Ils pouvaient toujours gratter un peu d'argent de l'État au titre de son rôle de père au foyer. C'était une solution pragmatique intelligente mais elle n'emballait pas Christophe. Il finit sa bière et la posa par terre. Il était assis sur le canapé, qu'il repliait désormais tous les après-midi avant que Paul débarque. Il avait laissé, en fond visuel, la télé branchée sur BFM. Paul était parti aux toilettes quand il vit défiler en bas de l'écran une news avec le mot « Internet » qui attira tout de suite son attention. Il attrapa la télécommande et monta le son. Il s'agissait d'un débat en plateau où vitupérait un homme aux cheveux mi-longs, absolument inconnu de Christophe. En bas de l'écran, apparaissait son nom : Frédéric Lefebvre. « Je vais vous raconter une histoire sur votre merveilleux Internet. » Paul revint dans le salon et s'assit à côté de Christophe.

« Je vais vous raconter l'histoire d'une jeune femme à qui Internet a volé son intimité, sa vie. Cette jeune femme a été filmée par son compagnon en plein acte sexuel et il a ensuite mis cette vidéo à disposition sur Internet. Est-ce que vous imaginez l'horreur absolue, la dégradation d'elle-même ? Je vais vous dire ce que c'est ! C'est un viol ! Elle a été violée par Internet, elle a été violée par cette jungle, ce Far West où tout est permis, où nous laissons tout permis. Combien faudra-t-il de jeunes femmes violées avant que nous réagissions ? Combien faudra-t-il d'enfants morts à cause de faux médicaments vendus sur le web ? Combien faudra-t-il d'attentats préparés sur des sites qui expliquent comment fabriquer une bombe ? Combien faudra-t-il de créateurs ruinés par le pillage de leurs œuvres ? Combien de victimes innocentes faudra-t-il pour que nous ayons enfin le courage de réagir et de faire respecter la loi ? Le lobby d'Internet est très puissant, on le sait. Mais faudra-t-il attendre qu'il y ait des dégâts irréparables pour que le monde se décide à réguler Internet ?

« L'absence de régulation du Net provoque chaque jour des victimes ! La mafia s'est toujours développée là où l'État était absent ; les trafiquants d'armes, de médicaments ou d'objets volés et les proxénètes ont trouvé refuge sur Internet. Les psychopathes, les violeurs, les racistes et les voleurs y ont fait leur nid. Internet, c'est comme une magnifique voiture de course. Si vous n'avez pas votre permis de conduire et que vous ratez un virage, c'est la mort. Sans loi, Internet n'est qu'un revolver entre les mains de milliards d'enfants.

« Avec l'anonymat, les mafias se permettent tout. Tous les verrous de notre société sautent. Parce que Internet, c'est la Stasi en pire, parce que rien n'est jamais effacé, il n'y a pas de droit à l'oubli, c'est la damnation éternelle. En fait, c'est l'œil dans la tombe qui regarde Caïn. La vie de cette jeune fille est brisée parce que nous laissons des délinquants agir anonymement sur le web. Si personne n'a de comptes à rendre, si on se cache derrière des pseudos et l'anonymat, c'est la barbarie qui s'installe. Au nom de cette jeune femme meurtrie, je demande que la loi se décide à réagir et accepte de réguler le Net en interdisant l'anonymat et l'usage de pseudonymes. »

Paul avait pointé ses doigts comme un faux flingue en direction de la télé et tira deux fois en imitant le bruit d'un silencieux.

Christophe s'affala contre le dossier du canapé.

« Et merde ! Ils ne lui foutront jamais la paix. Faut qu'on la prévienne. Si les politiques commencent à exploiter son histoire pour dénoncer les dérives d'Internet, on en a pour des semaines de polémiques à la con. »

Paul le regarda d'un air mécontent.

« C'est sympa de penser à Marianne avant tout mais tu ne vois pas le vrai problème ? Ils veulent nous voler notre Internet. Ils ne supportent pas qu'on ait notre espace, nos propres règles. On emmerde la régulation du Net. Qu'ils aillent se faire foutre.

— C'est un peu facile comme réaction non ? Tu ne peux pas empêcher l'évolution des choses. Dans quelques années, tout le monde sera connecté. Et les politiques voudront se mêler d'Internet. Tu ne peux pas juste interdire aux gens, à la société de se connecter pour qu'on reste entre nous, dans notre espace utopique.

— Mais moi, j'ai pas envie que les cons débarquent sur Internet.

— C'est du snobisme numérique, Paul. Internet est une source d'informations, sa force c'est

172

justement qu'un maximum de gens puissent en profiter, créer librement, apprendre.

— C'est pas du snobisme. Je m'en fous que tout le monde soit connecté. Ce qui m'emmerde, c'est qu'ils vont arriver avec leurs lois, leurs règles, sans rien comprendre à ce que doit être le réseau. » Paul attrapa l'ordi de Christophe et chercha quelque chose. Puis il le lui tendit.

« Tiens, lis ça. Le mec avait déjà tout compris. En plus, c'est hyper beau. »

Déclaration d'indépendance du cyberespace
par John P. Barlow

« Gouvernements du monde industriel, géants fatigués de chair et d'acier, je viens du cyberespace, la nouvelle demeure de l'esprit. Au nom du futur, je vous demande, à vous qui êtes du passé, de nous laisser en paix. Vous n'êtes pas les bienvenus parmi nous. Vous n'avez aucun droit de souveraineté sur le territoire où nous nous rassemblons.

« Nous n'avons pas de gouvernement élu et il est peu probable que nous en ayons un un jour, aussi je m'adresse à vous avec la seule autorité que donne la liberté elle-même lorsqu'elle s'exprime. Je déclare que l'espace social global que nous construisons est indépendant, par nature, de la tyrannie que vous cherchez à nous imposer. Vous n'avez aucun droit moral de dicter chez nous votre loi et vous ne disposez pas de moyens de contrainte que nous ayons de vraies raisons de craindre.

173

« Les gouvernements tirent leur pouvoir légitime du consentement des gouvernés. Vous ne nous l'avez pas demandé et nous ne vous l'avons pas donné. Vous n'avez pas été conviés. Vous ne nous connaissez pas et vous ignorez tout de notre monde. Le cyberespace ne se situe pas à l'intérieur de vos frontières. Ne croyez pas que vous puissiez diriger sa construction, comme s'il s'agissait d'un de vos grands travaux. Vous ne le pouvez pas. C'est un phénomène naturel et il se développe grâce à nos actions collectives.

« Vous n'avez pas pris part à notre grand débat fédérateur, et vous n'avez pas créé la richesse de nos marchés. Vous ne connaissez ni notre culture, ni notre éthique, ni les codes non écrits qui font déjà de notre société un monde plus ordonné que celui que vous pourriez obtenir, quelles que soient les règles que vous imposeriez.

« Vous prétendez qu'il existe chez nous des problèmes et qu'il est nécessaire que vous les régliez. Vous utilisez ce prétexte comme excuse pour envahir notre territoire. Beaucoup de ces problèmes n'existent pas. Lorsque de véritables conflits se produiront, lorsque des erreurs seront effectivement commises, nous les identifierons et nous les traiterons avec nos propres moyens. Nous sommes en train d'établir notre propre contrat social. Nous nous gouvernerons en fonction des conditions de notre monde et non du vôtre. Car notre monde est différent.

174

« Nous sommes en train de créer un monde où tous peuvent entrer sans privilège et sans être victimes de préjugés découlant de la race, du pouvoir économique, de la force militaire ou de la naissance.

« Nous sommes en train de créer un monde où chacun, où qu'il soit, peut exprimer ses convictions, aussi singulières qu'elles puissent être, sans craindre d'être réduit au silence ou contraint de se conformer à une norme.

« Vos notions juridiques de propriété, d'expression, d'identité, de mouvement et de circonstance ne s'appliquent pas à nous. Elles sont fondées sur la matière, et il n'y a pas de matière ici.

« Nos identités n'ont pas de corps, ainsi, contrairement à vous, nous ne pouvons pas faire régner l'ordre par la contrainte physique. Nous croyons que c'est à travers l'éthique, l'intérêt individuel éclairé et le bien collectif, qu'émergera la conduite de notre communauté. La seule loi que toutes les cultures qui nous constituent s'accordent généralement à reconnaître est la règle d'or de l'éthique. Nous espérons que nous serons capables d'élaborer nos solutions particulières sur cette base. Mais nous ne pouvons pas accepter les solutions que vous vous efforcez de nous imposer.

« Vous êtes terrifiés par vos propres enfants, car ils sont nés dans un monde où vous serez à jamais immigrants. Parce que vous avez peur d'eux, vous confiez à vos bureaucraties la responsabilité parentale que vous êtes trop lâches pour exercer vous-mêmes. Dans notre monde, tous les sentiments et toutes les expressions de l'humanité, des plus vils aux plus angéliques, font partie d'un ensemble inséparable, l'échange global informatique. Nous ne pouvons pas séparer l'air qui étouffe de l'air qui permet de battre des ailes pour voler.

« En Chine, en Allemagne, en France, en Russie, à Singapour, en Italie et aux États-Unis, vous essayez de repousser le virus de la liberté en érigeant des postes de garde aux frontières du cyberespace. Peut-être qu'ils pourront vous préserver de la contagion quelque temps, mais ils n'auront aucune efficacité dans un monde qui sera bientôt couvert de médias informatiques.

« Dans notre monde, tout ce que l'esprit humain est capable de créer peut être reproduit et diffusé à l'infini sans que cela coûte rien. La transmission globale de la pensée n'a plus besoin de vos usines.

« Ces mesures toujours plus hostiles et colonialistes nous mettent dans une situation identique à celle qu'ont connue autrefois les amoureux de la liberté et de l'autodétermination, qui ont dû rejeter l'autorité de pouvoirs distants et mal informés. Il nous faut déclarer que nos identités virtuelles ne sont pas soumises à votre souveraineté, quand bien même nous continuons à tolérer votre domination sur nos corps. Nous allons nous répandre sur toute la planète, afin que personne ne puisse arrêter nos idées.

« Nous allons créer une civilisation de l'esprit dans le cyberespace. Puisse-t-elle être plus humaine et plus juste que le monde issu de vos gouvernements.

Davos, Suisse
8 février 1996 »

Christophe fit une moue dubitative qui choqua Paul.

« Quoi ?! T'es pas d'accord avec ça ? T'es sarkozyste ou quoi ?!

— Si, évidemment. Sur le fond, je suis d'accord. Mais ça, c'était y a dix ans. La communauté hippie des débuts du web, c'est fini. Je radote mais, bientôt, tout le monde sera sur Internet. Même tes parents, même ta grand-mère. On ne peut pas mettre de barbelés pour rester entre nous, avec nos règles. Le processus de démocratisation d'Internet est inéluctable. Et le corollaire, c'est que les politiques vont venir s'en mêler. Ils commencent à comprendre qu'il y a un enjeu de pouvoir sur la toile et des intérêts économiques. On peut entrer en résistance, mais à terme, on perdra.

— Bah moi, je refuse de capituler comme ça. Comme… Comme un vieux con. »

Christophe eut un sourire triste. À 19 ans, il aurait sûrement réagi comme Paul. Mais il commençait à être gagné par le pragmatisme. Peut-être qu'il devenait effectivement un vieux con.

Il envoya un texto à Marianne pour la prévenir qu'elle était devenue le cheval de Troie des politiques français sur Internet.

Pendant ce temps, Marianne avait décidé d'assumer l'insoutenable vérité : elle allait redoubler son DEA. C'était la première fois de sa scolarité qu'elle doublait une année et bien que ce fût chose commune à la fac, elle le vivait comme un échec honteux. Elle n'aurait jamais dû laisser sa vie privée nuire à son travail. Surtout pour une enflure comme Gauthier. Ce jour-là, elle avait donc décidé de s'occuper de son avenir universitaire plutôt que de continuer à se lamenter sur le désastre actuel. YouPorn était réparé, et elle savait qu'elle ne pouvait pas demander à Paul de passer ses journées à attaquer le site. Son seul espoir reposait sur l'augmentation du nombre de vidéos. La sienne finirait bien par se noyer dans la masse jusqu'à devenir invisible. Paul et ses « amis » avaient d'ailleurs entrepris d'ajouter sur le site les pornos qu'ils avaient téléchargés depuis des années. Paul avait rassuré Marianne : « T'as un beau cul, mais ta vidéo peut pas faire concurrence à l'intégrale de Clara Morgane et de Tabatha Cash. »
Elle avait donc décidé de suivre son conseil, de faire l'autruche et de se concentrer sur l'aspect matériel de sa vie en se rendant à la Sorbonne – ce qui était une décision particulièrement courageuse dans la mesure où se réinscrire à la fac équivalait à

accepter de perdre un an d'espérance de vie. L'inscription se faisait en deux temps. D'abord, l'inscription administrative qui, elle-même, comportait trois étapes. On pouvait ensuite entamer l'inscription dite pédagogique, en deux étapes. Marianne arrivait au bout de cette interminable procédure. Il ne lui restait plus qu'à retirer le formulaire D665 de validation d'inscription en DEA, le faire signer par son directeur de recherche et le rapporter à l'UFR.

Quand elle se présenta le matin à l'entrée de la Sorbonne, elle eut la déception de constater que le plan Vigipirate était toujours actif. En conséquence de quoi, deux appariteurs étaient postés devant la porte, dans leurs saillants costumes bleu électrique, pour assurer leur mission qui consistait à aboyer aux étudiants pressés « carte ! ». La première année où ce système de contrôle avait été mis en place, système fondé sur le principe bien connu qu'un terroriste serait incapable de faire preuve d'un niveau intellectuel suffisant pour se procurer une carte d'étudiant plastifiée, Marianne s'était interrogée sur son utilité puisque, de toute façon, carte ou pas carte, on finissait toujours par passer. Cette mesure n'avait eu que deux effets visibles. D'une part, l'augmentation du nombre de minutes de retard des étudiants, d'autre part, la revalorisation du statut social des appariteurs. Avant ils informaient, maintenant ils contrôlaient. Marianne fit son plus beau sourire pour expliquer qu'elle n'avait pas encore sa nouvelle carte puisqu'elle venait s'inscrire.

Elle traversa la cour d'honneur avec un infini plaisir. La capacité de la Sorbonne à ne pas changer la réconfortait. Ce qui avait exaspéré les étudiants en mai 1968 était pour elle une source de bonheur. Pour s'armer de courage, elle décida de passer se prendre un café. Elle se dirigea donc vers les toilettes du rez-de-chaussée, les éminences grises de la fac ayant jugé fort convivial d'y installer les machines à café. Peut-être avaient-elles également été animées par un souci de gain de temps, conscientes des effets diurétiques du café sur le système intestinal des étudiants. Dans un espace de dix mètres carrés, vous était donc offerte l'incroyable possibilité de siroter un cappuccino et de faire caca. Puis, elle arpenta le dédale obscur de couloirs, galeries, escaliers, étages et demi-étages, passa d'abord à l'UFR retirer son formulaire D665 et, après s'être fait confirmer par la secrétaire qu'elle pouvait venir le déposer à 13 heures, elle arriva devant le bureau de son directeur de recherche, M. Moulu. Elle ne l'avait pas revu depuis mai dernier, quand elle avait assuré qu'elle lui rendrait son mémoire la semaine suivante. Elle ignorait s'il allait l'engueuler ou s'il avait oublié jusqu'à son existence. Elle patienta une dizaine de minutes avant que la porte s'ouvre et que la frêle silhouette du docteur apparaisse dans l'encadrement. C'était l'un des professeurs les plus âgés de l'université et, pourtant, le seul qui s'intéressait au monde moderne et était capable de valider un

sujet de recherche dont l'intitulé comportait le mot
« Internet ». L'invitant à entrer d'un air neutre, il
lui tendit une main cireuse et parcheminée qu'elle
serra avec précaution.

Le bureau était une petite pièce exiguë, dont
l'essentiel du mobilier se résumait à une immense
bibliothèque en bois où des ouvrages du XIXᵉ siècle
se racornissaient, enfermés à double tour. Une
grande fenêtre laissait apercevoir la géométrie compliquée des toits de la Sorbonne. De l'ardoise, des
briques, des clochers s'entrecroisaient à l'infini sous
les rayons du soleil. Quand l'éminent professeur
s'assit dans son fauteuil, toutes ses articulations
gémirent comme une verrerie pendant un tremblement de terre. Il adressa un regard engageant à
Marianne.

« Alors mademoiselle Malaret ? Que s'est-il
passé ? »

Elle se détendit immédiatement. Le professeur
était tellement mignon et fragile qu'elle avait envie
de se lever pour le prendre dans ses bras.

« J'ai rencontré quelques difficultés personnelles.
— Ah… Le petit ami… »

Elle hocha la tête. Il lui sourit.

« Ce sont des choses qui arrivent et je suis heureux que mes étudiants aient une vie privée riche en
aventures mais vous ne devez pas oublier votre travail de recherche. Il doit être le but vers lequel tend
votre existence. Où en êtes-vous exactement ? »

Elle prit une inspiration avant de répondre.

« Eh bien… En fait, je n'en sais trop rien. Je suis perdue. Découragée. J'étais convaincue que les théories sur le spectacle et le simulacre s'appliquaient parfaitement à la webculture et maintenant, je ne suis plus sûre de rien. »

Il tenta de se pencher vers elle, mais son corps fatigué retomba contre le dossier.

« Est-ce que vous avez envisagé que, peut-être, si vous n'y arriviez pas, c'est que votre sujet n'est pas bon ? »

Elle le regarda, interloquée. Évidemment, elle n'avait jamais envisagé cette possibilité qui revenait à jeter à la poubelle son travail des derniers mois. Il poursuivit.

« Peut-être qu'Internet, ce n'est qu'Internet. Une simple tautologie qui ne mérite pas qu'on y applique une grille de lecture complexe. Peut-être qu'il n'y a pas de réflexion à faire dessus. Peut-être… que c'est un simple outil technique qui ne change rien à notre perception du monde.

— Ah non ! s'exclama Marianne. Je suis désolée mais je ne suis pas d'accord. Si on voit le web comme un simple outil technique, un gadget plus ou moins utile, on passe à côté d'une révolution sociale et intellectuelle. Internet va modifier notre rapport au temps, à l'espace et à autrui, c'est-à-dire les données fondamentales pour l'esprit humain.

— Mais ce n'est pas encore le cas. Peut-être qu'il faut attendre encore quelques années pour travailler sur le sujet à partir de vraies données. Là, vous ne faites que de la prédiction.

— Il y a déjà matière à explorer ce nouvel espace. Il est en train de produire une culture à part entière avec ses codes, son langage, sa tournure d'esprit profondément contestataire. Qui dynamite le spectacle médiatique traditionnel. Par exemple, il bouleverse la notion d'auteur. Pas seulement à cause des droits d'auteur et du piratage mais parce que les phénomènes culturels qu'il produit, disons... par exemple les Lolcats, n'ont pas d'auteur identifié. Ils ne sont pas créés pour produire de l'argent ou chercher la célébrité. Il s'agit juste de la beauté du geste. De partager pour l'amour du lol. Et là, je parle seulement de la notion d'auteur mais ça s'applique à tout. Le rapport à la politique est aussi différent sur Internet. À la responsabilité. À la justice.

— Hum... Et qu'est-ce que Debord et Baudrillard viennent faire là ?

— La webculture est imprégnée de leur influence. Ils reposent sur la même dénonciation d'une société dite « réelle », par opposition au virtuel, qui en réalité ne produit que du spectacle dans le but de nous vendre des produits. Debord dénonçait l'utilisation des images pour nous masquer la réalité. La webculture fait pareil. Elle dénonce les images omniprésentes en s'en emparant et en les détournant. Il y a une vraie parenté de pensée. »

Elle s'arrêta de parler et vit que M. Moulu lui souriait avec encouragement.

« Oh… Vous m'avez fait le coup de la maïeutique ?

— Ça marche à chaque fois qu'un étudiant se décourage. Écoutez, vous avez une année pour écrire tout ça. Vous avez déjà tout en tête, il ne reste qu'à l'organiser. Je vous fais confiance. Je vais signer votre papier de réinscription. »

Tandis que Marianne descendait l'escalier quatre à quatre, traversait le couloir et remontait trois étages, elle regretta que M. Moulu ait 55 ans de plus qu'elle, sinon elle l'aurait épousé sur-le-champ. Quand elle arriva devant la porte de l'UFR, une secrétaire, en veste et sac sur l'épaule, était en train de fermer.

« Heu… Excusez-moi madame, mais serait-il possible de déposer mon formulaire pour le DEA ?

— Ah non ! » Elle tourna vers Marianne un visage ulcéré. « Là, c'est trop tard, on ferme.

— Mais il est 12 h 55…

— Justement, on ferme.

— Quand je suis venue tout à l'heure, votre collègue m'a dit que je pouvais repasser à 13 heures…

— Eh bien, elle a sûrement oublié qu'on était vendredi. Le vendredi, on ferme plus tôt. Bon weekend. Revenez lundi après-midi.

— Parce que le lundi matin, c'est comme le vendredi après-midi ? C'est le week-end je suppose ? »

La secrétaire haussa les épaules et s'éloigna pendant que Marianne regardait bêtement la porte fermée. Enfin bon, elle pouvait toujours aller faire un tour au service des bourses. Il s'agissait de l'un des services les plus importants pour les étudiants mais il était constitué de trois bureaux coincés dans une pièce minuscule. Peut-être pour faire comprendre qu'il n'y avait pas d'argent, zéro, et que ça ne servait à rien de venir pleurer ici. Il y avait la queue, comme d'hab, mais Marianne doubla tout le monde et se faufila jusqu'au bureau dédié aux DEA. Derrière, se tenait une jeune femme pas très jolie mais avec un décolleté époustouflant.

« Bonjour, dit Marianne joyeusement.

— Bonjour. Vous êtes en DEA ? Qui ? Sûre ? » Face au hochement positif de Marianne, elle sembla se détendre, posa ses mains à plat sur le bureau et esquissa un sourire. « Que puis-je faire pour vous ? »

Marianne s'assit face à elle.

« Je refais mon année de DEA. J'avais eu une bourse sur critères universitaires l'année dernière mais cette année, c'est évident que je ne l'aurai pas. »

La mine contrite de la secrétaire confirmait ce pronostic.

« Du coup, je me demandais si je ne pouvais pas postuler à une bourse sur critères sociaux.

— Je comprends. » Elle avait effectivement un air très compréhensif. Si toutes les femmes avaient un sein plus gros que l'autre, chez elle, il était évident que c'était le gauche. Il débordait de son soutien-gorge en dentelle.

« Vous pouvez remplir une demande d'aide. Tenez, voilà le dossier. » Elle tendit à Marianne un papier mauve.

« Parfait », approuva Marianne, complètement hypnotisée par la générosité mammaire qui s'offrait à son regard. « Comment ça se passe ?

— Ça dépend. Vous travaillez ? »

Marianne releva la tête et dit oui.

« Ah ! Quel dommage… » Elle paraissait très déçue de cette réponse. « Alors ça risque de ne pas marcher.

— Mais pourquoi ?

— Parce que les aides sont distribuées en priorité aux étudiants qui ne sont pas salariés. Ce qui est logique en un sens.

— Vous voulez dire qu'il faut que j'abandonne mon emploi pour peut-être obtenir une bourse mais c'est pas sûr ? »

La secrétaire se redressa, ce qui eut pour effet de remettre son sein en place dans son soutif à balconnets. Elle était exactement à l'image de la fac : maternelle et frigide.

« Je suis désolée mais ce n'est pas moi qui fais le règlement.

— Oui, bien sûr, je sais, mais admettez que c'est débile ? »

La secrétaire secoua la tête de l'air de dire qu'elle n'admettrait rien même sous la torture. Marianne soupira et repartit avec son dossier mauve qu'elle jeta dans une poubelle à l'extérieur.

Quand elle reçut le SMS de Christophe, elle leur proposa qu'ils se retrouvent à 19 heures dans un restau. Paul insista pour qu'ils aillent à Pizzakilos, un établissement qui proposait de vous facturer ce que vous mangiez au kilo. On n'y choisissait pas une pizza mais des parts de pizzas différentes, toutes plus grasses les unes que les autres, qu'on entassait sur un plateau qui était ensuite pesé pour régler l'addition.

Quand ils se furent installés à une table et que Paul eut posé le plateau dégoulinant de pizzas, fromage fondu, huile, Marianne demanda :

« Alors, vous avez fini de monter Pénissimo ? »

Paul avait déjà la bouche pleine d'une part de pizza patates et truffes mais il rectifia :

« PénisInc. C'est le nom officiel de la compagnie. » Il attrapa une serviette en papier pour s'essuyer la bouche. « Dans une semaine, je suis riche. »

Marianne regarda Christophe.

« Je le déteste. Il a 19 ans et ça se trouve dans six mois, il sera plus riche que nous. »

Christophe approuva en servant le vin.

« En même temps, c'est pas difficile. »

Paul écarta les mains.

« D'abord, je déteste quand vous parlez de moi comme si j'étais pas là. Ensuite, j'ai proposé de la thune à Christophe. Une petite participation pour le remercier. Il a dit qu'il y réfléchirait. »

Marianne but une gorgée de vin.

« Sympa. Et moi ? Je vais me faire foutre ?

— Tu le fais tellement bien », susurra Paul avant qu'elle lui balance un coup de pied. Il reprit : « Je comptais justement te proposer un boulot au sein de PénisInc.

— Si c'est pour faire des démonstrations des massages à domicile, t'oublie.

— Putain… J'y avais même pas pensé. Non mais en fait, j'ai un petit souci. Mon argent va être sur un compte à Bruxelles. Et il faudrait que quelqu'un aille là-bas une fois par mois pour récupérer le fric. »

Marianne fronça les sourcils.

« Pourquoi t'y vas pas toi-même ?

— Parce que j'ai développé une nouvelle phobie. Je ne peux plus m'éloigner de Paris. C'est peut-être temporaire. J'espère. Mais pour l'instant, il est hors de question que je monte dans un train.

— Mouais… Ça serait pas plutôt parce que faire passer des valises d'argent sale c'est illégal et que tu veux te protéger ? »

Paul se tourna vers Christophe : « En fait, t'as raison. Elle est complètement paranoïaque. » Puis il expliqua à Marianne :

« Non. Ce n'est pas illégal. J'ai regardé sur le site des douanes, on a le droit de transporter jusqu'à 10 000 euros d'argent liquide depuis l'étranger. »

Christophe confirma d'un hochement de tête.

« OK… Je vais à la banque, je retire l'argent liquide et je le ramène à Paris. Et je touche combien ?

— Ça va un peu dépendre des bénéfices que fera PénisInc. Mais je pensais 20 %.

— 40.

— T'es folle ?

— Tu peux rien faire sans moi. Et tu vas pas prendre le risque de mettre quelqu'un d'autre au courant.

— T'es une chienne... 30 % et on passe à 40 si ça marche vraiment.

— *Deal*. »

Ils se serrèrent la main par-dessus la montagne bien entamée de pizzas.

« Bon, reprit Marianne. Passons au second point à l'ordre du jour. Frédéric Lefebvre et mon cul. »

Paul prit une mine sérieuse et reposa sa part de pizza avant d'annoncer :

« C'est hyper grave ce que veut faire ce mec. Il faut le supprimer. »

Christophe et Marianne se regardèrent en souriant. Il commenta : « C'est beau la jeunesse », Marianne rétorqua : « Mais moi, même à 19 ans, même au summum de ma révolte, je n'ai jamais parlé de supprimer des gens.

— Putain mais vous recommencez ! cria Paul. Vous faites chier à pas me prendre au sérieux.

— Désolée. Tu as raison. C'est pas sympa. Donc, tu en penses quoi à part le supprimer ?

— Eh bien... Qu'on peut pas le laisser raconter n'importe quoi et se servir de ton histoire pour proposer des lois débiles. Il veut interdire l'anonymat et les pseudos. T'es bien blogueuse ? Tu dois te sentir concernée non ?

— Oui, admit Marianne. Mais ça ne passera jamais un truc pareil.

— Ah ! OK ! Bravo ! » Paul se mit à applaudir. « Alors on se dit ça ne passera jamais, et du coup on ne fait rien. » Il arrêta d'applaudir brusquement et se pencha vers Marianne : « Tu sais que c'est ce que pensaient mes grands-parents en 1933 ? Hitler ? Mais il ne prendra jamais le pouvoir. Et tu sais ce qui leur est arrivé ? Les camps.

— Je suis désolée Paul, mais s'il y a une chose que je déteste c'est qu'on se serve de Hitler comme d'un argument par l'exemple. C'est débile. D'ailleurs, en rhétorique, ça a un nom. C'est le *reductio ad Hitlerum*.

— Ça t'énerve parce que t'es pas juive. Mais moi, je suis sûr que si on ne fait rien, si on n'entre pas en résistance, notre Internet libre ça va devenir le meilleur moyen de fliquer les gens qui seront obligés de laisser dessus toutes leurs infos personnelles.

— N'importe quoi Paul, ça n'arrivera pas. Ils vont juste l'encadrer avec quelques lois. »

Paul lui tendit la main.

« Tu paries ? Vas-y, fais pas ta meuf. On parie et si dans quelques années je gagne, tu couches avec moi. »

Marianne le regarda avec défi avant de toper dans la paume de Paul puis de dire :

190

« Bon, Christophe, tu veux élever le niveau du débat ? »

Christophe finissait de manger mais il répondit :

« Ce qui m'embête vraiment c'est la publicité que ça fait à ta vidéo. On a mis tellement d'énergie à essayer de la faire disparaître… Mon espoir, c'est que personne ne va écouter ce mec, et que tout ça va se tasser. Il faut faire le mort. »

Paul tapa du poing sur la table.

« Non ! Mais ça va pas le ciboulot ?! Il faut réagir. Marianne, tu dois dire à ce connard qu'il n'a rien compris. Tu dois refuser qu'il t'instrumentalise dans un but politique qui en plus est contraire à tes idées, non ? Tu me disais quoi sur Internet, sur les asociaux, sur notre liberté ? Et là, tu vas faire la morte ? Bah bravo les grands principes.

— C'est vrai que là, t'as pas tort. Et ça veut dire quoi concrètement ?

— Tu prends tes responsabilités et tu lui réponds. Tu écris une lettre, un article, une tribune, un truc.

— Et ça, ça implique que tu la signes de ton vrai nom et que tu t'associes à jamais à cette vidéo », commenta Christophe.

Paul se tourna vers lui avec ferveur.

« Oui. C'est ça avoir des principes et du courage. »

Marianne soupira et demanda à Christophe ce qu'il en pensait.

« J'en pense que oui, ce mec est un connard dangereux. Que oui il faut défendre un Internet libre. Qu'Internet sans anonymat, sans pseudo, un

Internet où on est en permanence identifié, ce n'est plus notre Internet. Qu'il perd sa force de subversion, et ce qu'il peut apporter à la démocratie.

— Mais ? » poursuivit Marianne. Ils se regardèrent. Il soupira et elle répéta : « Mais ?

— Je me suis personnellement pas mal investi pour te protéger. »

Il y eut un silence. Des gens riaient fort à la table à côté. Marianne murmura : « Je sais. »

« Cher Frédéric Lefebvre,

« Avoir un ex qui déballe sur Internet une vidéo d'ordre très privé, c'est déjà assez désagréable. Mais il y a bien pire : qu'un homme politique récupère l'affaire dans un but idéologique.

« Je me permets donc de vous écrire pour mettre au clair quelques malentendus.

« D'abord, cessez de comparer mon histoire à un viol. C'est d'un mauvais goût assez gerbant.

« Ensuite, ne me citez plus pour essayer de faire passer votre idée de régulation du Net. L'anonymat est constitutif d'Internet. C'est ce qui fait sa culture et sa richesse. Sans anonymat, pas de blog. Pas de maître Eolas. Pas de caissière de supermarché qui viendrait raconter ses conditions de travail sans risquer d'être licenciée. La plupart des gens créent plus librement sur Internet parce que l'anonymat et les pseudos leur offrent cette liberté.

192

« Votre passe-passe rhétorique n'est fondé que sur des analogies foireuses.

« En outre, apprenez qu'Internet est déjà soumis au Code pénal. Il n'est pas plus légal de faire l'apologie du terrorisme en ligne que dans ce que vous appelez sans doute "la vraie vie". La pédophilie est tout aussi illégale sur le Net qu'en dehors et les internautes sont judiciairement responsables de leurs actes. Ils peuvent être poursuivis. Et dans le cas du dépôt d'une plainte, la police n'a aucun mal à trouver la véritable identité de l'individu recherché. Votre proposition d'interdire ou de limiter l'usage des pseudos va donc dans le sens d'une censure a priori, et non plus a posteriori. Ce qui n'est pas sans rappeler le film *Minority Report* où l'on arrête les gens avant le passage à l'acte.

« Les internautes ne sont pas des abrutis qu'il vous faudrait dresser. Laissez-les, laissez-nous en paix.

« Ce qui m'est arrivé est une histoire d'ordre personnel certes très désagréable, mais il m'a été encore plus désagréable de devoir justement renoncer à mon anonymat pour prendre la parole. Et ça, c'est vous qui m'y avez forcée.

Marianne Malaret »

Claire leva les yeux de l'écran de l'ordinateur et décréta : « C'est très bien. » Christophe fit la moue. Elle insista : « Tu as bien fait de l'aider à l'écrire. »

Ils étaient assis dans le salon, la nuit venait de tomber. Christophe avait attendu que Lucas soit couché pour faire lire à Claire la tribune de Marianne qui venait d'être publiée sur le site de *L'Express*. Il était satisfait de son travail sur le texte, certes, mais ça l'emmerdait quand même sacrément. Claire l'embrassa.

« Tu as bien fait. Elle a bien fait. L'histoire est réglée.

— Mouais. Ça a eu au moins un effet positif, YouPorn vient d'enlever la vidéo. Je les ai prévenus que les politiques français commençaient à s'y intéresser et ça les a un peu fait flipper.

— Bah voilà, tu as atteint ton objectif alors.

— Je sais pas. Je me demande quelle morale il faut tirer de tout ça. Qu'est-ce que la vie essaie de me dire ? Qu'il faut se comporter comme un connard pour s'en sortir ?

— La vie ce n'est pas une fable de La Fontaine ni *Questions pour un champion*. Il n'y a pas une bonne et une mauvaise réponse. Chacun fait ses choix. »

Christophe haussa les sourcils avec mécontentement. Il devait avouer qu'il était assez admiratif de la décision de Marianne mais il restait abasourdi de tout ce qu'il avait perdu dans cette affaire.

Claire essaya de le réconforter.

« Et puis tu as gagné deux amis dans cette histoire. C'est pas rien.

— Ouais, tu parles. Ils sont complètement siphonnés. C'est pas des amis, c'est des sacs à emmerdes.

194

— En tout cas, Paul va te filer un peu d'argent,
et ça tombe assez bien pour nous.

— Je peux te confier un truc ?

— Oui.

— Je la trouve pourrie cette rentrée. »

DEUXIÈME PARTIE

Neuf ans plus tard

*Moi ! moi qui me suis dit mage ou ange, dispensé
de toute morale, je suis rendu au sol, avec un devoir
à chercher, et la réalité rugueuse à étreindre ! Paysan !*

RIMBAUD, « Adieu »,
Une saison en enfer

*Comment déterminer une valeur réelle quand
tout a un prix ? Comment vivre dans le monde
quand le monde s'est effondré en langage ?*

Zadie SMITH,
hommage à David Foster Wallace

Chapitre six

#6

« Exceptionnellement, pour une opération de cette importance, on devrait envisager l'apposition de pop-up surgissantes qui permettrait une plus grande efficacité du message publicitaire, message qui, ne l'oublions pas, concourt à servir l'internaute. »

Stéphane Rignault, 35 ans, employé dans une régie publicitaire depuis vingt-sept mois, s'arrêta une seconde pour regarder Christophe, histoire d'être sûr que ce dernier saisissait l'extrême subtilité des propos qu'il venait de tenir. Mais à ce moment précis, loin d'être ébloui, Christophe faisait tourner son téléphone sur la table en verre de la salle de réunion, en pensant que la prochaine fois que cet abruti dirait « pop-up », il lui répondrait : « Va te pendre avec tes idées de publicitaire de merde. »

Christophe leva la tête.

« Oui, servir l'internaute bien sûr. Mais je vous ai déjà expliqué que ce principe des pop-up fait fuir l'internaute. Il voit ça et il quitte le site, ce qui n'est bon ni pour nous, ni pour la marque. C'est de la publicité contre-productive. Ce que j'aimerais, c'est que vous me proposiez autre chose que des pop-up.

— Au vu du budget que la marque est prête à engager pour cette opération et compte tenu du nombre de clics qu'engendre le système des pop-up, cela nous paraît la meilleure solution.

— Les gens vont cliquer sur votre pub, c'est vrai. Mais par erreur. Ils cliquent sur un article pour le lire et pile à ce moment-là votre pop-up surgit et ils se retrouvent sur le site de la marque par dérapage. Résultat, ils sont agacés et ils quittent le site.

— C'est vrai qu'il existe un phénomène de back-out dans les pop-up mais il est limité. »

Christophe avait recommencé à faire tourner son téléphone sans même s'en rendre compte. Devant le regard blessé de Stéphane Rignault, il l'arrêta.

« Bon, ce que je vous propose, Stéphane, c'est que chacun de notre côté on réfléchisse à une autre manière de monter cette opération. Je suis certain qu'on peut trouver une forme innovante qui satisfera la marque sans emmerder les internautes. »

Il serra la main de Stéphane Rignault et sortit du bocal vitré. Il allait enfin pouvoir envoyer un texto à Claire pour lui demander si elle avait emmené la petite chez la pédiatre. Ce matin, Chloé se plaignait encore d'avoir mal au ventre. Christophe avait beau se raisonner en se disant qu'il y avait peu de risques qu'il s'agisse de douleurs prémenstruelles dans la mesure où sa fille avait à peine 8 ans, cette idée continuait à l'obséder. Avec toutes les saloperies chimiques qu'ils ingéraient, ce n'était pas impossible. Il avait eu le malheur, le mois dernier, de publier un article sur l'augmentation du nombre de pubertés précoces. L'âge médian des premières règles était passé de 14 à 11 ans. Il avait bien conscience de l'absurdité apparente de son hypothèse, c'est d'ailleurs pour ça qu'il ne l'avait pas soumise à Claire, convaincu qu'elle se foutrait de sa gueule. Mais dès que leur fille se plaignait de maux de ventre, il était hanté par l'image de Lina Medina, une Péruvienne qui avait accouché à l'âge de 5 ans et demi. La photo de cette enfant au corps déformé par la grossesse, photo sur laquelle il était tombé un jour, par hasard, sur Google, l'avait traumatisé pour un bon moment. Évidemment, il avait lu assez de bouquins de psy à la con pour se demander si cette angoisse ne révélait pas également chez lui un désir sexuel inconscient pour sa fille. L'angoisse de la puberté précoce s'était alors doublée de celle d'être un pédophile refoulé.

En se rasseyant à son bureau, il avait jeté un regard sans même s'en rendre compte à l'écran de télé géant qui trônait en plein milieu de l'open space et diffusait BFM en boucle. Le son était coupé mais son cerveau avait enregistré le bandeau déroulant « Polémique suite à la déclaration de la secrétaire d'État… » et en avait conclu qu'il n'avait raté aucune actualité pendant les quarante-cinq minutes de son rendez-vous avec Stéphane Rignault.

« Christophe, il faut que je te parle. »

Il leva la tête vers Vanessa. Un an de stage et trois CDD successifs avant qu'il ait eu les moyens de l'embaucher comme journaliste. Autant dire que Vanessa était du genre tenace. Il l'aimait bien. Elle était sérieuse, rigoureuse, compétente. Mais pour le moment, elle était surtout plantée devant son bureau avec la tête de quelqu'un décidé à ne pas bouger d'un centimètre tant qu'on n'aura pas accédé à sa demande.

« OK. Je t'offre un café à la machine ? »

Quatre ans plus tôt, quand il avait pris son poste de rédacteur en chef d'Infos, le nouveau site qu'il avait enfin convaincu Jean-Marc Delassalle de lancer, il avait catégoriquement refusé d'avoir un bureau à lui, isolé du reste de la rédac. Il avait besoin de pouvoir communiquer avec tout le monde sans devoir se lever de son bureau et traverser un couloir pour arriver dans l'open space. Restait un inconvénient : dès qu'il voulait avoir un entretien privé, il n'avait que deux possibilités. Si le rendez-vous était grave, direction la salle de réunion. Dans les autres cas, il se contentait du couloir où se trouvait la machine à café. Malgré le visage fermé de Vanessa, il avait jugé l'affaire « pas grave ».

« Alors ? Qu'est-ce qui se passe ? » lui demanda-t-il en lui tendant son cappuccino allongé sans sucre.

Il connaissait par cœur les goûts de chacun des salariés en matière de café.

« C'est Thomas. C'est sûrement un très bon webmaster, mais il n'a toujours pas finalisé mon infographie sur le coût réel d'un immigré. J'ai bossé comme une tarée, cherché et vérifié tous les chiffres pour qu'on l'ait le plus vite possible et là, rien. Je dois attendre le bon vouloir de monsieur. Tu dois comprendre que je ne peux pas continuer à travailler comme ça. C'est lui ou moi. Mais il faut que tu tranches. »

C'était d'une banalité dramatique. Les techniciens du site étaient surchargés de travail, il aurait fallu en engager deux de plus. L'équation était simple : pour embaucher plus de gens, il fallait que le site rapporte plus d'argent, pour que le site rapporte plus d'argent, il fallait embaucher plus de gens. À l'époque lointaine de Vox, il était déjà confronté au même problème. Mais là, on était jeudi, tout le monde en avait marre, depuis deux semaines il faisait bosser son équipe sur des sujets chiants, des tensions apparaissaient. Il décida d'appliquer le plan A en quatre étapes.

Étape 1 : faire sentir qu'on saisit bien l'ampleur du problème,

« Je comprends que tu sois énervée… »

Étape 2 : déstabiliser l'interlocuteur,

« … mais en fait, c'est ma faute. Ce n'est pas contre Thomas que tu dois être énervée. Je lui ai mis la pression pour qu'il règle le problème de chargement des pages sur la version mobile du site. C'est vraiment une urgence, je lui ai demandé de traiter ça en priorité. »

Étape 3 : prendre un air contrit,

« J'avais oublié qu'il y avait ton infographie à mettre en ligne. Je suis désolé. »

Étape 4 : se défausser,

« Tu es bien placée pour savoir qu'on est tous débordés en ce moment. On essaie de faire au mieux, ça va s'arranger quand cette polémique sur l'assistanat sera réglée. En attendant, je vais demander à Thomas de s'occuper de ton infographie cet aprem. »

Vanessa sourit, se satisfaisant de l'impression d'avoir eu gain de cause, et Christophe put enfin retourner à son poste de travail. Il était 10 h 30, il avait déjà enchaîné deux réunions parfaitement inutiles, il devait se mettre au boulot. Il se connecta sur le chat IRC. À cette heure-là, les amis devaient être levés. Il attendit dix secondes avant de comprendre que la réponse était « ou pas ». Il mit son casque, pour entendre l'alerte du chat pendant qu'il relisait des articles. Il regarda ce que faisaient les autres sites au sujet de l'assistanat de ces saloperies de pauvres qui siphonnaient l'argent public « pour s'acheter des joggings et de la vinasse », comme l'avait déclaré le matin même à la radio une secrétaire d'État. À 11 heures, il entendit un « blop » résonner dans ses oreilles et revint sur la page d'IRC.

*Marianne a rejoint le canal #lesamis
<Marianne> Yo, y a du monde dans la place ?
<Christophe> Hello, tu viens de te lever ?
<Marianne> On est jeudi et il est 11 h 10, mec.

<Christophe> Et ?

<Marianne> Bah évidemment que je viens de me lever. Quand t'es free-lance, tu misères tous les mois pour l'argent, tu harcèles les gens pour qu'ils te paient, tu passes plus de temps à passer l'aspi qu'à bosser, bref t'es pauvre mais t'es un pauvre qui a bien dormi.

<Christophe> J'espère au moins que t'es en jogging taché de vin.

<Marianne> Ah… J'ai encore loupé une déclaration de notre lumineuse secrétaire d'État, c'est ça ?

(Blop)

*Paul a rejoint le canal #lesamis

<Paul> Yo.

<Christophe> Tiens, voilà le second handicapé social.

<Paul> Pas d'agression au réveil. J'ai pas encore bu mon café.

<Marianne> Laisse-moi deviner : tu t'es pas encore levé, t'as juste attrapé ton portable qui était à côté du lit ?

<Paul> À peu près. Sauf qu'en vrai, j'ai dormi avec mon portable.

<Marianne> C'est ta meuf qui doit kiffer…

<Paul> Elle sait que c'est un sujet tabou et qu'entre lui et elle, mon choix est fait.

<Marianne> Donc tu ne l'as toujours pas quittée.

<Paul> M'en parle pas… La porte de mon frigo a plus de discussion qu'elle.

205

<Christophe> Mais vous êtes graves… Vous allez faire comment le jour où vous devrez travailler dans un bureau avec des horaires ?

<Marianne> Le jour où quoi ?

<Paul> De quoi il parle papi ?

<Marianne> On n'a aucun acquis social, on ne sait même pas quels sont nos droits, on est corvéables à merci y compris le week-end, on n'est payés QUE quand on travaille. Donc évite de cracher sur les représentants de ce qui est, selon toute vraisemblance, l'avenir du monde du travail.

<Christophe> OK le lumpenprolétariat qui se lève à 11 h du mat. Eh bien, moi, je retourne en réunion.

<Paul> Saleté de patron. Quand on t'aura éviscéré, je me ferai un sextoy avec tes intestins.

<Christophe> Ah ah. Bisous. À toute.

*Christophe a quitté le canal #lesamis

Il attrapa son portable, il avait reçu un message.

« Pédiatre sait pas d'où viennent maux de ventre. Peut-être nerveux. Je la garde à la maison jusqu'à midi et je la ramène à l'école. »

Nerveux… Ou alors la pédiatre n'avait juste pas pensé à envisager les douleurs prémenstruelles.

C'est ça qu'il avait oublié de demander à Marianne. Il retourna sur IRC mais passa en fenêtre privée.

Christophe – Là ?

Marianne – Oui. Qu'est-ce qui me vaut ce chat privé ?

Christophe – Ça va te paraître bizarre, mais tu te souviens de tes premières règles ?

Marianne – T'as décidé d'avoir une discussion gynécologique pendant mon petit déj ? Sympa. Qu'est-ce qui se passe ? T'as mal au ventre ? Tu te sens tout chose ?

Christophe – Voilà. Exactement. Donc t'as eu mal au ventre pendant longtemps avant tes premières règles ? Dans les semaines avant ?

Marianne – Je me souviens plus. C'était y a plus de quinze ans. Ça remonte. Je me souviens surtout que j'avais une monstrueuse envie de niquer.

Christophe – … On va arrêter là cette discussion je crois.

Marianne – …

Christophe – …

Marianne – NE ME DIS PAS que tu t'inquiètes au sujet de ta fille, espèce de barjot !

Christophe – Comment tu sais ?

Marianne – T'es malade, mec. Elle a 7 ans.

Christophe – Presque 8.

Marianne – Taré. Va à ta réunion et laisse la petite tranquille avec sa gastro.

La réunion suivante avait lieu avec les patrons, à l'étage supérieur. Quand il traversait le couloir menant au bureau de Delassalle, il arrivait encore que Christophe ait une pensée fugitive pour son moi passé, celui qu'il était à l'époque où il était resté caché un quart d'heure dans les toilettes

207

avant de refuser un boulot en or. Et celui qu'il était après quelques semaines comme père au foyer, quand il était piteusement revenu quémander un emploi. Delassalle s'était montré très délicat. Non seulement il ne l'avait pas enfoncé, mais il lui avait reproposé ce poste dans un magazine. Christophe avait décidé de ne pas y voir une défaite personnelle parce qu'il avait désormais un but. Pendant ces années au mag, il avait fait de son mieux pour convaincre son patron de lui confier le lancement d'un site d'infos, afin de récupérer son site à lui. Évidemment, Infos était plus sérieux que Vox, mais il était à peu près libre d'y faire ce qu'il voulait. Sa séquence nostalgie fut interrompue par l'apparition d'une silhouette au loin, venant en sens inverse. Il mit quelques secondes avant de reconnaître qu'il s'agissait de cette ordure de Louis Daumail. Comme chaque fois que le hasard les amenait à se rencontrer, environ une fois tous les six mois, Louis lui adressa un sourire franc et chaleureux auquel Christophe répondit par un hochement de tête et un geste de la main qui signifiait : « En retard, désolé, pas le temps et de toute façon, je te déteste. » Qu'est-ce que Louis venait foutre ici – une question intéressante sur laquelle Christophe n'avait pas le temps de s'appesantir. Il entra dans le bureau du directeur en s'excusant de son retard. Le grand chef commença par : « Pour une fois, cette réunion est positive. Les chiffres d'audience des sites d'informations généralistes français vont être rendus publics cet après-midi. Et je voulais vous prévenir : Infos est passé en cinquième position. C'est un énorme succès. Il est dû à la qualité du travail des équipes, et à nos choix stratégiques. Nous pouvons désormais voir l'avenir avec plus de sérénité. »

Christophe écarquilla les yeux. Ils étaient passés de la position 9 à la position 5. La progression était pour le moins spectaculaire. Il avait bien remarqué que les audiences étaient bonnes mais pas au point de coiffer au poteau les autres. Quoique… Les papiers qu'il avait lus ailleurs étaient assez médiocres ces derniers temps. En tout cas, ce chiffre changeait la donne. Le site passait dans la cour des grands. Christophe trépigna d'impatience pendant le reste de la réunion. Les chefs insistèrent pour sortir une bouteille de champagne mais il argua de l'actualité politique chargée pour retourner travailler. Il voulait annoncer la nouvelle à son équipe, leur dire qu'ils n'avaient pas bossé comme des damnés pour rien. Ils organiseraient un pot ce soir. Et dès demain, il demanderait l'embauche d'un informaticien supplémentaire.

Quand il arriva dans l'open space, le son de la télé était rallumé. « … dont le porte-parole répond à la secrétaire d'État qu'elle ferait mieux de s'intéresser aux riches qui siphonnent l'argent des petits épargnants pour s'acheter des costards et du champagne. » Quand Christophe annonça la nouvelle à l'équipe, l'open space applaudit et il vit du coin de l'œil Vanessa et Thomas se faire la bise. Les audiences furent publiées en début d'après-midi et Christophe noyé sous les félicitations de ses confrères. Il y avait une forme de solidarité paradoxale entre les rédacs chef des différents sites d'infos français. Malgré leur position de concurrents, ils avaient été soudés par leur choix de travailler sur le web à une époque où personne n'y croyait. Ils avaient tous commencé leur carrière en entendant des conneries comme « Internet, ça ne marchera jamais » et il leur arrivait encore de devoir subir le mépris de leurs collègues du papier qui considéraient le journalisme web comme un sous-genre proche du caniveau. Même s'ils aimaient bien s'engueuler, cet aprem l'ambiance était aux félicitations. D'autant qu'Infos était considéré comme un site respectable qui évitait de tomber dans le racolage.

*****

La députée d'Aquitaine répond que la déclaration de la secrétaire d'État n'est pas digne d'un membre du gouvernement et demande sa démission – audiences des sites : forte progression d'Infos, son rédacteur en chef félicite le travail de son équipe.

*****

Il donna quelques interviews à des médias spécialisés, insistant à chaque fois sur le rôle essentiel de sa rédaction. Christophe était incapable de s'attribuer la réussite d'Infos. D'abord, parce qu'il avait, ancrée en lui, la certitude qu'on ne faisait un bon site qu'avec une bonne équipe. Ensuite, parce qu'en réalité, il ne trouvait pas qu'Infos était si bon que cela. Il le jugeait simplement moins mauvais que beaucoup d'autres. Et dans le fond, il se demandait si, pour faire de l'excellent journalisme, il n'aurait pas fallu vivre dans un pays où le niveau des politiques aurait lui-même été meilleur.

Dans le métro qui le ramenait chez lui, il se laissa tout de même aller quelques secondes à savourer cette victoire. Dans l'après-midi, Paul lui avait fait remarquer : « Ça va le luthérien, tu veux pas être content et le dire ? » C'était pas faux. Mais à peine commençait-il à se détendre que revint un nuage sombre à l'horizon. Louis Daumail. Aux yeux de Christophe, sa présence même suffisait à ternir n'importe quel moment de joie. Si Louis avait été présent pendant l'invention d'un vaccin contre le cancer, la joie de Christophe aurait été amoindrie. Non, même pas. Si Louis avait été dans la pièce pendant l'invention du vaccin contre le cancer, le vaccin se serait autodétruit. Christophe se déplaça dans le fond du wagon pour laisser entrer les autres voyageurs. Il avait appris plus tard dans la matinée que Louis, après avoir transformé Vox en site de merde qui ne publiait que les communiqués de presse de M. Pokora ou Endémol, avait monté sa boîte de « consulting » et était en mission à Infos pour améliorer le référencement. Il appréciait très moyennement de ne pas avoir été mis au courant, même si cela respectait l'engagement de départ : lui s'occupait exclusivement de l'éditorial, les grands chefs du reste. Un engagement qui avait assuré une certaine liberté à Christophe et qui, d'après les audiences, fonctionnait plutôt pas mal. Mais il n'arrivait pas à s'enlever de la tête que la présence de Louis était un présage funeste. Il regarda l'heure sur le téléphone d'une femme debout, à côté de lui, qui envoyait un texto : « T'as acheté du pain chéri ? » 19 h 45. Il avait espéré rentrer à la maison plus tôt. Il n'avait pas encore annoncé la nouvelle à Claire et voulait partager ça avec elle de visu, pas par téléphone. Il pourrait passer acheter du vin, ils coucheraient les enfants et profiteraient de la soirée tous les deux.

Après un détour par le supermarché, Christophe arriva chez lui. Dans l'entrée, sa parka encore sur les épaules, il s'arrêta pour écouter les cris qui venaient du salon. Il semblait s'agir d'une sombre affaire de « vanne que tu prends trop mal » balancée par son fils à sa fille et de « la débilité grave » de son fils.

Claire sortit de la cuisine et vint l'embrasser. « Bonne journée ? » Il hocha la tête. « Tu te souviens que je sors ce soir ? J'ai un cocktail de lancement. T'arrives un peu tard, faut que je parte maintenant. » Elle mit son manteau, l'embrassa encore une fois, passa la tête par la porte du salon : « Les monstres, j'y vais, papa est rentré. » Christophe voulut lui dire un truc, n'importe quoi pour ralentir son départ, grappiller quelques secondes mais sa fille arriva pour s'accrocher à son bras. « Papa, Lucas est trop méchant, il a dit que j'avais une tête de cul. » Claire lui sourit et ses lèvres formèrent les mots « bon courage » en même temps qu'elle franchissait le seuil de la porte et disparaissait.

La déception de Christophe était aussi douloureuse qu'invisible aux yeux de sa fille. Il voulut la prendre dans ses bras mais se rendit compte qu'il tenait toujours sa bouteille de vin à la main. Il partit dans la cuisine, posa sa parka sur une chaise. Il resta debout comme un con quelques secondes. Il voulait être avec Claire, il voulait lui raconter sa journée. Il était un peu paumé. En se retournant, il vit sa fille qui l'avait suivi.

« Ça va ma chérie ? Tu as encore mal au ventre ?

— Lucas a dit que j'avais une tête de cul », répéta-t-elle avec des sanglots dans la voix.

« Ton frère dit ça pour t'embêter. Tu es ravissante.

— Non, je suis moche. »

Christophe pensa : dépréciation de soi = syndrome prémenstruel. Il tira une chaise, s'assit et prit Chloé dans ses bras. « Tu es une magnifique petite fille. Je te jure. » Brusquement, il eut une impression assez désagréable. Il se demanda s'il était normal pour une enfant de 8 ans de s'inquiéter de sa beauté. Lucas n'avait jamais fait ce genre de crise. Et puis, il pensa à sa propre mère et se dit qu'elle n'approuverait sans doute pas qu'il parle de beauté physique à sa petite-fille au lieu de lui inculquer l'importance de cultiver son intelligence. Il fut pris d'une immense lassitude.

« Vous avez dîné ? » Chloé hocha positivement la tête. « Tu ne m'as pas dit si tu avais toujours mal au ventre.

— Ça dépend. Parfois, ça me tord d'un coup. Est-ce que je peux jouer à la tablette ? Maman a dit que oui. »

Sans attendre la réponse, elle partit en sautillant vers le salon.

Humeur versatile = syndrome prémenstruel ? Il hésita à ouvrir la bouteille de vin mais finit par la ranger. Il n'allait pas non plus faire à manger pour lui tout seul. Il cala un bout de fromage entre deux tranches de pain beurrées avant de rejoindre les monstres dans le salon. Chacun était obnubilé par un écran. Lucas effectuait une mission guerrière sur la télé. Christophe s'installa dans le canapé et se demanda si ce jeu hyperréaliste était conseillé pour un garçon de 10 ans, mais très vite, il fut bluffé par les graphismes et l'animation, au point de lâcher un « merde ! » quand il vit un bout de beurre s'échapper de son sandwich pour venir s'écraser sur le canapé en cuir blanc. Il l'essuya avec sa manche mais le gras s'étala en auréole. Il soupira. Parfois, il regrettait leur vieux canapé marron cradingue. Depuis qu'ils avaient acheté celui-là, Claire était devenue maniaque. C'était le problème d'avoir des choses de valeur, elles vous forçaient à changer d'attitude. Il hésita à se lever pour aller dans la cuisine chercher une éponge mais finalement, il préféra demander à son fils s'il pouvait prendre la seconde manette. « Ouais ! Super ! »

Après vingt minutes passées à pulvériser des zombies dont les chairs éclaboussaient l'écran avec un réalisme jubilatoire, Christophe décida de s'intéresser au jeu de Chloé. En voyant l'écran bariolé de rose, il faillit perdre un dixième à chaque œil. C'était sans doute l'un des trucs les plus moches qu'il avait vus de sa vie. Les couleurs bavaient dans tous les sens, les dessins étaient affreux. Il demanda à Chloé ce qu'il fallait faire.

« D'abord tu dois habiller ton personnage le mieux possible pour qu'elle trouve un travail. Après tu gagnes de l'argent et tu vas faire du shopping et après tu vas dans une soirée et tu dois épouser le garçon le mieux habillé mais il faut que tu sois la mieux habillée aussi. Et après, tu dois créer la meilleure robe de mariée et si tu réussis, tu as gagné. »

Il regarda sa fille dont le doigt faisait défiler mécaniquement sur l'écran des dizaines de mini-jupes identiques. Elle avait un voile d'ennui devant les yeux.

« Mais c'est pas répétitif ? »

Elle leva ses yeux vides vers lui.

« Si, un peu.

— Tu préfères pas les jeux de ton frère ?

— Si, mais c'est des jeux de garçons. »

Lucas, toujours les yeux rivés sur ses zombies, intervint : « Les jeux de filles, c'est toujours pourri. À part celui avec le petit chat rose qui lance des balles.

— Demain, je chercherai d'autres jeux plus amusants pour toi si tu veux. Pour l'instant, c'est l'heure d'aller se coucher. »

Demain, il allait surtout proposer à un pigiste de faire un papier sur le sexisme technologique. En soi, les valeurs des jeux dits de garçons et de filles étaient également connes. Tuer des zombies versus se marier. Ce qui le choquait vraiment, c'était la différence de qualité technique. Alors que le jeu de zombies avait de toute évidence été élaboré par une équipe de designers et d'ingénieurs, celui de la poufiasse avait dû être programmé par un manchot. Et évidemment, ce n'était pas ça qui allait donner envie aux gamines de devenir informaticiennes.

Après les avoir couchés, il alluma la télé, s'installa sur le canapé et posa son ordinateur portable sur ses genoux. Il regarda sur Internet de quel programme on parlait le plus et mit ladite chaîne mais coupa le son. Il se sentait fébrile. Il avait trop de choses dans la tête. Il avait reçu de nouveaux mails de félicitations pour les résultats des audiences d'Infos. Maintenant que le site fonctionnait bien, il allait pouvoir souffler et prendre du temps pour s'occuper de sa famille. C'était pour ça qu'il aurait aimé partager la nouvelle avec Claire. Depuis quatre ans qu'il dirigeait Infos, elle aussi avait dû faire des sacrifices. Elle avait accepté que Christophe doive bosser le soir et le week-end, ne soit pas disponible pour sortir. Elle lui avait fait quelques reproches mais dans l'ensemble, elle avait été très patiente. Il s'en voulait un peu. Chaque fois qu'un enfant était malade, c'était elle qui prenait une journée de congé. Comme ce matin pour Chloé. Or, une étrange loi de l'univers voulait que l'état normal d'un enfant soit la maladie. Ça pénalisait donc sa carrière à elle. Il le savait. En même temps, elle s'était lassée depuis des années de son boulot d'attachée de presse. Mais c'était peut-être là que résidait l'injustice de départ. Ça se mordait la queue. Si elle avait pu se consacrer davantage à son travail, elle aurait eu des opportunités plus stimulantes. C'est ce qui s'était passé pour lui. Il devait rééquilibrer les choses. Être présent. Notamment pour Chloé. Elle filait un mauvais coton. Sur l'écran de l'ordi, il choisit Nouveau document et commença à taper.

« Chère Dame Nature,

« J'aimerais que tu m'expliques tes errements actuels.

« Chère industrie de l'agro-alimentaire,

« J'aimerais que tu m'expliques pour quelles raisons tu persistes à contaminer notre nourriture avec des substances chimiques dont plusieurs études

217

scientifiques ont prouvé qu'elles étaient des per-
turbateurs endocriniens qui déréglaient le système
hormonal de nos enfants. Est-ce qu'il serait vraiment délirant de fabriquer des boîtes de conserve
et des canettes sans phénol ? Je sais que vous allez
me répondre que vous respectez les seuils légaux
mais, en la matière, la loi a encore du mal à définir
la notion de nocivité. Le seuil nocif est-il celui qui
rend malade, ou celui qui simplement impacte le
développement du corps ? »

Il cliqua sur Enregistrer / Dossier / Mon courrier,
et le texte partit rejoindre la centaine de documents
parmi lesquels on trouvait pêle-mêle des lettres inti-
tulées Chère EDF/GDF, Chère Margaux, Cher enculé
du 3e étage, Cher banquier, Cher Jean-Paul, Cher
France Télécom, Cher TF1 (1), Cher TF1 (2), Cher
M. Rumilly, Cher TF1 (3), Cher prof de math, Chers
tous, Cher Jean-Marie Le Pen, Chère institutrice,
Cher patron, Cher connard des impôts.
    La passion de Christophe pour les brouillons de
lettres de colère avait démarré après la trahison de
Louis Connard Daumail.

« Cher Louis Daumail,

« Je ne sais pas si je trouverai les mots justes
pour te signifier ma détestation totale pour toi et
tout ce que tu représentes. Quand on s'est rencontrés, à une époque où, avouons-le, nous n'étions

218

pas nombreux à vouloir travailler sur Internet en France, j'ai cru que nous avions la même passion du réseau, la même envie d'innover, la même fascination pour cet espace neuf. J'ai mis du temps à comprendre que ta véritable passion, c'est le fric. Si possible sale et malodorant. Comment tu arrives à te regarder dans une glace après ce que tu m'as fait ? Me priver du site que j'ai monté moi-même, dans lequel j'ai mis toutes mes idées et mon énergie et sur lequel tu es juste venu te greffer comme la larve malfaisante que tu es. Espèce d'enfoiré. Un jour, je te ferai payer ce que tu m'as fait, et ce que tu as fait à Marianne Malaret. Tu es prévenu, espèce de petite merde putride. »

Envoyer ce mail n'avait pas diminué d'un quart sa rage. Depuis, ils se recroisaient épisodiquement et, chaque fois, Louis s'adressait à Christophe comme s'ils étaient encore amis, ce qui avait le don de le foutre en rogne. Dans un premier temps, Louis poussait même le vice jusqu'à lui adresser des regards chagrinés. Le monde à l'envers. Et lui passait pour le connard aux yeux des gens qui n'étaient au courant de rien. Il avait refusé d'expliquer à quiconque la raison de leur brouille, par honte de s'être fait arnaquer comme un con. À tout prendre, il préférait encore passer pour un connard mal élevé.

Comme l'envoi de ce mail n'avait rien changé, Christophe avait pris l'habitude d'enregistrer des centaines de brouillons dans son dossier spécial sans jamais les envoyer. Mais plutôt que d'admettre qu'ils constituaient une soupape de sécurité dans sa stratégie d'évitement des conflits, Christophe préférait y voir le signe de sa difficulté à exprimer ses sentiments. Difficulté socialement assez handicapante dans la mesure où il vivait à une époque où tout le monde s'épanchait en permanence. En premier lieu, les participants aux télé-réalités, mais également les stars et les politiques. Sans compter la quasi-intégralité des gens sur les réseaux sociaux qui y allaient du compte rendu de leurs états d'âme. C'était le grand déballage et Christophe se sentait comme un amputé du cœur dans cette foire au pathos.

Ce qui l'amenait encore une fois à Claire. Il ne lui disait pas assez souvent qu'il l'aimait. Ça n'aurait pas dû être difficile de lui dire, surtout après douze années passées ensemble. Mais quand il se risquait à une déclaration sentimentale, il avait l'impression qu'il ne disait jamais ce qu'il fallait. Ou jamais ce qu'elle espérait. Même si elle ne lui en faisait aucun reproche, il était convaincu qu'elle attendait une suite de phrases précises. Le problème étant qu'il n'avait aucune idée de ce qu'elles pouvaient être.

Il fallait se rendre à l'évidence : il était nul en déclarations d'amour.

Sorti de « je t'aime », c'était la panne sèche. Tout ce qui lui venait à l'esprit c'était des gros clichés bien lourdauds et transpirants. Il était une sous-Barbara

Cartland de l'amour. Il se consola en se disant que l'important ce n'était pas les mots mais les actes. Et là, il allait lui prouver qu'il l'aimait. Il allait pouvoir lui dire qu'il était là, à nouveau. Il s'endormit en répétant : « Je suis là. »

Claire fit une drôle de tête. Il était minuit passé et ils étaient allongés dans leur lit. La lampe de chevet, celle de gauche, était allumée. En rentrant, Claire avait trouvé Christophe en plein ronflement sur le canapé et l'avait réveillé pour qu'il vienne se coucher. C'est donc la tête à moitié dans le cul qu'il se glissa sous les draps en lui annonçant la bonne nouvelle et sa décision.

« Ça te fait pas plaisir ? » demanda-t-il en lui prenant la main.

« Si, bien sûr. Mais on dirait que tu m'annonces que t'arrêtes de travailler.

— Non. » Il lui lâcha la main et se cala contre l'oreiller. « Mais je vais ralentir. Enfin… Travailler à un rythme normal. J'essaierai de rentrer plus tôt le soir. Et le week-end, je ne passerai pas la moitié du temps devant l'ordi. »

Cette fois, elle eut une mine circonspecte.

« T'as l'air circonspecte.

— Je suis circonspecte. Il y a toujours une actu, il se passe toujours quelque chose, important ou pas, qui nécessite que tu ouvres ton ordi. Le flux des infos ne va pas ralentir parce que toi tu décides de prendre du temps.

— Je te le promets. Vraiment. Je vais déléguer. Parce que j'en ai envie. Tu vas voir. »

Elle s'endormit contre lui. Ça faisait très long-temps qu'elle ne s'était pas endormie comme ça, la tête posée dans le creux de son bras.

Cette nuit-là, Marianne ne faillit pas avoir un orgasme. Même en regardant tout au bout de la ligne d'horizon du plaisir avec une paire de jumelles, il n'y avait rien. Encore raté. Mais pourquoi c'était aussi difficile de jouir avec un homme ? Il s'agissait d'une espèce de malédiction ? Un commandement divin ? Et Dieu dit : « Avec une bite, tu ne jouiras point », et les femmes ne jouirent pas.

« Ça va ? »

Elle se retourna et vint se blottir contre Max.

« Oui.

— C'était bien, hein ?

— Oui. C'était super. »

Elle avait le choix entre lui expliquer : « Écoute, c'était pas mal mais il faut que tu apprennes à te servir de tes doigts. Je n'aurai jamais d'orgasme avec ton sexe, du coup, il faut que tu fasses quelque chose avec mon clitoris. Mais d'abord, je vais t'expli-quer comment est fait un clitoris. Ça ne sert à rien d'appuyer dessus, etc. », ou alors répondre comme 100 % des femmes : « C'était super. » Il était 1 heure du mat, ils se dragouillaient depuis deux semaines sur Internet, c'était la première fois qu'ils couchaient

222

ensemble, l'ambiance était plutôt bonne, elle n'avait pas le courage de l'honnêteté.

Et Dieu dit : « Tu mentiras. »

Elle hésitait entre rester traîner avec lui au lit ou rentrer chez elle. Il était tard mais elle n'était pas fatiguée. Elle avait envie d'être tranquille chez elle mais en même temps, l'idée de devoir chercher un taxi dans le froid la démotivait. D'ailleurs, elle ne savait pas si elle avait assez d'argent ou si, en prime, elle allait devoir partir en quête d'un distributeur automatique. Dans ce cas, à tous les coups, elle allait trouver un taxi avant d'atteindre une banque. Elle hésiterait alors entre prendre d'abord de l'argent et risquer de ne pas retrouver tout de suite un autre taxi ou monter dans celui-là mais devoir lui deman-der de s'arrêter pour qu'elle retire des sous, ce qui était toujours embêtant.

Alors que la seule conclusion qui s'imposait était de rester blottie bien au chaud, une minute plus tard, elle était debout à côté du matelas, en train d'enfiler son jean. Par chance, elle avait jeté ses chaussettes à côté de ses chaussures. Parfois, une chaussette disparaissait, il fallait alors demander à l'autre de se lever du lit pour secouer la couette et la retrouver en boule dans un pli. Autre moment emmerdant.

Dans l'esprit de Marianne, beaucoup de choses étaient classées dans l'onglet « chiant ».

Elle dit au revoir à Max, qui essaya de l'attraper pour la faire retomber dans le lit, elle résista et partit. Une fois dehors, elle fut soulagée d'avoir réussi à prendre une décision, retira de l'argent et trouva un taxi qui la déposa devant le passage où elle habitait depuis trois mois. En tapant le code, elle était coincée entre des sentiments contradictoires. Satisfaite de rentrer chez elle, inquiète de ne pas réussir à dormir.

Elle grimpa l'escalier multicentenaire et arriva enfin dans son trois pièces plein-de-charme. Les pièces étaient plongées dans le noir, mais elle distinguait malgré tout le bordel ambiant, des cartons non déballés empilés dans un coin du salon, des tas de fringues jetées en vrac sur le clic-clac, des livres éparpillés un peu partout. Elle hésita une seconde à enlever son manteau vu la température. Elle venait d'emménager dans cet appart nettement moins cher que son ancien logement. Sauf qu'à Paris, en pleine crise immobilière, un appart au loyer abordable était un appart en ruine. Vu la totale absence d'isolation de ladite habitation, essayer de la chauffer revenait à poser son radiateur dans la rue. Du coup, elle avait abandonné l'idée d'allumer les radiateurs. Manque de bol assez prévisible, tous ses voisins avaient pris la même initiative, ce qui maintenait l'immeuble dans un froid glacial. Mais si cela avait été le seul désagrément, elle s'y serait faite. Le vrai problème, c'était que l'immeuble était hanté.

Y vivre n'était pas sans rappeler à Marianne les plus belles heures d'émissions télé comme *Mystère*,

ou plus récemment les reportages bidon sur le para-
normal de NRJ 12.

La première fois où les robinets de la salle de
bains s'étaient ouverts en pleine nuit et où elle avait
été réveillée par des litres d'eau tonitruants, elle
s'était levée, avait coupé l'arrivée d'eau et appelé un
plombier. Alors qu'il finissait le café qu'elle lui avait
préparé, il avait expliqué que refaire la plomberie
était impossible, il valait mieux raser l'immeuble.
La deuxième fois, elle avait fermé les robinets et
commencé à faire des recherches sur Internet grâce
auxquelles elle avait découvert qu'elle vivait dans
une ruine, certes, mais historique.

Le passage de la Reine-de-Hongrie datait de 1700.
À la fin du XVIIIe siècle, y vivait une certaine Julie
Bêcheur, surnommée Rose de Mai en hommage à sa
beauté, fruitière-orangère de son état et qui travaillait aux Halles. Elle fut la porte-parole d'une délégation des « femmes des halles » envoyée à Versailles
pour déposer leurs doléances. En la voyant, Marie-
Antoinette fut frappée par sa ressemblance avec sa
propre mère, Marie-Thérèse, reine d'Autriche et de
Hongrie, si bien que la délégation obtint tout ce
qu'elle demandait et en prime fut invitée à dîner à la
table du roi. Marie-Antoinette embrassa même Rose
de Mai qui en fut si flattée qu'elle revint aux Halles
toute bouffie d'orgueil et irrémédiablement royaliste
– une position un peu à contretemps de l'ambiance
en cette année 1775. Pour se foutre de sa gueule,
on la surnomma la Reine de Hongrie et en 1792 elle

fut emprisonnée aux Madelonnettes. Comme le dit l'écrou : « Julie Bêcheur, dite Rose de Mai, demeurant ci-devant de la Reine-de-Hongrie, accusée d'affection pour le ci-devant roi et la femme Capet ». Elle finit guillotinée. Depuis, on racontait que le passage où elle habitait, dit de la Reine-de-Hongrie, était régulièrement victime de manifestations surnaturelles, signes incontestables que le fantôme de la guillotinée rôdait encore. Marianne avait pu tester elle-même plusieurs de ces manifestations : portes et fenêtres qui s'ouvraient seules et claquaient, robinets qui se mettaient brusquement en marche, et une pléiade de bruits et craquements nocturnes plus ou moins inquiétants.

Marianne ne connaissait pas l'histoire de la fruitière-reine-de-Hongrie-vengeresse quand elle avait pris cette sous-location d'une pote. Elle avait seulement vérifié que la sous-location était légale du moment que le locataire ne sous-louait pas plus cher que ce que lui-même payait. Néanmoins, cet appartement était merveilleux pour une raison qui faisait baver d'envie tous les Parisiens, un concept qu'on ne prononçait qu'avec une voie lactée brillant au fond des yeux, un truc tellement rare qu'il en était devenu mythique : le « loyer 48 ». Soit concrètement 680 euros pour un appartement qui aurait dû en coûter 1 600.

Ce déménagement avait été la pierre angulaire de sa nouvelle politique existentielle : la vie low cost.

Marianne avait calculé qu'elle devait diminuer ses dépenses d'au moins trois cinquièmes. Pour trouver la formule magique qui l'aiderait à parvenir à cet objectif, elle avait fait une liste. Dans la colonne de gauche ses postes de dépense du temps où elle était riche, dans celle de droite les équivalents low cost.

Déménager

Aquabike 45 euros l'heure => gym suédoise 10 euros l'heure

Soins beauté spas => recettes beauté bio maison (à chercher)

Alloresto => s'inscrire sur le site où la voisine fait la bouffe

Esthéticienne => acheter des bandes de cire maison

Prendre un apéro dans les bars d'hôtels de luxe => par définition pas d'équivalent

Fringues => voir dépôts de déstockage

Taxi la nuit => trouver des mecs qui n'habitent pas trop loin de chez moi

EDF/GDF => arrêter de mettre le chauffage, ampoules éco, n'avoir que des trucs qui s'éteignent complètement (cf. télé pas en veille)

RATP => s'inscrire à la mutuelle collective des fraudeurs, cotisation 7 euros/mois

Résilier abonnement ciné et Canal => télécharger en torrent

Courses alimentation => ne plus jamais mettre les pieds dans un Monop, ne plus me faire livrer courses, acheter en flux tendu, ne plus/moins manger ?

En regardant cette liste et les priorités qui s'en dégageaient, une première conclusion s'imposait. Ces derniers mois, alors qu'elle bouclait sa thèse qu'elle traînait depuis des années, elle avait eu beau ingurgiter tous les essais les plus difficiles, boire du Deleuze et du Debord, aucun penseur n'avait réussi à diminuer à ses yeux l'importance des crèmes hydratantes. Le pouvoir d'attraction des soins de beauté mettait en échec toute la pensée poststructuraliste du XXe siècle. La seule différence notable entre elle et n'importe quelle autre accro de la cosmétique, c'était que lorsqu'elle claquait son argent dans une esthétique de l'apparence – c'est-à-dire des crèmes hors de prix qui promettaient beauté, jeunesse et dynamisme – elle en avait conscience et elle culpabilisait. Cependant, elle hésitait encore à y voir un véritable progrès philosophique.

À la caisse, son pot de jeunesse et de dynamisme à la main, elle pouvait se répéter des passages de *La Société de consommation* : « La valeur stratégique en même temps que l'astuce de la publicité est précisément de toucher chacun en fonction des autres, dans ses velléités de prestige social réifié. Jamais elle ne s'adresse à l'homme seul, elle le vise dans sa dimension différentielle, et lors même qu'elle semble accrocher ses motivations profondes, elle le fait toujours de façon spectaculaire, c'est-à-dire qu'elle convoque toujours les proches, le groupe, la société, dans le procès de lecture, d'interprétation et de faire-valoir qu'elle instaure. » Elle brandissait tout de même sa carte de crédit avec le sentiment d'acquérir le saint Graal de la cosmétique.

Elle se désespérait elle-même.

Sentiment désagréable qui la poussait ensuite à s'inscrire à une séance de spa pour se consoler.

Mais sa nouvelle politique de vie low cost était l'occasion idéale pour se défaire un peu de son addiction à la consommation, même si originellement, elle reposait sur un impératif financier simple, à savoir que Marianne serait bientôt complètement fauchée.

Parce que pendant l'été, elle avait pris une décision radicale. Elle allait arrêter Pénissimo et Maxipénis. Depuis de trop longues années, elle vivait des revenus que généraient les deux sites puisque l'angoisse de Paul à l'idée de s'éloigner de plus d'un kilomètre de son appartement n'avait fait qu'empirer. Certes, se rendre à Bruxelles tous les mois était une perspective plutôt agréable mais, dès le début, elle s'était sentie mal à l'aise dans ce rôle. Et depuis quelque temps, s'étaient multipliés les cauchemars dans lesquels elle se voyait être interpellée à la frontière. Marianne sentait de façon quasi palpable que la situation n'était plus la même qu'en 2006. Désormais, la société s'intéressait au web – ce qui incluait les impôts et les juges.

Et puis, il y avait une autre raison. Il commençait à devenir compliqué d'expliquer à sa fille quel travail elle faisait. Même si Léonie n'avait que 4 ans, Marianne sentait qu'il était temps d'opter pour un mode de vie plus traditionnel.

Mais cette décision revenait à quitter son « travail » sans indemnité et à se retrouver sans le sou. Elle avait donc fait une liste consciencieuse des moyens de réduire son train de vie, en commençant par déménager. Il lui restait cependant encore deux choses à faire pour tourner la page : trouver une autre source de revenus et annoncer à Paul qu'elle arrêtait.

Le lendemain matin, vers 7 h 30, quand Claire entra dans la cuisine en pyjama, Christophe lui tendit une tasse de café et l'embrassa dans le cou. Elle sourit. Lucas lâcha un « dégueu » tandis que la radio disait : « Les tentacules de la pieuvre de la haute finance étranglent les peuples un par un. » Christophe estima que le taux de circonspection dans le sourire de sa femme était descendu de 48 à 32 %, ce qui constituait une avancée non négligeable sur le chemin du bonheur conjugal. Arrivé au travail, il commença par lui envoyer un mail.

À : claire.gonnet@gmail.fr
Ma tendre,
Je te le redis, comme un engagement que je prends très solennellement, comme ça tu pourras

me ressortir ce mail en cas de problème : à partir d'aujourd'hui, moins de travail, plus de nous. Ce soir, je serai à la maison à 19 h 15.

Je t'embrasse.

Il se dit que « ma tendre » c'était mignon. C'était aussi pourri mais il n'avait pas d'autre idée. En douze ans, il n'avait pas été capable de trouver un seul surnom amoureux pour Claire. Il était nul.

À : christophe.gonnet@gmail.com
Attention, je vais finir par y croire.
À ce soir chéri.

Et voilà. Quand elle écrivait « chéri », ça sonnait tout de suite naturel.

La matinée s'annonçait donc radieuse, jusqu'à très précisément 9 h 05, heure à laquelle le site Mediapart mit en ligne un papier intitulé « Comment les mesures d'audience des sites sont bidonnées ». 9 h 05, soit l'heure où tout le monde était connecté. Un vrai truc de pute. Quand Christophe vit le papier, avant même de cliquer dessus, il commença à transpirer. Après l'avoir lu, il sentait l'afflux sanguin cogner tellement fort dans ses tempes qu'il avait l'impression de voir trouble. L'écran de son ordinateur disparaissait dans un brouillard mais Christophe était incapable de lever la tête, de quitter des yeux les mots inscrits devant lui.

Patrice Revet, le journaliste, expliquait que le classement publié très officiellement la veille était truqué et lésait donc les sites qui refusaient de tricher pour avoir de meilleures statistiques. La fraude consistait à vendre très cher des conseils aux sites, conseils qui prenaient la forme d'une simple feuille A4. Autrement dit un service fictif, en échange duquel la position du site en question dans le classement officiel était « réévaluée ». Une escroquerie toute simple mais qui avait de grosses conséquences financières, les montants des budgets pub se basant en grande partie sur ce classement.

Pour étayer son argumentation, Mediapart prenait l'exemple de la remontée spectaculaire d'Infos dans le classement et le fait corollaire qu'Infos venait justement de commander une étude fort coûteuse à l'organisme chargé d'effectuer les mesures d'audience. Une source interne dans cet organisme confirmait ces pratiques illégales.

La première réaction de Christophe fut de s'énerver contre ceux qui étaient incapables de croire qu'Infos marchait pour de bon. Il y voyait une évidente jalousie. Il décida de tirer les choses au clair.

À : patrice.revet@mediapart.fr
Salut,

Tu peux m'expliquer ton article de ce matin ? Qu'est-ce que ça veut dire ? Si tout ce que tu écris est sourcé, vérifié, tu aurais au moins dû me prévenir, me demander ma réaction.

À : christophe.gonnet@infos.fr

On contacte toujours les intéressés. Donc j'ai demandé leurs réactions à ton patron Delassalle et au directeur stratégique. Ils n'ont pas daigné donner suite. Mais vas-y, explique-moi comment tu as pu accepter de participer à une escroquerie pareille. On est toujours prêt à publier un droit de réponse, même pour les voleurs.

À : patrice.revet@mediapart.fr

Mais est-ce que tu es certain de ce que vous avancez ? Est-ce qu'Infos a vraiment acheté sa place dans le classement ?

Je ne comprends même pas comment tu peux croire que j'étais au courant et que j'ai validé ce système. Tu sais comme moi que je ne m'occupe que du rédactionnel et que mes patrons se chargent du reste.

À : christophe.gonnet@infos.fr

Je t'aime bien Christophe, mais tu n'espères pas me faire croire que tu n'étais au courant de rien ? Tu es le rédac chef du site, c'est pas à moi que tu vas faire gober ça. Tu savais forcément.

Il semblait en effet improbable que lui, rédacteur en chef, n'ait pas été informé de la manip. Ce n'était pas crédible parce que cela sous-entendait deux choses : 1) que ses patrons le prenaient pour

233

un parfait crétin, 2) que lui-même avait été suffisamment fat pour croire que son site faisait des records d'audience sur sa pure qualité. Double gros con. Double boucle piquée de l'humiliation.

Et maintenant, il devait gérer les réactions en chaîne. Que pouvait-il dire ? Personne ne le penserait assez demeuré pour n'avoir rien vu. Soit il était honnête mais stupide. Soit il était intelligent mais pourri. Or son intelligence ne serait pas remise en doute.

Il se rendit alors compte du silence qui régnait dans l'open space. Il leva la tête. Ils étaient tous penchés sur leur écran mais leurs doigts pianotaient à vitesse doublée par rapport à d'ordinaire. Ils étaient sûrement réunis sur un chat en train de discuter de l'affaire.

Sur tous les réseaux, on lui demandait de réagir, on lui envoyait le lien vers l'article de Mediapart – comme s'il ne l'avait pas déjà lu vingt fois.

*****

Polémique dans le Landerneau Internet avec la dénonciation de fraudes dans les mesures d'audience. Un député déclare : « Elle est belle, la presse qui nous donne à tout bout de champ des leçons de transparence. » La ministre du Numérique a saisi le conseil de la neutralité du Net à titre consultatif.

*****

Il se leva et se dirigea vers l'ascenseur. Cette fois, il allait gueuler. Il leur dirait que c'était inacceptable. Il leur dirait d'aller se faire foutre.

Quand il sortit de l'ascenseur, il fonça vers la secrétaire.

« Dites-lui que je veux le voir maintenant.

— Il n'est pas encore arrivé. Mais je lui transmettrai. »

Il repartit la queue entre les jambes, prenant de façon irrationnelle cette absence du chef comme une marque supplémentaire de mépris envers lui.

De retour dans l'open space, il ne se rassit pas. Il aurait aimé disparaître sous son bureau mais il était le chef, il devait gérer la crise de façon responsable. Il tapa dans les mains pour capter l'attention générale alors que tous les yeux étaient déjà levés vers lui. Ils attendaient qu'il parle. Qu'il leur explique. Il se redit : « Je veux disparaître tout de suite. »

« Je suppose que tout le monde a lu le papier de Mediapart. J'aimerais pouvoir vous assurer que tout ça, c'est de la connerie, mais en réalité je n'en sais rien. J'attends de voir la direction pour savoir. Pour l'instant, je vous demande à tous de continuer à bosser. Je ne sais pas si on a acheté notre place dans le classement mais une chose est sûre : on fait du très bon boulot. Est-ce que vous avez des questions ? »

Vanessa leva la main.

« Qu'est-ce qu'on répond aux lecteurs qui nous posent la question ?

— Que la rédaction vient de découvrir cet article en même temps qu'eux. Que nous attendons des explications de la part de notre direction. Et que nous sommes aussi choqués que tout le monde. Que si cette manipulation est avérée, c'est très grave. »

Il se rassit devant son poste. IRC s'était rouvert, Marianne et Paul étaient en ligne depuis cinq minutes.

<Marianne> Putain… Je te demande pas comment ça va…

<Marianne> Bon… T'es pas là… Je comprends.

<Paul> Salut, moi je suis là mais je compte pour de la merde ?

<Marianne> Arrête. Je m'inquiète pour lui. C'est un putain de cauchemar ce qu'il vit.

<Paul> Tout le monde triche, c'est la règle. Ils font chier Mediapart à venir balancer ça.

<Marianne> Heu… Bah c'est quand même assez grave.

<Paul> Mais non ! Le système entier est pourri. Le vrai scoop ça aurait été que le classement ne soit pas truqué. C'est juste chiant que le dommage collatéral ce soit Christophe.

<Christophe> Salut.

<Marianne> Je te redemande pas comment ça va ?

<Christophe> Non.

<Marianne> OK.

<Paul> Tu veux qu'on sature les serveurs de Mediapart ?

<Christophe> C'est gentil mais non.

À défaut de pouvoir s'évaporer de la surface de la Terre, Christophe aurait voulu travailler comme si de rien n'était, mais il fut obligé de copier-coller sa déclaration « officielle » à tous ceux qui l'interpellaient. « Pas au courant », « très grave », « choqué », « attends une explication de la direction ».

À la pause déjeuner, il n'avait toujours pas de nouvelle de la « direction ». Il resta à son bureau, incapable d'aller manger. Il avait pu accepter l'idée qu'il était un handicapé sentimental, qu'il était un peu moisi en amour, mais si le truc pour lequel il avait sacrifié sa vie de famille, le truc dont il pouvait vaguement tirer un semblant de fierté se révélait pourri, il ne lui restait plus qu'à se foutre en l'air. Il se décida à envoyer un mail à Claire.

À : claire.gonnet@gmail.fr

Salut, désolé de t'emmerder avec ça mais c'est la catastrophe. Il faut que tu lises ce papier de Mediapart.

Elle lui envoya un chat :

Claire – OK… Je suppose que si Mediapart dit ça, c'est qu'ils ont des preuves ?

Christophe – Les connaissant, oui.

Claire – T'as vu les chefs ?

Christophe – Non j'attends encore. Je ne sais même pas quoi leur dire. Ils m'ont pris pour un con et ils me font passer pour un pourri.

Claire – Il faut que tu te désolidarises de toute cette merde.

Christophe – C'est ce que j'ai commencé à faire, j'ai dit que la rédaction n'était au courant de rien. À ton avis, je dis quoi aux chefs ?

Claire – Ça dépend de ce que tu es prêt à accepter. Si tu trouves ça trop moche et que tu tiens à ton éthique, tu démissionnes. Sinon, tu restes.

Christophe – Hum… Je vois pas d'autre sortie honorable que de partir. Mais ça nous foutrait dans la merde. Toi et moi.

Claire – On s'arrangerait. Je suppose que je ne t'attends pas à 19 h 15…

Christophe – Si. J'ai qu'une envie c'est de rentrer à la maison.

Ce n'est qu'à 14 heures que la secrétaire le rappela pour lui dire que le grand patron l'attendait immédiatement dans son bureau. Il se leva mais tandis qu'il attendait l'ascenseur, Vanessa vint le rejoindre.

« Je peux te dire un mot ?

— C'est pas le bon moment. Je vais régler cette affaire.

— Justement. J'en ai parlé avec les autres et on n'a qu'une peur. C'est que tu nous lâches.

— Comment ça ?

— Que tu démissionnes. Tu ne peux pas nous faire ça. C'est toi qui nous as tous engagés, on est

238

venus pour bosser avec toi. Tu fais vivre le site. Si tu pars, on est morts. »

Christophe avait horreur des conflits mais cette fois, il savait qu'il n'y échapperait pas. Non seulement la direction l'avait pris pour un gros con, mais en plus ils avaient sabordé le travail que l'équipe et lui avaient accompli pour faire du bon journalisme. La qualité des papiers, l'exigence, tout ça était irrémédiablement bousillé par l'escroquerie. Ils allaient devoir s'excuser. Ils étaient piégés comme des rats. Ils devaient être paniqués.

L'image de ses patrons dans leurs petits souliers, mortifiés par la catastrophe qu'ils avaient eux-mêmes provoquée, fut effacée dès qu'il entra dans le bureau et remplacée par celle bien réelle de Delassalle en train de fulminer en faisant les cent pas derrière son bureau.

« Bordel Christophe, c'est la merde !

— Oui. La merde que vous avez vous-mêmes créée. Vous pouvez m'expliquer ?

— C'est bien la première fois que tu t'intéresses à nos stratégies… De toute façon, la situation est simple. On a fait exactement comme tout le monde. Ceux qui mesurent les audiences sont une bande de pourris qui nous dépouillent tous. Et je dis bien tous. Sauf que nous, on a été balancés. » Il s'arrêta de marcher avant de demander : « D'ailleurs, c'est des potes à toi les mecs de Mediapart, non ?

— Je... » Christophe était pris au dépourvu. « Pas des potes, des connaissances d'Internet.

— Et bah tu diras à tes connaissances que ce sont des fils de pute. Évidemment, c'est nous qu'ils balancent et pas les autres sites plus connus. C'est facile de leur part de taper sur les moyens. Nan mais c'est dingue ! On va prendre pour tout le monde. Maintenant, il faut réagir. » Il se remit à arpenter les quatre mètres de largeur de la pièce. « Très judicieux d'ailleurs ta réaction officielle. C'est parfait. On va virer Laurent, il fera le fusible. Ensuite, dans le fond, on s'en fout un peu. Ça va se tasser. Le vrai problème c'est que le système va changer. Maintenant qu'on ne peut pas continuer à augmenter de façon artificielle le trafic du site, il va falloir l'augmenter réellement.

— Hein ? »

Le chef s'arrêta devant Christophe qui était toujours debout, abasourdi.

« Si on reste avec nos chiffres réels actuels, on va perdre des budgets pub dont on a besoin. Et on va devoir licencier. Tu te vois en train de choisir qui il faut virer dans ton équipe ? Non ? Bah moi non plus. Enfin merde, on fait du super boulot sur ce site. On a besoin de tout le monde. Donc il n'y a qu'une seule solution. Il faut que d'ici le prochain classement, on ait augmenté le trafic. On a bien réfléchi et, en fait, c'est l'occasion de tester une formule à laquelle on pense depuis un moment. Tu connais Louis Daumail, c'est un ami à toi je crois ?

— Heu… Non, c'est une connaissance.

— Ah bon, je croyais. Il m'avait dit que vous étiez amis. Bref. » Delassalle revint se poster debout derrière son bureau. « C'est un garçon brillant. D'ailleurs, tu ferais mieux d'être ami avec lui plutôt qu'avec les autres enculés. Bref. Ça fait un moment qu'il nous propose une idée tout à fait excellente. L'aide d'une conseillère en marketing éditorial.

— Une quoi ?

— Une conseillère en marketing éditorial. Elle va nous aider à améliorer le trafic du site. C'est une mission de quelques mois. Elle va nous apporter des outils innovants. » À ce moment-là, le grand chef se pencha sur son bureau, les mains posées à plat et sourit pour la première fois de la journée avant d'ajouter : « Il paraît qu'elle peut prévoir deux semaines à l'avance les sujets qui vont buzzer. »

Chapitre sept

#7

Paul était assis à son bureau, c'est-à-dire au comptoir américain qui séparait l'espace salon et l'espace cuisine de son deux pièces. Quand il était parti de chez ses parents, il avait trouvé cette location avec parquet, cheminée et moulures au cœur du Marais et n'en avait jamais bougé. Il l'avait meublée avec soin, suivant à la lettre le catalogue d'Habitat, ce qui l'obligeait aussi à renouveler régulièrement son ameublement, l'évangile selon Habitat étant réécrit chaque année. La seule tache au milieu de ce décor d'un bon goût parfait, c'était lui, vautré sur sa chaise de dessinateur, vêtu uniquement d'un t-shirt sale, les couilles à l'air – sa tenue préférée, même si en ce mois d'octobre lumineux mais glacial, cela l'obligeait à mettre le chauffage et à détruire la banquise pour le plaisir de se promener chez lui la bite au chaud. Mais il s'en foutait. De toute façon, il n'avait jamais aimé les ours polaires.

À côté de son ordinateur se trouvaient sa tasse de café noir et une assiette pleine de croissants. C'est l'un d'eux qu'il faillit recracher devant son écran. Il remonta le fil de l'échange qu'ils venaient d'avoir pour être certain qu'il n'avait pas mal compris.

Marianne – Salut.
Paul – Salut, que me vaut ce chat privé ? T'as enfin décidé de revenir sur ta décision absurde de ne pas coucher avec moi ?
Jusque-là tout allait bien. Il était très drôle, comme d'habitude.
Marianne – Pas exactement. Ça concerne le sexe mais c'est l'inverse. Ne t'énerve pas hein. Ça n'en vaut pas le coup. Mais je vais arrêter Pénissimo. Je n'ai plus envie de continuer. Tu dois comprendre, ça me met mal à l'aise d'aller tous les mois chercher l'argent.
À la relecture, Paul eut encore plus précisément la sensation qu'on venait de lui planter un couteau rouillé entre les omoplates. Sa première impulsion fut d'enfiler pantalon et chaussures et de débarquer chez Marianne pour l'étrangler de ses propres mains puis il se rappela qu'elle habitait hors du périmètre magique des cinq cents mètres autour de chez lui et que sa phobie de l'éloignement l'empêchait de franchir ces murs invisibles. Raison pour laquelle Marianne ne pouvait pas, NE POUVAIT PAS, putain de bordel de merde, le laisser tomber. Il allait se passer quoi ? L'argent allait s'accumuler sur un compte bancaire pendant qu'il crèverait de faim à Paris ?

244

Vu le temps que Paul mettait à répondre, Marianne l'imaginait en train d'affûter une hache pour venir la décapiter chez elle. Il était peut-être déjà en route. Elle finit d'une traite sa tasse de thé et partit aux toilettes en attendant l'arrivée du bourreau. Au passage, elle en profita pour enfiler une seconde paire de chaussettes et un sweat. Quand elle se rassit devant l'ordi, un appel vidéo clignotait. Elle cliqua sur Accepter et une fenêtre s'ouvrit, dans laquelle elle vit le visage de Paul déformé par l'action combinée de ses cris et du mauvais réglage de la webcam. Il approchait son visage de la caméra sans doute pour parler encore plus fort. Elle hésitait à mettre le son. De toute façon, elle savait très bien ce qu'il était en train de lui dire. « C'est impossible, tu ne peux pas arrêter, tu ne te rends pas compte blablabla. » Elle décida de faire le test et alluma le haut-parleur.

« … pas compte, c'est une décision complètement irrationnelle, tu ne peux pas me faire ça, on est des partenaires Marianne. Des PARTENAIRES. On parle de notre chef-d'œuvre là. On parle de Maxipénis. On parle de la meilleure idée du monde pour se faire du fric. »

Marianne haussa les épaules et se vit hausser les épaules dans la petite fenêtre de la webcam qui la filmait.

« Je ne veux plus le faire. Quand je dois aller là-bas récupérer l'argent, la veille, je suis malade d'angoisse. Et puis, tu savais très bien qu'on n'allait

245

pas continuer comme ça indéfiniment. Mais ça veut pas dire que toi, t'es obligé d'arrêter. »

Le visage de Paul se transforma en gros boudin pixellisé.

« Ouais, bien sûr. Sauf que moi je suis malade. Je ne peux pas sortir de Paris, ça m'angoisse.

— Paris ? C'est plutôt t'éloigner de plus de cinq cents mètres de ton appart qui t'angoisse. »

Paul se rencogna contre le dossier de sa chaise, il faisait ostensiblement la gueule mais continuait de fixer la caméra. Derrière lui, elle voyait le canapé et la fenêtre de son salon. Le bâtard était exposé plein sud. Après une minute de silence, Marianne se leva et partit se chercher une tasse de café dans la cuisine. Pendant que l'eau chauffait, elle se dit qu'il l'exaspérait quand il se comportait comme ça. Elle jeta rageusement un pot de yaourt vide dans la poubelle. C'était comme au téléphone, ou face à face, quand quelqu'un fait la gueule mais qu'on n'ose pas partir ou raccrocher parce qu'on sait qu'on va encore envenimer les choses. Bon, au moins, là, elle pouvait bouger librement dans l'appart. Elle revint s'asseoir devant son bureau, sa tasse remplie à la main. Paul était dans la même position. Elle avait vaguement espéré qu'il se serait déconnecté. Mais il ne lâcherait jamais. Il était capable de rester figé comme ça jusqu'à demain matin. Marianne craqua :

« Mais merde, dis un truc. »

Paul, tassé sur sa chaise, son t-shirt maculé de taches énigmatiques, continuait de fixer la caméra d'un air désapprobateur.

« Ne me fais pas le coup du mutisme. Sinon, je me déconnecte. J'ai autre chose à faire. »

Elle le vit taper du poing à côté du clavier de l'ordi.

« Non mais attends, déjà tu brises ma vie et en plus tu t'énerves contre moi ?

— Je ne brise pas ta vie, j'arrête Maxipénis, c'est tout. On en a profité pendant des années, c'est très bien.

— T'as raison. Si un jour tu gagnes au Loto, au bout d'un moment tu vas aller rendre la thune à la Française des jeux en leur expliquant que tu en as assez profité.

— Mais t'es d'une mauvaise foi…

— Ma petite Marianne, laisse-moi te poser une question. » Paul se redressa et se pencha pour se rapprocher à nouveau de la webcam qui déformait son visage déjà bouffi. « Dis-moi comment tu as prévu de gagner de l'argent maintenant ?

— Je vais faire comme tout le monde.

— Ah ah ah… Ne me dis quand même pas que tu vas… travailler ?

— Et pourquoi pas ?

— Parce que le travail, c'est la mort.

— OK. Je suis d'accord. Moi aussi, je déteste le travail. Je considère que c'est une aliénation.

— Marianne, je te rappelle que tu ne veux pas »,
il leva un doigt, « d'horaires fixes », deux doigts
qu'il agitait devant la caméra, « travailler avec des
gens dans un open space.

— Je n'ai pas à me justifier. Je fais ce que je veux.
Et c'est pas la peine de me parler comme un petit
chef paternaliste alors que t'as cinq ans de moins
que moi. En plus, depuis qu'on a ouvert Maxipénis,
tu ne fais quasiment plus rien d'autre. À la base, ça
devait te permettre d'écrire un scénario. Il est où
ce scénar ? À cause de Maxipénis, tu as perdu ton
moteur. Tu n'as plus besoin de te bouger le cul pour
faire des trucs. De mon côté, ça devait m'aider à
écrire ma thèse. Bon… ça m'a pris quelques années
de plus que prévu mais je l'ai finie. Je dois passer à
autre chose. Et toi aussi.

— Ne parlons pas de moi, bien que nombre
d'universitaires considèrent que c'est le sujet le plus
fascinant au monde. Parlons de toi Marianne, de ta
situation. Est-ce que je dois te rappeler que tu as
une magnifique enfant de 5 ans à nourrir ?

— Elle a 4 ans. Et ne pense même pas à cet argument. Laisse ma fille tranquille. Franchement, ça
commence à m'emmerder de payer sa cantine avec
la vente de méthodes d'élargissement de la bite. »

Paul avait entamé un nouveau croissant, signe
possible qu'il commençait à se calmer.

« Je crois que tu ne te rends pas compte qu'on
aide les gens. Tu ne peux pas comprendre, tu n'as
pas de bite. Mais la bite », dit-il en brandissant son

croissant flasque devant la caméra, « c'est précieux pour un homme. On aide des individus à s'épanouir, à se réconcilier avec eux-mêmes, avec leur corps et sans doute aussi avec leur meuf. Ça ne compte pas, tout ça ?

— Mais c'est de la connerie ce qu'on vend. Tu ne l'as même pas essayée, la méthode. »

Il esquissa un sourire satisfait.

« Je ne peux pas. Je suis monté comme un cheval. Si ma bite gagnait trois centimètres, elle ressortirait par la bouche de mes partenaires.

— Putain… Mais qu'est-ce que tu peux être con parfois… De toute façon, ça sert à rien de me sortir tous tes arguments foireux, je ne changerai pas d'avis. Et puis t'as qu'à demander à quelqu'un d'autre.

— Quelqu'un d'autre ?! » Il leva les yeux au ciel puis sembla s'adresser à un public invisible. « Elle me dit "quelqu'un d'autre". Mais il faut quelqu'un en qui j'ai complètement confiance, avec qui je ne vais pas m'embrouiller, qui ne me trahira pas. Un ami quoi. Et tu sais très bien que tu es ma seule amie, espèce de salope. »

Un bip d'IRC donna à Marianne un prétexte pour détourner le regard.

*Christophe a rejoint le canal #lesamis
<Christophe> Vous êtes où ? Repartis faire une sieste ?

<Paul> Cette pute de Marianne est en train de ruiner ma vie.

Marianne leva la tête vers la fenêtre de la webcam. Paul la regardait avec un sourire narquois.

<Christophe> Ah merde… C'est con. Normalement, elle couche d'abord avec le mec, et après elle lui met la misère.
<Marianne> OK. Sympa. Allez bien vous faire foutre messieurs. Salut.
*Marianne a quitté le canal #lesamis

Elle prenait assez mal la blague de Christophe et cherchait une réponse adéquate quand son téléphone sonna en affichant le numéro de « Emmerdes et problèmes ». Le numéro « inconnu ».
« Allô ?
— Madame Malaret ? demanda une voix féminine.
— Oui…
— Ici l'école de votre fille. Léonie est tombée dans la cour pendant la récréation. Il semblerait qu'elle ait une fracture. Les pompiers sont en route, est-ce que vous pouvez venir immédiatement ?
— Oui, bien sûr, j'arrive. »
Elle était encore en pyjama mais, par chance, il s'agissait d'un débardeur, un sweat à capuche et un bas de jogging. Pendant qu'elle laçait ses Converse, elle hésita sur l'opportunité de perdre une minute à

mettre un soutien-gorge mais finit par abandonner l'idée. À la place, elle enfila son blouson en cuir et partit précipitamment. Très vite après son accouchement, elle avait compris un truc : les enfants avaient toujours des problèmes. Ils faisaient leurs dents, ou ils ne mangeaient pas assez, ou ils vomissaient, ou ils toussaient, ou ils avaient de la fièvre, ou ils tombaient, ou ils traversaient une crise (la peur du noir, l'angoisse de séparation, la crise des 2 ans, etc). Bref, avoir un enfant, c'était découvrir quotidiennement une nouvelle emmerde qui allait bouleverser le planning de votre journée.

Cinq minutes plus tard, elle entrait dans l'école. La concierge la conduisit auprès de Léonie, allongée dans le préau, dont les gémissements courageux, dès qu'elle vit sa mère, se transformèrent en cris de douleur. « Mamannnnnn... J'ai maaal. » Marianne s'assit à côté d'elle et l'embrassa en lui caressant la tête. Elle en profita pour lui enlever l'immonde serre-tête rouge que son père avait dû trouver de bon goût de lui mettre ce matin. Elles restèrent enlacées quelques minutes, jusqu'à l'arrivée tout en muscles et parfum viril des pompiers qui demandèrent à Marianne de s'éloigner.

Au même moment, elle entendit la voix d'Olivier qui résonnait dans le hall : « Où est ma fille bordel ?! »

Il débula en courant et Marianne le rejoignit à l'extrémité du préau pour le rassurer. La petite était tombée, il fallait laisser les pompiers s'en occuper.

L'institutrice de Léonie, une jolie brune du même âge que Marianne mais qui, elle, avait pris le temps de se maquiller et de mettre un soutien-gorge, un pull et un jean, en profita pour les prendre à part.

« Je suis très heureuse de pouvoir vous parler à tous les deux. Je comptais justement vous proposer un rendez-vous. Vous avez des préférences ?

— Mais comme cela vous arrange, madame », dit Olivier comme s'il venait d'avaler un pot de miel. Marianne détestait sa manie de faire le lèche-cul devant toute forme d'autorité. Avec les flics ou les médecins, c'était pareil. Il fallait qu'il en fasse des caisses, monsieur, madame, nous sommes entre adultes éclairés – la caricature du parent d'élève relou. À la maternité, quand elle avait accouché, c'était l'horreur. Il faisait des courbettes aux sages-femmes pendant qu'elle devenait tétraplégique à cause de la péridurale. Ça donnait à Marianne l'impression qu'il l'excluait d'emblée des discussions d'adultes. Elle demanda à l'institutrice de quoi elle souhaitait leur parler.

« Ce n'est sans doute pas le bon moment », remarqua l'institutrice en jetant un œil au groupe de pompiers agenouillés plus loin. « Mais je suis un peu inquiète pour Léonie. »

Marianne et Olivier échangèrent un regard affolé. Ça y est, pensa Marianne, elle est victime de harcèlement à l'école. Ça se trouve, elle n'est même pas tombée toute seule, c'est un autre enfant qui lui a volontairement brisé le bras. Mais l'institutrice eut un sourire rassurant.

« Ce n'est rien de grave. Elle a un comportement tout à fait normal. Mais l'autre jour, les enfants devaient dessiner leur famille et le résultat du dessin de Léonie me laisse penser qu'elle pourrait être désorientée. J'aurais aimé que nous prenions un moment pour en parler.

— Elle a dessiné quoi ? » demanda Olivier d'une voix nettement moins sucrée.

« Eh bien… » L'institutrice se passa une main dans les cheveux. « Eh bien, elle a dessiné maman, papa et Julien, le petit ami de papa.

— Oui, et ? demanda Marianne sans comprendre.

— Eh bien… avouez que c'est original », trancha l'institutrice d'une voix guillerette.

« Je ne vois pas en quoi », répondit Olivier, cette fois sans aucune trace d'aménité.

« Ne le prenez pas mal. Je cherche juste à mieux comprendre dans quel contexte familial grandit Léonie pour pouvoir l'aider. »

Marianne se tordait le cou dans l'espoir d'apercevoir sa fille au milieu des pompiers mais elle ne distinguait qu'un bout de son manteau rouge.

« Elle n'a pas besoin d'être aidée, trancha Olivier.

— Donc Julien est votre conjoint, depuis votre séparation à tous les deux ?

— Oui », répondit Olivier tandis que Marianne précisait : « Pas vraiment non. On n'a jamais été ensemble Olivier et moi.

— Ah… Léonie est donc un accident ?

— Mais pas du tout ! On a décidé de faire Léonie ensemble.

— Mais à l'époque, monsieur, vous n'aviez pas encore pris conscience de… votre orientation ?

— Je suis pédé depuis ma naissance, madame. »

L'institutrice les regarda l'air interloqué. Puis une lumière se fit dans ses yeux et elle se tourna vers Marianne.

« Ah donc, madame, vous avez été la mère porteuse ?

— Quoi ? Mais ça va pas la tête ! Léonie est ma fille. Et la fille d'Olivier. C'est pas compliqué à comprendre.

— Très bien, donc reprenons. Léonie vit en alternance une semaine chez sa maman qui est célibataire, et une semaine chez son papa avec le conjoint de son papa, c'est bien ça ?

— Tout à fait.

— Et vous avez l'impression qu'elle gère comment cette situation ? » demanda l'institutrice en hochant la tête pour assurer de sa compréhension empathique.

« Elle n'a pas à gérer quoi que ce soit, trancha Olivier. C'est juste sa vie. C'est comme ça depuis sa naissance. C'est plutôt à vous que ça a l'air de poser un problème. »

L'institutrice leva les mains en signe de dénégation.

« Détrompez-vous, monsieur. Je ne juge pas. En aucun cas. Mais vous devez avoir conscience que les réactions des autres enfants… la comparaison avec les autres modèles familiaux peut blesser Léonie.

— Si les autres enfants sont des cons réactionnaires, ce n'est pas notre faute.

— Tous les enfants sont réactionnaires, comme vous dites. Ils aiment la norme. Vous ne semblez pas très concernés par la manière dont Léonie peut vivre la situation à l'école.

— Il n'y a aucun problème. Vous avez dit qu'elle allait très bien. C'est vous qui risquez de créer un problème en la stigmatisant.

— Je vous dis juste qu'il faut être attentif à la manière dont elle vit la situation. C'est pour ça que je souhaitais en discuter avec vous, ce qui m'a permis de mieux comprendre sa situation familiale. »

Marianne se décida à prendre la parole, et aussitôt l'institutrice se tourna vers elle. La magie de la position de Mère.

« Vous avez raison, il faut être attentif et nous vous remercions de votre attention. Olivier a parfois tendance à voir des homophobes partout. Je suis d'accord pour que nous fassions attention ensemble. Mais pour l'instant, tout a l'air de bien se passer. Léonie a conscience qu'il existe plein de modèles de famille différents. Que le sien n'est par essence ni mieux ni moins bien, simplement moins fréquent. D'ailleurs, elle le voit bien dans les histoires qu'on lui lit, ou dans les dessins animés. Et je crois que, pour le moment, ça ne lui pose aucun problème. Elle vit dans un environnement stable depuis sa naissance. Elle est également très attachée à Julien, le compagnon de son père. Bref, tout va bien. Mais bien sûr, n'hésitez pas à nous prévenir si vous avez l'impression que quelque chose commence à déconner… enfin… à lui poser un problème. »

Marianne regardait l'institutrice en souriant. L'institutrice regardait Marianne en souriant. Et Marianne pouvait sentir qu'Olivier la regardait avec des mitraillettes à la place des pupilles.

Un pompier s'approcha et leur expliqua que la petite avait sans doute une fracture au bras. Ils allaient l'emmener à l'hôpital pour l'examiner. Même si c'était la semaine où Léonie était chez son père, Olivier devait retourner au boulot. Marianne demanda si elle pouvait monter dans le camion pour les accompagner jusqu'aux urgences. Pendant que les pompiers transportaient Léonie jusqu'à leur véhicule, Olivier agrippa Marianne par le coude.

« "Olivier a tendance à voir des homophobes partout" ? Mais putain Marianne, t'es bouchée ou quoi ? Cette conne vient de nous expliquer qu'on était un modèle parental moisi, que Léonie était traumatisée, et toi tu vas dans son sens.

— Arrête, j'ai dit qu'elle allait très bien. Mais on n'allait pas non plus s'engueuler avec l'instit. Ça servait à rien.

— À rien ? À RIEN ? ! Eh bien si. Face à la connerie, il faut s'énerver.

— C'est pas con ce qu'elle a dit. Tu le sais, on a déjà parlé de ça. Tu caricatures ses propos.

— Ah oui, parce que c'est vrai que je suis para-noïaque. J'oubliais. Tu m'as trahi Marianne. Mais de toute façon, toi, ça fait longtemps que tu as tout abandonné.

— Et ça veut dire quoi ça ?

— Rien, laisse tomber. »

Il accéléra et partit sans lui dire au revoir. Dans le camion, Léonie sembla oublier sa douleur, tout à la joie d'être entourée de messieurs très forts qui lui faisaient des compliments sur son courage et ses cheveux.

Arrivés à Necker, on demanda à Marianne d'attendre pendant qu'on faisait des radios à sa fille. Le couloir était uniquement éclairé par des néons, ce qui donnait l'impression d'être au beau milieu de la nuit. Elle se laissa tomber sur une chaise en soupirant. Un peu partout autour d'elle résonnaient des cris d'enfants invisibles. La chaleur artificielle était un peu étouffante. Elle ouvrit son blouson et son sweat. Au pire, si un bout de nichon sortait de son débardeur, c'était pas bien grave. L'hosto en avait vu d'autres.

Aujourd'hui, elle avait prévu de chercher des idées d'articles à proposer à des journaux. Là, c'était foutu à moins de vendre un papier à la revue officielle des chaises de salle d'attente. Avec Olivier, ils avaient depuis le début choisi une garde alternée à 50/50 de leur fille, mais Marianne était la plus disponible pour faire face aux imprévus. Ça avait été le grand avantage de gagner de l'argent sans travailler.

Elle avait pu s'occuper de sa fille sans contrainte. Elle se demandait comment Christophe avait fait avec Lucas quand il bossait de chez lui. À moitié par habitude d'enregistrer le moindre événement de sa vie, à moitié par désœuvrement ou envie de se faire plaindre, elle prit une photo du mur en face d'elle qu'elle posta sur Internet.

Une femme vint s'asseoir à côté d'elle et lui murmura : « Nous ne sommes pas des animaux », avant de se relever et de partir.

Marianne remonta la fermeture éclair de son sweat, se cala dans sa chaise et leva la tête pour observer le plafond. L'espace d'une seconde lui revint la phrase énigmatique d'Olivier. C'était quoi exactement ? « Tu as tout abandonné depuis longtemps. » Elle se demanda ce que ça voulait dire, et en conclut qu'Olivier était du genre à balancer de grandes déclarations péremptoires sous le coup de la colère, sans même savoir lui-même ce qu'elles signifiaient. Cela étayait sa nouvelle théorie : même si on n'avait jamais été en couple ensemble, il semblait impossible d'élever un enfant à deux tout en étant amis. L'enfant ruinait toute amitié parce que chacun devenait partie prenante dans la vie de l'autre, et qu'il n'existait pas deux individus au monde absolument d'accord à 100 % sur l'éducation. Il fallait juste le savoir à l'avance. Marianne ne l'avait compris que tardivement. Sur le papier, faire un enfant avec l'un de ses meilleurs amis avait semblé être la solution idéale à son envie de maternité.

Dans les faits, ils s'engueulaient exactement comme n'importe quel couple séparé.

La ritournelle négative d'Olivier était toujours la même. Il ne trouvait pas sain que Marianne reste célibataire, il la soupçonnait de s'enfermer dans une routine de couple avec Léonie. Comme si Léonie avait été un substitut à un homme. N'importe quoi. C'est vrai que Marianne n'avait pas été en couple depuis des années. Depuis Gauthier, en fait. Mais ça commençait à l'agacer que les gens trouvent ça anormal. Ils refusaient d'entendre la vérité, peut-être parce qu'elle les choquait : ce n'était pas que Marianne n'avait rencontré personne. C'était juste qu'elle n'avait aucune envie d'être en couple. Quand elle s'en était rendu compte, elle n'avait par contre pas vu pourquoi renoncer au couple l'aurait obligée à renoncer à la maternité. Dissocier le fait d'être amoureux et d'être parent, c'était bien ce que faisaient tous les divorcés. Olivier et elle avaient juste pris un peu d'avance en s'épargnant l'étape vie commune mais également engueulades, séparation et déchirement.

Et sa vie de célibataire lui convenait parfaitement, merci bien. Une semaine sur deux, elle se consacrait entièrement à Léonie, la semaine suivante, elle sortait avec ses amis, elle traînait tard dans la nuit sur Internet, elle avait des plans cul. La sérénité. Le principe de l'emmerdement minimal. Elle ne voyait aucun moment de sa vie où la présence d'une autre personne lui manquerait. Léonie lui disait qu'elle était plus belle que toutes les princesses et lui faisait des câlins, avec ses amis elle se marrait et partageait ses soucis, et elle avait une vie sexuelle sans doute plus active que la majorité des gens en couple. Alors pourquoi se serait-elle emmerdée à partager son lit ? La seule raison valable, c'était d'être amoureux. Mais combien de couples étaient encore réellement amoureux ?

Pour la majorité des gens, le couple n'était pas une option de vie mais une finalité, et ceux qui y dérogeaient devenaient automatiquement suspects. Comme aux yeux d'Olivier qui virait réac avec l'âge. Une femme seule, ça le dérangeait. Ce n'était pas dans l'ordre normal des choses. Évidemment, le modèle qu'ils donnaient à Léonie pouvait se résumer à une mère partisane de « on vit très bien sans homme » et un père disant « j'ai besoin d'un homme dans ma vie ». Mais bon. C'était pas plus moisi que les autres modèles parentaux, « on reste ensemble parce qu'on a peur d'être seuls, d'avoir des emmerdes d'argent, de décevoir des gens etc. » Oui, sa maison était un gynécée mais jusqu'à nouvel ordre, ce n'était pas interdit.

Elle ne comprenait pas pour quelle raison Paul, qui avait très bien vécu le célibat pendant de nombreuses années à coups de petites histoires d'une durée moyenne de deux mois, s'obstinait depuis six mois à rester avec une meuf dont il disait lui-même qu'elle avait la vivacité intellectuelle d'un litchi. Marianne y voyait une forme de conformisme lâche.

Il disait tous les jours qu'il allait la larguer et puis rien. Il n'en avait pas le courage et plus il attendait, plus cela devenait insurmontable.

Mais Paul n'avait pas tort sur un point. Marianne avait un problème d'argent, ou un problème de morale. À défaut d'un poste de chercheuse qu'elle n'obtiendrait jamais, à peu près tous les endroits où elle pouvait gagner des sous allaient à l'encontre de ses principes. Par exemple, elle aurait pu devenir rédactrice free-lance pour une agence de pub. Mais la pub, c'était la mort. Au sens propre. Le vortex qui vidait l'individu de sa substance pour le remplacer par un ensemble d'images fantasmagoriques.

Elle se demanda si, selon sa logique, le fait même de gagner de l'argent était acceptable. Si l'argent n'était pas en soi une vilenie. Malheureusement, elle n'était pas non plus du genre à partir vivre dans une coopérative autogérée. Elle n'aimait pas travailler mais elle aimait dépenser du fric. Elle avait une mentalité de rentière, coincée dans ses contradictions. Son amour des crèmes hydratantes de luxe versus ses principes.

Elle regarda le plafond avec une grande intensité.

Elle allait proposer des piges à des magazines. Il était peu probable qu'elle trouve un véritable emploi mais en multipliant les boulots, elle devrait s'en sortir. Ça faisait plusieurs fois qu'on lui proposait de tenir un blog sexe sous pseudo pour un site féminin. C'était l'un des rares avantages à avoir été l'héroïne de la première sextape française et du premier cas de ce qu'on appelait désormais le « *revenge porn* ».

Pendant ce temps, Paul était en pleine obnubilation alimentaire. Quand Paul était énervé, il mangeait. Et il était souvent énervé, comme en témoignait son aspect rondouillard. Après des années dans le rôle du maigre de service à qui on demandait régulièrement d'un air inquiet s'il était malade, Paul avait grossi. Plus exactement il avait enflé. Et il aimait bien son statut de gros. D'abord, il prenait davantage d'espace dans la vraie vie. Et puis, il voyait dans sa prise de poids un double doigt d'honneur. En affichant son ventre arrondi, il disait va te faire foutre à la société et ses injonctions de minceur et de muscles. Ouais, je suis gros et je me tape quand même des meufs bonnes. Ensuite, il disait merde à sa mère, qui s'était toujours plainte de l'extrême maigreur de son fils. Ses joues bien pleines disaient : « C'est toi qui ne savais pas me nourrir. » Le seul désavantage de son embonpoint, c'est que sa bite paraissait plus petite. Mais il avait trouvé une parade, il se rasait le pubis et l'effet d'optique de son sexe ainsi dégagé lui semblait le mettre en valeur dans toute sa puissance.

Malheureusement, ce jour-là, il ne restait plus grand-chose dans le frigo de Paul. À défaut de bâfrer, il décida d'aller sur Twitter pour torturer un peu Nadine Morano.

@nadinemorano Ça vous a demandé beaucoup de travail pour arriver à un tel niveau de stupidité ?

Quelques secondes plus tard, elle lui répondit : « La bave du crapaud n'atteint pas la blanche colombe. » Paul jubila. Nadine, elle était incapable de ne pas tomber dans le panneau provoc qu'on lui tendait. Elle n'avait toujours pas compris que l'arme la plus efficace aurait été de ne plus répondre à Paul qui la harcelait depuis des mois. Il continuait à l'insulter parce qu'elle l'y encourageait. « Ma bonne dame, apprenez que tout troll vit aux dépens de celui qui lui répond, cette leçon vaut bien un tweet haineux sans doute. » Mais Nadine n'avait pas le cerveau d'un corbeau, elle n'apprenait pas la leçon. Sans doute parce qu'elle ne saisissait pas ce qu'était un troll. Le rôle que Paul s'était attribué sur Internet, et dans la vie, consistait à dire les pires trucs, à faire dégénérer tout échange, à parasiter les prises de parole. Nadine Morano était d'autant mieux placée pour le comprendre que c'était exactement ce qu'elle-même pratiquait dans l'espace politique. Elle racontait n'importe quoi, elle était prête à concentrer toute la mauvaise foi du monde pour attaquer ses ennemis. C'était d'ailleurs pour ça que Paul en avait fait sa cible privilégiée. Plus elle était outrancière dans ses propos, plus il la faisait chier.

Il lui répondit : « Je connais la même mais avec le sperme du cochon. » En général, ses échanges avec Nadine le revigoraient un peu. Mais pas cette fois.

En fait, il se sentait de plus en plus mal. Si l'annonce de Marianne l'avait d'abord rendu aussi fou qu'une hyène affamée, il commençait maintenant à entrevoir l'ampleur de la catastrophe. Il était licencié par Marianne. Elle le mettait au chômage. Comment allait-il s'en sortir ? Il avait compté sur Pénissimo pour les années à venir. Peut-être pour toute sa vie. Il commençait à ventiler et il n'avait plus rien à manger. Il allait sortir faire les courses et s'aérer un peu. Et puis, il aimait passionnément acheter à manger. Quand Marianne lui parlait de son amour pour les crèmes hydratantes, il se disait qu'il avait le même genre de dépendance affective avec la charcuterie. Putain… Marianne. Sa meilleure amie. Cette grosse salope sans cœur. Il enfila sa veste et prit ses clés. Il ne voulait plus penser à la merde imminente qui allait recouvrir sa vie.

Après avoir acheté du pata negra dans l'épicerie fine qui était devenue son lieu de prédilection (en concurrence avec le traiteur du bout de la rue et tous les restaus du coin), il se décida à franchir le seuil du Franprix du quartier.

L'amour de Paul pour la bonne bouffe avait augmenté en proportion de sa détestation des supermarchés. Heureusement, la livraison des courses par Internet l'avait libéré – exception faite des jours comme celui-ci où il n'avait pas anticipé une pénurie de papier toilette. Avant, il y avait la solution de l'épicier rebeu mais il avait fermé six mois plus tôt au profit d'un bar à sushis. Le courage de Paul pour pénétrer dans cet antre de l'enfer qu'était le Franprix reposait sur l'estimation qu'en plein après-midi, il pouvait espérer y passer moins de dix minutes.

Il s'engagea dans les rayons d'un pas décidé, en évitant de regarder autour de lui les pyramides d'aliments. Il prit son paquet de rouleaux de papier cul, qui se trouvait au fond du magasin, et revint vers la seule caisse ouverte. Devant lui, une vieille dame sortait péniblement ses courses de son cabas les unes après les autres. Il ressentit un vague écœurement. Dans sa vision latérale, il apercevait les galeries d'aliments géométriquement empilés selon un classement abrupt, condiments, pâtes, surgelés... Des tonnes et des tonnes de bouffe entassées du ras du sol jusqu'au plafond, des gratte-ciel de consommation. Toute cette bouffe, tous ces trucs destinés à être mâchés, mélangés à de la salive, avalés, digérés et, enfin, chiés. Impossible d'imaginer des emballages marron représentant le type d'excrément que vous alliez produire après avoir digéré ces délicieux bâtons de colin. Cette surabondance de fausse bouffe lui filait la gerbe. Il eut un début de sueur froide. Devant, la vieille discutait arthrite avec la caissière. Paul essaya de contrôler sa respiration mais la tête lui tournait et des ruisseaux de sueur dégoulinaient dans son dos en lui filant des frissons. Coup de grâce : la putain de vieille ne trouvait plus sa carte bleue. La caissière eut alors la pire idée possible, elle lui suggéra de payer par chèque. Putain... Un chèque. Trois plombes pour qu'elle sorte son chéquier, qu'elle découpe le chèque, qu'elle le donne, que l'autre l'insère dans la machine, puis qu'elle lui demande une pièce d'identité, que la vieille la trouve, que la caissière cherche un stylo pour recopier le numéro. La mort était là. Paul était certain que s'il se retournait, il verrait, faisant la queue juste derrière lui, un squelette avec une faux qui agiterait la main en signe de coucou amical. La porte vitrée du Franprix reflétait les rayons du magasin. Toutes ces formes, ces pots, ces couleurs, tubes, briques, cartons, plastiques avec à l'intérieur une mélasse identique, que ce soit en poudre, liquide, crémeuse, surgelée, que ça serve à laver le linge, à manger en dessert, à récurer les chiottes ou à assaisonner les pâtes. Il fut pris d'une inspiration. « Je suis sûr que c'est toujours le même produit, avec la même formule chimique. » Un truc qui pouvait servir aussi bien à lutter contre le calcaire qu'à nourrir un nouveau-né.

Il ne pouvait pas, c'était au-dessus de ses forces. Il laissa tomber son PQ et sortit du supermarché en courant, nauséeux. Arrivé chez lui, il s'allongea sur son canapé et alluma la télé en attendant que ça passe. Il essaya de se concentrer sur un téléfilm qui disait : « Je ne suis pas folle, je sais qu'elle est morte mais j'ai besoin de continuer comme ça. » Putain, je me sens mal, je me sens mal, je me sens mal. Il attrapa son téléphone et envoya un texto à Sophia. « Tu peux acheter du PQ pour ce soir ? »

Je vais crever, je vais crever, je vais crever. Elle lui répondit : « Ça va pas ? Crise de panique ? » « Oui. » « OK, j'arrive. »

Quand Sophia arriva, Paul commença à se sentir mieux. Contrairement à Marianne et Christophe, elle ne comprenait rien aux diverses crises qui ébranlaient le cerveau malade de Paul. Et contrairement à eux, elle arrivait à les calmer. Sans doute parce qu'elle le ramenait sur la terre ferme de la rationalité. Plus tard dans la soirée, il s'étonna qu'elle ait pu quitter son bureau aussi vite en pleine journée. Elle bossait dans une agence de communication assez réputée. Elle sourit d'un air enjoué. « J'ai dit que mon fils était malade. » Devant la mine étonnée de Paul, elle expliqua : « Depuis le début, j'ai dit à l'agence que j'avais un enfant, histoire de pouvoir m'absenter de temps en temps quand ça m'arrange. Comme ils se veulent hypermodernes et sympas, ils ne me font jamais chier quand je dis que j'ai un souci familial. J'ai même mis une photo d'un gamin de 3 ans en fond d'écran sur mon ordi pour être crédible. C'est pratique, et puis j'aime bien, ça me fait un sujet de discussion avec mes collègues. »

Cette révélation faite sur le ton de la légèreté confirma une chose que Paul envisageait depuis déjà quelque temps : Sophia était la femme de sa vie. Celle qui lui était destinée.

Il aimait qu'elle soit toujours de bonne humeur, surtout comparé à l'ambiance de nihilisme névrotique permanent dans laquelle il nageait. Il aimait qu'elle soit jolie. Il aimait qu'elle soit bien habillée. Même si lui vivait en pull noir et jean bleu l'hiver et t-shirt noir et jean bleu l'été, ça ne l'empêchait pas de suivre la mode avec attention. Il lisait assidûment *Elle, Grazia* et *Vogue*. Et il aimait voir Sophia débarquer chez lui habillée comme si elle allait passer la nuit à une soirée de gala.

Mais jusqu'à présent, leur principal point commun avait été leur capacité à cuisiner ensemble toute la soirée. Ils adoraient ça. Même si elle se plaignait d'être passée du 34 au 36.

Il ne pouvait pas avouer l'effroyable vérité à ses amis, c'était trop ringard, idiot, banal, pas assez cynique ou drôle. Il était amoureux. Ouais. C'était affreux. Une catastrophe. Ça allait à l'encontre de ses principes de vie, de sa singularité, mais il n'y pouvait rien. Sophia lui faisait du bien. Elle l'apaisait.

Le problème, c'est qu'il ne pouvait pas le dire à Marianne. Pire, il se sentait obligé de débiner Sophia dès que le sujet venait sur le tapis. D'abord parce qu'il craignait de rompre leur pacte implicite selon lequel le couple était une notion qui servait aux gens à masquer leurs peurs et leurs manquements. Mais il savait que Marianne aurait pu comprendre. Le vrai obstacle, c'était Sophia elle-même. Elle représentait tout ce que Marianne vomissait. L'agence de comm, les discussions sur les fringues, la légèreté, l'insouciance. Impossible d'imaginer une discussion entre ces deux-là. Surtout que Paul avait bien conscience que Sophia n'était pas la personne la plus brillante du monde. Lui, il s'en foutait. Tant pis si ça choquait le monde mais il ne demandait pas à sa meuf de savoir réfléchir. Pour ça, pour les discussions de fond, il avait ses potes. Mais il savait qu'il ne pouvait pas présenter Sophia à Marianne, ce serait une abominable débâcle et Marianne penserait que Paul était soit un ignoble misogyne, soit un parfait crétin. Dans les deux cas, elle serait déçue. Or, même s'il ne l'aurait jamais admis, il ne voulait pour rien au monde la décevoir. Elle était la première personne qui lui avait fait une totale confiance et elle était devenue sa meilleure amie – une formule polie pour dire seule amie. Alors il taillait Sophia auprès de Marianne, et se retrouvait ainsi à les trahir toutes les deux.

Ce soir-là, quand Sophia s'endormit, Paul rampa jusqu'au bord du lit pour attraper son ordi posé par terre. En plus de toutes ses autres qualités, Sophia avait un sommeil de plomb et s'endormait en dix minutes alors que Paul avait besoin de s'effondrer d'épuisement devant son écran.

*Paul a rejoint le canal #lesamis
<Paul> 'lut, vous êtes là ?
<Margaux> Oui mais je dois finir un boulot. À plus.
*Margaux a quitté le canal #lesamis
<Christophe> Bon, bah nous voilà en tête à tête.

<Paul> Putain… Margaux me fait la gueule à cause de Marianne, c'est ça ?

<Christophe> Oui. Tu sais comment elles sont. T'attaques l'une, t'attaques l'autre.

<Paul> Solidarité féminine de merde. Ça va mieux toi ?

<Christophe> Non. À part le fait qu'Internet pense que je suis un escroc, rien ne va.

<Paul> T'as encore eu des remarques sur L'AFFAIRE ?

<Christophe> Les gens sympas m'envoient des messages pour me demander de me justifier. Les autres se contentent d'un silence outré. Et toi ?

<Paul> Pareil. Va pas. Au moins, toi, t'as toujours ton boulot. Moi, faut que je me trouve autre chose. Fait chier.

<Christophe> Mais toi, t'as qu'un problème d'argent. Moi rien ne va.

<Paul> ?

<Christophe> Non tu peux pas comprendre.

<Paul> Vas-y, essaie. Je fais un stage de compréhension et d'empathie de l'humain.

<Christophe> Je suis inquiet pour ma fille.

<Paul> T'AS UNE FILLE ?

<Christophe> …

<Paul> Je plaisante. Je sais que t'as une fille. Juste je me souviens plus de son nom ni de son âge. Mais dans le concept, je sais. Et donc, elle a quoi ?

<Christophe> Tu vas me prendre pour un fou.

<Paul> … Tu sais que tu parles à un mec qui ne peut pas s'éloigner de son appart de plus de 500 mètres ?

<Christophe> OK. Bon. Je suis inquiet parce que j'ai peur qu'elle fasse une puberté précoce. Je me dis qu'avec toute la merde qu'on avale, qu'on respire.

<Paul> Mais oui ! Mais je comprends tout à fait. Avec le bœuf aux hormones et tout ça.

<Christophe> Exactement.

<Paul> J'y pensais justement aujourd'hui au supermarché, toutes les horreurs qu'on ingère.

<Christophe> T'as encore fait une crise de panique ?

<Paul> Ouais. J'ai l'impression que c'est de pire en pire. C'est pour ça que Marianne me fout dans une merde noire. Je sais même pas comment je vais raquer le loyer le mois prochain.

<Christophe> T'as pas des économies ?

<Paul> Non, c'est contraire à ma philosophie. Chaque mois, je claque toute la thune. Putain… Ça me fait flipper. Comment je vais faire ?

<Christophe> Les sites marchent toujours, l'argent est là. Faut juste que tu le rapatries.

<Paul> Je peux pas. Je te jure que je ne peux pas y aller. Alors que là, j'ai vraiment besoin de cette thune. J'ai pas le temps de trouver une autre combine.

<Christophe> Et pourquoi tu demandes pas à ta meuf ?

<Paul> Ah… Oui… En fait, si j'en parle à Sophia, elle va me larguer. Elle va penser que c'est une escroquerie et elle a un problème génétique avec ça.

<Christophe> Attends, pour l'instant tu lui as dit que tu vivais de quoi ?

<Paul> Qu'une boîte de prod me payait pour écrire un scénar.

<Christophe> D'accord. Et donc, c'est quoi son problème génétique ?

<Paul> Bah le père de Sophia était un petit escroc. À mon avis, un génie. Il avait monté une combine. Il proposait aux gens une loterie à 10 euros. S'il y avait assez de monde, avec le montant il construisait une baraque et ensuite il tirait au sort quel mec la remportait.

<Christophe> Rien d'illégal.

<Paul> Sauf qu'en fait, une fois sur trois, il n'y avait pas de maison, il faisait gagner un faux mec qu'il inventait et il gardait le fric. Un génie je te dis. Mais il s'est fait pincer et il est en taule maintenant. Sophia le vit pas très bien.

<Christophe> Ah ah ah… Et elle sort avec toi ?! La pauvre…

<Paul> Pas sympa.

<Christophe> Désolé. Je note qu'en vrai, t'as pas du tout envie de la quitter.

<Paul> No comment…

Le lendemain, Paul fit l'effort de se lever en même temps que Sophia pour prendre le petit déj avec elle avant de retourner se coucher. Il passa ensuite la journée à glander au lit, dans un état de mécontentement général contre lui, l'univers, l'argent et Marianne. Le soir même, il y avait une fête dans un bar réunissant pas mal de gens dits d'Internet, c'est-à-dire des journalistes et des blogueurs. À 18 heures, il décida de proposer à Sophia qu'ils s'y rejoignent. Un peu parce qu'il avait envie de la voir, mais aussi pour faire chier Marianne en lui montrant qu'elle n'était pas le seul individu de sexe féminin dans sa vie. Et comme il s'agissait d'une soirée, les deux filles ne risquaient pas d'échanger plus de trois phrases.

En arrivant au bout de la rue, il vit la nuée grouillante des fumeurs qui se tenaient devant le bar et faillit rebrousser chemin. Il était à dix minutes à pied de chez lui. Mais s'il rentrait, il ne ressortirait pas avant un mois. Il prit une inspiration et s'approcha du groupe avec un sourire. « Hey, salut ça va ?

— Hey Paul ! T'es venu sans Nadine Morano ? »

Elle ne savait pas très bien quand ça s'était produit mais, à un moment, Marianne sortit psychiquement de la fête et prit conscience du brouhaha dans le bar, des gens qui la bousculaient. Elle regardait Max du coin de l'œil. Elle hésitait à tenter un truc pour qu'ils passent la nuit ensemble. Peut-être que, complètement ivre, elle aurait un orgasme. Mais elle ne s'en souviendrait pas le lendemain. Ce qui ouvrait une autre hypothèse : et si elle avait déjà eu un orgasme mais qu'elle avait été trop bourrée pour s'en rappeler ? Bref, elle avait envie de sexe. Elle avait envie qu'on la porte jusqu'à un lit. Mais il parlait avec une fille qui visiblement avait également envie d'être portée jusque dans un lit. Il fallait qu'elle se motive pour y aller, remporter le combat. Mais elle était fatiguée. Elle avait trop bu, trop vite. Elle avait besoin d'un verre d'eau mais accéder au bar lui parut très vite une mission impossible. Elle se fraya un chemin jusqu'à la sortie.

Dehors, ça allait mieux. Elle vit Christophe, assis seul sur le capot d'une voiture devant le bar. Elle vint s'installer à côté de lui sans dire un mot. Il avait les traits tirés, le visage un peu cireux. Sa bouche était entourée de rides nouvelles mais elle n'arrivait pas à savoir si c'était des rides de vieillesse ou de préoccupation. Sa touffe de cheveux bruns semblait éteinte. Ça devait faire un moment qu'il n'était pas allé chez le coiffeur. Elle se dit que la communication par Internet empêchait quand même de constater ce genre de choses.

« T'as l'air fatigué. »

Il sourit.

« T'as une crème à me recommander ?

— En vrai, oui. Mais je sais que tu ne l'achèteras jamais. »

Elle avait la tête qui tournait de nouveau. Elle la posa sur l'épaule de Christophe et il passa son bras autour de son épaule.

274

« T'as trop bu.

— Je sais. Tu veux pas me dire ce qui ne va pas ? »

Il ne répondit pas.

« C'est encore le boulot ?

— Le boulot, ça va. C'est juste l'enfer. »

À travers la vitrine du bar, elle vit Max embrasser l'autre fille. Elle se sentit découragée.

« Elle est arrivée la meuf du marketing éditorial ?

— Oui. Elle est horrible. Elle s'appelle Paloma. On dirait un succube dont l'unique but est de pourrir ma vie. »

Elle avait envie de lui dire quelque chose mais elle ne savait pas quoi.

« J'ai envie de te dire un truc mais je sais pas quoi.

— T'as trop bu, Marianne. Tu bois toujours trop dans les soirées et après tu fais n'importe quoi. »

À chaque fois que quelqu'un ouvrait la porte pour entrer ou sortir du bar, la musique leur parvenait, amplifiée.

« T'es toujours inquiet pour ta fille ?

— Oui. Ça me fout une boule d'angoisse dans le ventre. Même si je sais rationnellement qu'elle ne fait pas de puberté précoce, je n'arrive pas à me débarrasser de cette angoisse. »

Marianne se redressa et se tourna vers lui. « Je peux te proposer une hypothèse pour expliquer ton obsession pour les règles de ta fille ? »

Christophe fut pris d'une soudaine envie de disparaître. Il n'avait pas du tout envie qu'elle lui parle de pédophilie refoulée mais il ne voyait aucun moyen subtil de changer de sujet. Il préféra ne pas répondre et continuer d'observer l'intérieur du bar à travers la vitre. Mais quand Marianne était bourrée, elle ne s'arrêtait plus.

« Le temps qui passe. C'est à cause de ça. Ta culpabilité de ne pas être assez là, de rater plein de choses avec elle. Tu bosses sans arrêt, quand tu bosses pas, t'es quand même collé à ton ordi ou à ton téléphone. Il faut qu'on soit lucides. Pour l'instant, on est un peu le centre de la vie de nos enfants. Mais pour une durée finalement assez courte. Après, ils grandissent et on n'est plus qu'un des satellites de leur univers. Disons que nos enfants vivront cent ans, disons qu'on est centraux pour eux au quotidien jusqu'à leurs 10 ans. Ça veut dire qu'on a juste un dixième de leur vie. Et ce dixième là, il ne se rattrape pas. Et tu sais que t'es en train de passer à côté. Et tu t'en veux. Et tu culpabilises tellement que tu es obsédé par le fait que bientôt elle sera une ado, plus une enfant et que ce sera trop tard pour toi. »

Christophe se sentit soulagé. C'était ça. Exactement ça.

« C'est ça. Exactement ça », dit-il.

Marianne aurait pu enfoncer le clou en continuant son monologue mais elle se tut, reposa sa tête sur l'épaule de Christophe et ils restèrent sans parler quelques minutes.

« Tu ne devrais pas être aussi bourrée. Tu devrais boire plus souvent pour t'habituer. »

La porte s'ouvrit et la musique augmenta. Ils virent Paul sortir du bar. Christophe ne se rappelait plus s'il était encore fâché avec Marianne. Il s'y perdait un peu dans leurs embrouilles hebdomadaires.

Après une seconde d'hésitation, Paul les vit et les rejoignit. Il se planta devant eux : « Putain, je viens de discuter avec un community manager, franchement, c'est un vrai boulot ce truc ? Y a des offres d'emploi pour ça ? »

Marianne lui répondit : « Il paraît même que c'est plutôt bien payé », avant de se rendre compte que Paul ne s'adressait qu'à Christophe. Il faisait comme si elle était inexistante.

« Mais merde Paul ! Quand est-ce que tu vas accepter de me reparler ? »

Paul eut alors un sourire bizarre. Il sortit son téléphone, appuya sur une touche et le tendit vers Marianne. Une voix synthétique épela : « Paul s'est / déconnecté du / canal amitié dans la vraie vie. »

Il sourit de toutes ses dents.

Marianne trépignait. « T'es fier de toi là hein ? Je t'imagine tellement bien, chez toi, avant la soirée, en train de préparer ton truc. »

Le sourire de Paul s'élargit. Il appuya sur une autre touche et la voix déclara d'un ton neutre : « Marianne tu / ne me connais pas. » Marianne se redressa en même temps que sa voix partait dans les aigus. « Espèce de malade ! Puisque tu le prends comme ça, je vais aller rattraper notre amitié toute seule. »

Christophe regarda Marianne partir en titubant vers le bar.

« T'y es allé un peu fort mec. »

Paul haussa les épaules. « C'était drôle non ?

— Elle est bourrée. Elle va faire n'importe quoi. Tu devrais aller la voir et lui parler.

— C'est pas moi son chaperon, c'est toi. » Il hésita une seconde. « Je voulais te parler d'un truc... Est-ce que tu accepterais, juste pour le mois prochain, d'aller à Bruxelles chercher mon argent ? »

Christophe tourna brièvement le visage vers Paul.

« Tu laisses jamais tomber hein ? Hors de question. Ma vie est déjà assez compliquée comme ça.

— Non mais c'est juste un voyage d'une journée. Pars avec Claire, ça vous fera une sortie en amoureux. Si tu veux, je vous paie un super hôtel sur place. »

Christophe le coupa : « Heu... Je crois qu'il se passe un truc. »

Paul se retourna pour suivre le regard de Christophe. Une agitation avait gagné l'intérieur du bar dont la porte s'ouvrit à la volée et il vit... Sophia ? Oui, Sophia en sortir comme une furie. Elle s'approcha de lui et lui retourna une gifle tellement retentissante qu'il crut que sa tête allait se dévisser de son cou.

« Espèce de connard de merde !! » articula-t-elle avec un sanglot avant de partir en courant.

Paul resta immobile, stupéfait. Avant de se rendre compte qu'une dizaine de personnes le fixait en silence, attendant la suite de la scène. Il leur cria : « C'est bon, allez-y, vous pouvez raconter ça sur Twitter, faites-vous plaisir. » Puis, il remarqua Marianne qui se frayait un chemin et s'approchait de lui, avec une mine réjouie avant d'annoncer :

« Voilà. Je t'en ai débarrassé. On est de nouveau amis. »

Paul sentit son sang se retirer de son visage.

« T'as fait quoi ?

— Bah ce que tu voulais que je fasse. T'arrivais pas à la larguer, je l'ai fait pour toi.

— T'as fait quoi exactement ?

— Mais rien. Je lui ai dit que tu la trompais depuis le début. Elle est pas prête de revenir t'emmerder.

— Mais t'es malade, meuf ! » Il se retourna vers Christophe. « Elle est malade, on est d'accord ? Elle est complètement cintrée ta pote. Mais t'es une putain de tarée tu sais. »

Marianne était trop surprise par sa réaction pour répondre.

« Pour réparer notre amitié, t'as décidé de bousiller ma vie, c'est ça ta logique ? Putain mais réponds-moi Marianne.

— Je sais pas. Je comprends pas…

— Qu'est-ce que tu comprends pas ? Que t'es une grosse conne ? »

Christophe vit venir le moment où Marianne allait fondre en larmes. Il décida d'intervenir.

« Paul, va retrouver Sophia pour arranger ça. C'est le plus urgent.

— Et pendant ce temps-là, tu fais interner l'autre cinglée en psychiatrie. »

Chapitre huit

#8

L'arrivée de Paloma à Infos avait transformé la vie de Christophe en une farandole d'horreurs. Un festival des mille tortures. Un feu d'artifice de cauchemars.

Le fait que Christophe l'ait détestée avant même de la rencontrer était à ses yeux le signe éclatant de son objectivité. Le simple nom de son activité, marketing éditorial, le rendait malade. Qu'est-ce que le marketing venait faire dans un travail journalistique ? Le journalisme, c'était enquêter, vérifier, analyser la réalité, soit l'exact opposé du marketing qui, selon lui, avait pour unique but de travestir les choses pour les rendre plus attrayantes. La vision que cette femme avait d'Internet (une machine à fric), du journalisme (une machine à fric) et de la vie en général le répugnait intégralement. Sa rencontre avec Paloma n'avait fait que confirmer ses craintes et son dégoût. Dès que Delassalle les avait présentés, il avait détesté la manière énergique dont elle lui avait serré la main en ajoutant : « On va faire du bon boulot ensemble. »

Comme si sa présence dans les locaux n'était pas en soi suffisamment insupportable, elle s'était installée avec son ordinateur dans la salle de réunion. Conséquence : Christophe la voyait dès qu'il levait la tête, dès qu'il se déplaçait dans la rédac, dès qu'il allait aux toilettes ou à la machine à café.

Tout l'exaspérait chez elle. Il n'y avait pas un élément dans son physique, dans ses propos, dans sa gestuelle qui ne le mettait pas hors de lui. Le ton maternel qu'elle prenait pour s'adresser aux journalistes ou la manière dont elle riait de façon exagérée à la moindre plaisanterie, rejetant la tête en arrière et ouvrant grand la bouche pour démultiplier le volume sonore de son gloussement.

Vraie ou fausse blonde – Christophe n'arrivait pas à trancher – du même âge que lui, elle affichait une poitrine généreuse et des décolletés aguichants, ce qui, ça par contre il n'en doutait pas, était une stratégie face à ses interlocuteurs. Marianne lui avait un jour expliqué qu'à la Sorbonne, le service des bourses n'employait que des femmes sévèrement nichonnées afin de déconcerter les étudiants à la recherche de financements. Christophe était convaincu que Paloma mettait en œuvre la même tactique. Il était partisan de la parité au travail, convaincu de la nécessité que des femmes accèdent aux postes à responsabilité dans les entreprises, mais si c'était pour user de leurs charmes mammaires, il était nettement moins chaud.

Le pire, c'était sans doute qu'elle donnait des directives à Christophe avec la même intonation que si elle lui avait proposé une part de gâteau, répétant qu'elle n'était là que pour l'aider. On aurait dit qu'elle venait au secours d'un petit enfant incapable de faire du vélo tout seul. Comme si elle y connaissait quelque chose au journalisme, à l'info, au web.

Tous les matins, ils se jouaient l'un à l'autre la même scène, immuable. Elle lui envoyait son traditionnel mail pour lui demander de passer la voir. En général, à cette heure-là, Christophe était en train de relire un papier sur le nucléaire iranien ou les conflits gaziers avec la Russie, bref, un sujet qui requérait toutes ses capacités de concentration. Mais il se résignait à se lever pour se rendre dans la salle de réunion. À travers la paroi vitrée, il la voyait, ou plus exactement il voyait son décolleté qui ne cachait pas grand-chose. Pourquoi portait-elle toujours des couleurs aussi voyantes si ce n'était pas pour attirer les regards vers ses seins qui débordaient de partout ? Elle avait autour du cou une chaîne très longue au bout de laquelle se trouvait un pendentif qu'on ne distinguait pas parce qu'il tombait pile dans le creux de ses seins. Encore une manière de concentrer l'attention de ses interlocuteurs sur son décolleté.

Dès qu'il entrait dans la salle de réunion, il était dégoûté par son parfum au patchouli qui semblait réussir à contaminer chaque particule d'oxygène de la pièce comme le virus de la peste bubonique. Elle lui désignait avec un sourire une chaise à côté de la sienne et, systématiquement, il prenait soin de laisser le siège vide pour s'installer un cran plus loin.

« Ça va Christophe ? Tu as l'air fatigué…

— Ça va. Mais j'ai beaucoup d'articles à relire aujourd'hui. Tu voulais me parler de quoi ?

— J'ai mouliné la machine. »

Tous les matins, ils avaient le même échange et tous les matins, quand elle disait « mouliné la machine », Christophe avait envie de lui fracasser le crâne contre la table en verre. Ce qu'elle désignait avec cette expression, qui évoquait le labeur d'un artisan tournant une meule, consistait en réalité à laisser fonctionner l'algorithme magique censé prévoir les sujets qui buzzeraient dans les heures ou les jours à venir. Concrètement, cette poufiasse se contentait d'appuyer sur la touche « *Enter* ». Et elle était payée pour ça. Mais « mouliner », ça donnait presque l'impression d'entendre le sujet monter du fin fond d'Internet, bruisser derrière les serveurs jusqu'à affleurer à la surface de l'écran de l'ordinateur de cette conne.

Paloma le regarda avec un air radieux.

« Et donc, le grand gagnant du jour est… la cantine d'une école primaire qui a supprimé le cochon de ses menus.

— Et ? » demanda Christophe en faisant mine de ne pas comprendre.

« Eh bien, c'est le sujet qui va bientôt buzzer. Il faut donc que l'on soit les premiers à se positionner dessus.

— J'ai l'impression qu'on entend cette histoire tous les six mois.

— Peut-être. Mais là, ça va prendre. C'est sans doute une question de contexte, de moment d'actu. Je n'en sais rien. C'est la machine qui sait. Et la machine ne se trompe jamais. »

Christophe soupira en détournant le regard. Elle avait raison. Depuis trois semaines qu'elle était là, la machine ne s'était pas trompée. Mais il se demandait quand même dans quelle mesure la prédiction n'était pas performative. La machine cherchait dans les tréfonds du Net les sujets qui commençaient à émerger mais qui n'étaient pas encore apparus sur les écrans de contrôle des médias. Sauf que, sans la machine, ces sujets seraient peut-être restés cantonnés dans les abysses. C'était parce que Infos allait en faire un papier, papier qui par son sujet racoleur allait générer du clic, que les autres médias se sentiraient obligés de le traiter également, dans la grande course à l'échalote de l'info, puis les politiques de prendre position, etc.

Paloma avait passé la main sur son décolleté, comme si elle vérifiait que sa chaîne était toujours là. À moins qu'il ne s'agisse de couper court aux réflexions de Christophe en le ramenant à une préoccupation plus prosaïquement sexuelle.

Quand elle vit son regard attiré vers ses seins, elle reprit :

« Voilà la liste des mots qui doivent absolument apparaître dans l'article. »

Elle lui tendit une feuille de papier qu'il prit avec dégoût.

« Musulman – Arabes – islam – porc – cochon – (un encart "Pourquoi les musulmans ne mangent pas de cochon") – Français – cantine – république – laïcité – favoriser – égalité – enfants – scandale – islamisation. »

Le problème, ce n'était pas les mots, c'était qu'en soi on lui impose une liste. Qu'un algorithme décide du travail humain du journaliste. Il était de plus en plus convaincu que dans notre société moderne, une inégalité fondamentale allait s'opérer entre ceux qui donnaient des ordres aux machines et ceux qui obéissaient aux ordres des machines. Et dans ce nouveau régime, Christophe appartenait désormais à cette seconde catégorie. Enfin… Même pas directement puisqu'il n'avait pas accès à l'algorithme, il prenait ses ordres de Paloma, qui représentait l'interface humaine et nichonnée de l'algorithme. Heureusement, il lui restait encore une marge de manœuvre. À partir d'une même liste, il pouvait faire des papiers contradictoires – jusqu'au jour où l'algorithme prendrait en compte la connotation des mots et des tournures de phrases. Mais d'ici qu'une formule mathématique parvienne à décrypter l'ironie, il avait encore un peu de tranquillité.

Pour faire mine d'être récalcitrant, il prévint Paloma :

« Tu te doutes que je ne vais pas faire un papier pour dire "Nouveau scandale, l'école républicaine en voie d'islamisation rampante". Je vais faire l'inverse. Un article pour dire qu'il n'y a pas de scandale. J'imagine qu'après avoir contacté le directeur de l'école, on va apprendre qu'il a pris cette décision à cause de restrictions budgétaires. Le vrai scandale, à la limite, c'est l'impact des coupes budgétaires sur l'alimentation de nos enfants. »

Elle lui adressa un sourire compréhensif et patient.

« Tu fais ce que tu veux au niveau de l'angle. Ce n'est pas mon pré carré. Tout ce dont j'ai besoin, c'est que le papier soit en ligne vers 13 heures et contienne ces mots. Après, la ligne éditoriale, le ton, le parti pris, ça ne me regarde pas. Je ne suis pas une dictatrice, tu sais. »

En sortant de la salle de réunion, il parcourut la rédaction du regard. À qui allait-il refiler cette corvée ? Il essayait d'être équitable mais il voyait bien que ses journalistes étaient choqués par cette nouvelle méthode de travail. Pour l'instant, la machine ne leur dictait que deux papiers par jour mais que se passerait-il si le rendement obligatoire augmentait ? Qu'arriverait-il le jour où la conf de rédac serait remplacée par une cérémonie païenne pendant laquelle ils viendraient à tour de rôle se prosterner devant l'ordinateur de Paloma pour y prendre leurs directives quotidiennes ? Ils partiraient sans doute travailler ailleurs mais, à terme, tous les sites seraient contaminés par la machine.

Il secoua la tête. Il était au fond du gouffre. Chaque matin en se réveillant, il constatait qu'il s'enfonçait un peu plus dans la déprime. Les rares fois où ils se croisaient avec Claire, elle lui faisait remarquer son humeur maussade. Et puis, il avait une migraine de fond qui ne le lâchait plus. Il se massa les tempes avant d'aller voir Vanessa. Dès qu'il s'approcha d'elle, elle comprit. Elle avait le visage d'une jeune vierge choisie pour le sacrifice du solstice. Elle se contenta de prendre en silence la feuille qu'il lui tendait.

Il retourna à son bureau.

*****

Une délocalisation qui entraînera la perte de trois cent quarante emplois dans l'usine du Nord. Les syndicats affirment qu'ils ne lâcheront rien.

*****

Il ne vérifia même pas IRC. Depuis que Paul refusait d'adresser la parole à Marianne, le chat ressemblait à une morne plaine avec des tourbillons de poussière qui passaient devant l'écran. Il n'avait même plus d'ami disponible auprès de qui se plaindre. Il se sentait un peu seul. Certes, il savait que c'était chose courante dans le merveilleux monde de l'entreprise que de honnir un de ses collègues. Le monde du travail produisait, grâce à un subtil mélange de rapports de force, de compétition et de promiscuité, ce genre de relations perverses et malsaines. Mais cette fois, Christophe avait la sensation de se laisser bouffer tout cru. Pas seulement par Paloma elle-même mais par ses sentiments négatifs envers elle. Il n'était plus qu'aigreur et rage abattue.

Après avoir accompagné Léonie à l'école, Marianne rentra chez elle et s'installa à sa table. Elle avait une chose à faire aujourd'hui : chercher du travail. Mais cet impératif la paralysait tellement qu'elle décida de commencer par alimenter son blog Google-sait-tout.

Elle avait fait partie de la première génération de web-parents. Non seulement la première génération de parents ayant des sextapes qui traînaient sur l'ordi ou sur Internet – et Marianne n'osait imaginer le traumatisme si sa fille tombait un jour dessus – mais aussi la première génération à avoir fait du réseau son interlocuteur privilégié en matière de ce que les sites nommaient le « *parenting* ». Dès la conception de Léonie, Google avait été son interlocuteur privilégié. C'est grâce à lui qu'ils avaient découvert avec Olivier des tutorats assez artisanaux impliquant une seringue pour procréer sans contact – Olivier s'étant révélé totalement incapable d'avoir une relation sexuelle avec Marianne.

Pendant sa grossesse, son véritable gynécologue s'appelait Doctissimo. Il avait un énorme avantage sur « l'autre » médecin : il pouvait répondre dans la minute à toutes ses interrogations. Quelles que soient ses recherches, le forum sortait en n° 1 des résultats Google : « fuite liquide transparent grossesse », « vidéo bébé cinq mois intra-utérin », « faire du sport enceinte dangers ? », « constipation grossesse », « massage femme enceinte ». Et à mesure que la date de l'accouchement approchait : « nombre enfants mort-nés », « danger péridurale », « césarienne éveillée ? », « risque cordon ombilical », « donner cordon cellule souche », « refus de réanimer ». Par la suite, elle avait tapé : « bébé faire ses nuits comment ? », « nourrisson cauchemars quel âge », « bébé refuse manger », « quel âge bébé aller sur le pot ? », « jeux iPad gratuits pour bébé », « bébé qui tape », « boutons varicelle images ».

C'était au septième mois de sa grossesse, alors qu'elle gisait sur son canapé, qu'elle avait eu l'idée d'ouvrir un blog où elle ne publierait que ses requêtes Google journalières, telles quelles, brutes de toute analyse. Elle avait découvert que, dans un grand mouvement de libération des données, Google acceptait généreusement de donner aux internautes qui le souhaitaient un accès à leur historique de recherches. Et dès la première journée, un portrait saisissant de sa vie était apparu sur l'écran.

« Escarres allongée trop longtemps », « TF1 replay », « Complément d'enquête replay », « Les

maternelles replay », « grève maternité Lilas »,
« Refuser épisiotomie ? », « Millénium tome 2 ».

Tout cela disait précisément ce qu'elle était : une femme enceinte qui se faisait sacrément chier.

Elle avait pris conscience que notre historique ainsi dévoilé renseignait qui nous étions, nos centres d'intérêt (« sous-titres Game of Thrones »), nos craintes (« transmission HPV combien de temps ? »), nos espoirs (« sextoys Lelo »), nos problèmes (« plugs de Freebox qui ne synchronisent plus »). Ce qu'on cherchait sur le web racontait par petites touches impressionnistes notre vie, comme une sorte de Monet informatique. Elle voulait montrer au public toutes les traces que Google accumulait sur nous. Elle avait donc poursuivi ce dévoilement public de son historique, comme un exercice quotidien qui ne lui prenait que quelques minutes. Elle avait pensé un moment écrire un roman dont l'intrigue n'apparaîtrait qu'à partir de recherches web, puis avait été agacée par l'idée même de roman conceptuel.

Et de toute façon, écrire un roman, ce n'était pas équivalent à dénicher un job. Elle trouva un élastique dans la poche de son jogging et s'attacha les cheveux. Cette fois, elle ne pouvait pas continuer à gamberger. Elle devait au moins contacter des personnes susceptibles de l'aider dans sa quête de travail.

Elle regarda l'écran de son PC.

Longtemps.

Et puis, elle se rappela qu'elle avait un autre problème urgent à régler. Suite à la fracture de Léonie, elle avait eu la surprise de découvrir que sa mutuelle ne la prenait plus en charge. Pourtant, quand elle était tombée enceinte, elle s'était offert le meilleur contrat possible, tout compris. Elle passa vingt minutes à chercher un numéro de téléphone pour joindre sa mutuelle.

En jogging, les pieds posés sur son bureau, elle regardait le plafond en écoutant la sonnerie qui devait résonner dans des bureaux vides. Observer ce plafond balafré de fissures était une profonde source d'angoisse. Il serait judicieux de gagner de l'argent et de quitter cet appart avant que l'immeuble ne s'effondre.

« Bonjour », entonna une voix féminine à l'autre bout de la ligne.

Marianne se redressa précipitamment.

« Oui, bonjour. Je vous appelle parce que…

— Veuillez d'abord me communiquer votre numéro d'adhérent.

— Heu, bien sûr. »

Après avoir dicté une interminable suite de chiffres, Marianne reprit :

« Je ne comprends pas pourquoi les remboursements pour les frais médicaux de ma fille n'ont pas été effectués.

— Attendez une seconde, je vérifie. » Après une pause, la voix reprit : « En effet, votre fille n'est plus couverte par votre mutuelle.

— Et pourquoi ?

— Parce que vous n'êtes vous-même plus couverte par ce contrat.

— Hein ? Mais pourquoi ?

— Parce que vous avez été radiée.

— QUOI ? Mais je paie tous les mois !

— Vous avez dû recevoir par courrier recommandé une lettre vous informant de ce changement de statut.

— Non. Mais je viens juste de déménager… Et… Mais… » Marianne essayait de rassembler ses esprits. « Enfin… Je ne comprends pas. Comment j'ai pu être radiée ?

— Vous avez été classée dans la catégorie des clients à risques que l'organisme ne souhaite plus prendre en charge.

— Et sur la base de quoi ?

— Je ne suis pas en mesure de vous communiquer cette information.

— OK… » Marianne prit une grande inspiration. « Alors dans ce cas, pouvez-vous m'expliquer ce qu'est la catégorie des clients à risques ? »

Il y eut un silence sur la ligne avant que la voix réponde d'un ton monocorde :

« Les clients à risques sont des clients dont le passé ou le mode de vie laisse penser qu'ils présentent plus de risques à assurer que d'autres.

— OK. Puisque vous êtes en train de me lire votre fiche, lisez-la en entier. »

Nouveau silence.

« Je vous communique les informations qui peuvent vous être utiles.

— Pfff… Vous voulez jouer à ça ? OK ! Alors quels risques supplémentaires présentent ces clients ?

— Ils ont été profilés comme des clients à risques potentiels.

— Profilés ? Mais c'est pas les serial killers qu'on profile normalement ? »

Silence.

Marianne se dit qu'elle ne lâcherait pas la voix, qu'elle lui pourrirait toute sa journée, avant de se rendre compte que le numéro était surtaxé et que c'était elle que ça foutait dans la merde. Elle raccrocha et faillit jeter son téléphone par terre avant de se raviser.

Une cliente à risques. Comment elle, une sympathique trentenaire qui ne sortait que peu de chez elle, pouvait-elle avoir été profilée comme un risque pour une énorme boîte comme celle-là ? Elle n'était presque jamais malade et n'utilisait qu'exceptionnellement sa carte de mutuelle. Elle devait même être l'une des clientes les plus rentables de l'entreprise. Elle sentit l'inquiétude poindre. Et s'ils étaient au courant pour Pénissimo ? Mais comment ? Et si les impôts étaient en train d'enquêter sur le sujet, et avaient transmis les infos à la mutuelle ? Elle devait en parler avec Paul en urgence.

Sauf que, depuis la dernière soirée, même si elle avait été en phase terminale d'un cancer, Paul aurait refusé de lui adresser la parole. Elle retourna sur le site de sa mutuelle pour chercher une rubrique « critères » ou « risques » et ne trouva rien. Elle élargit sa recherche à tout Internet en combinant des mots-clés plus vastes et finit par trouver des conférences de mutualistes sur le sujet. Au bout de trois heures à lire des comptes rendus de rapports d'experts en mutuelle et assurance, elle dut admettre l'évidence : elle avait encore trouvé un moyen de faire autre chose que chercher du boulot.

*Marianne a rejoint le canal #lesamis

<Marianne> Christophe ? T'es là ?

<Christophe> Oui, comme d'hab. Je suis un vieux pot qui ne bouge jamais.

<Marianne> J'ai un problème. J'ai été radiée de ma mutuelle.

<Christophe> Ah, merde.

<Marianne> Ils m'ont classée comme cliente à risques. Tu sais comment ça fonctionne ?

<Christophe> Non, aucune idée.

<Marianne> D'après mes recherches, ils se servent de toutes les données qu'on laisse en ligne.

<Christophe> Intéressant.

<Marianne> Tu crois que y a matière à faire un article ?

<Christophe> Ça dépend de ce que tu trouves. Mais pourquoi pas. Tu sais comment ils récupèrent ces données ?

<Marianne> Je suis en train de chercher mais c'est compliqué. J'aurais besoin d'aide.

<Christophe> T'as besoin de Paul.

<Marianne> Oui. Mais il n'a répondu à aucun de mes mails d'excuses.

<Christophe> Il est très fâché. Mais ça va se calmer. Il a réussi à se réconcilier avec Sophia.

Peut-être qu'elle n'avait pas perdu son temps si elle pouvait en tirer une enquête pour Infos. Elle ne savait juste pas comment s'y prendre. Après une douche rapide, elle s'habilla et partit chez Paul.

Elle sonna à sa porte aux alentours de 14 heures. Elle savait qu'il était là puisqu'il était toujours chez lui. Quelques secondes plus tard, il lui ouvrit. Elle fut étonnée de constater qu'il était encore en t-shirt et caleçon. Ils se regardèrent. Quand elle glissa un pied dans l'embrasure de la porte, il se contenta de se retourner et de rentrer chez lui, laissant la porte entrebâillée.

Elle le suivit. Il s'assit à son comptoir, devant son ordinateur, lui tournant ostensiblement le dos pendant qu'elle s'allongeait sur le canapé sans rien dire. Elle prit soin de laisser ses chaussures dépasser du canapé pour ne pas le salir. Sur le mur de gauche, le seul élément de cet appart que Paul n'avait jamais changé : l'affiche de « *2001 : a space odyssey, an epic drama of adventure and exploration* ». Combien de soirées avait-elle passées ici à regarder cette même affiche ?

Au milieu du silence de l'après-midi, le silence des chômeurs, des free-lances et des retraités, elle l'entendait pianoter sur son clavier. Chaque individu avait son rythme bien à lui pour taper, une manière d'appuyer sur les touches qui créait une musique particulière, totalement personnelle. Elle savait qu'il ne lui adresserait pas la parole. C'était trop tôt, malgré les mails d'excuses sincères qu'elle lui envoyait sans cesse, mais elle se sentait déjà privilégiée de pouvoir squatter son canapé.

<Paul> Elle est affalée sur mon canap, elle partira jamais.

<Christophe> Ah ah… Je reconnais bien son style. Tu lui as parlé ?

<Paul> Plutôt crever. Je vais tester combien de temps elle est capable de rester là sans bouger comme une sangsue.

<Christophe> Elle a même pas pris son ordi ?

<Paul> Non mais je crois qu'elle a sorti son téléphone. Quel boulet cette meuf.

<Christophe> Arrête. C'est ta meilleure amie.

<Paul> Ça n'empêche pas. Elle a niqué ma vie professionnelle et ma vie amoureuse. Elle a déjà de la chance que je ne sorte pas un marteau pour lui éclater les phalanges.

<Christophe> Elle croyait bien faire.

<Paul> Mais de quoi elle se mêle ? Tu peux m'expliquer ce besoin de certaines meufs de venir se mêler de ta vie ? Elle s'est comportée exactement

comme faisait ma mère. Tout ça parce qu'elle est jalouse. Elle ne supporte pas que je sois maqué.

<Christophe> Arrête, tu débloques.

<Paul> Non, je suis sérieux. Ça la rend dingue qu'on n'agisse pas comme elle, selon les lois de sainte Marianne. Et ça, je vais te dire, c'est vraiment un truc de meuf. C'est une fasciste. C'est Benito Mussolini avec de la crème hydratante et des cheveux dorés.

<Christophe> Elle t'a hébergé chez elle quand t'étais à la rue alors qu'elle ne te connaissait pas.

<Paul> Je sais. C'est pour ça que mon marteau est encore dans la boîte à outils.

<Christophe> Toi, t'as une boîte à outils ? Sérieusement ?

<Paul> C'est une boîte à outils mentale. Et toi ? Ça va avec Paloma ?

<Christophe> Je la hais. Je la vomis. Je lui dégueule dans la bouche.

<Paul> Ah ! Voilà ! T'as envie de la baiser en fait. C'est ça le problème.

<Christophe> T'es con. Cette meuf est en train d'assassiner le journalisme en ligne. Tout ce qui l'intéresse c'est qu'on soit bien classé sur Google et qu'on buzze sur les réseaux sociaux. Elle appelle ça le taux d'investissement des lecteurs.

<Paul> Bienvenue dans le nouvel Internet. Est-ce que je ne t'ai pas toujours dit que le jour où tout le monde serait connecté, ce serait la fin du web ?

Christophe se cala dans son siège. Paul n'avait pas tort. Si les papiers sur la Syrie avaient buzzé sur les réseaux sociaux, Paloma en aurait commandé plus. Et si le problème n'était pas Paloma mais les gens ? Et si… Mon Dieu… Et si les gens étaient des cons ? Il secoua la tête. Il refusait d'envisager les choses sous cet angle. Ça ne lui ressemblait pas. Christophe aimait les autres et c'était un trait de son caractère qu'il trouvait plutôt sympathique, même s'il l'amenait parfois à faire des erreurs d'appréciation.

Il vit qu'il avait reçu un mail de Marianne. Quels gamins ces deux-là. Pendant qu'il chattait avec Paul, Marianne lui écrivait depuis le canapé de ce dernier. Il se demanda si c'était une coïncidence que ses deux meilleurs amis ressemblent à ce point à ses enfants. Sa migraine était toujours là, comme un bruit de fond entre son cerveau et ses yeux. Il se pinça vivement le haut de l'arête du nez, en espérant se soulager. Peut-être qu'il passait trop de temps devant des écrans.

Le mail de Marianne était succinct : « J'ai stalké un peu Paloma et tu ne devineras jamais ce que j'ai trouvé. Envoyé depuis mon smartphone. »

Il lui répondit : « Effectivement. »

Marianne : « Paloma sort avec Louis Daumail. Visiblement, ils sont en couple depuis un petit moment. Les plus vieilles photos d'eux que j'ai trouvées datent d'il y a deux ans. C'est dingue, non ? Le mec que tu détestes le plus au monde est avec la nana que tu détestes le plus au monde. C'est presque poétique. »

Christophe regarda l'écran dans un état d'hébétude complet. Tout ce qu'il avait dans la tête, c'était une phrase sortie de nulle part qui tournait sans fin : « Les monstres avec les monstres. » Il fallut quelques secondes pour que la réalité se fasse jour dans son cerveau embrumé. Il travaillait avec Paloma. Paloma sortait avec Louis-cette-ordure-de-Daumail. C'était comme s'il existait de nouveau un lien professionnel entre cette enflure et lui. Comme si, après toutes ces années, Louis venait foutre en l'air ce que Christophe avait laborieusement reconstruit. Toute sa vie, Daumail serait là, tapi dans l'ombre, à attendre de venir faire voler en éclats ses projets les plus chers.

L'idée même que Paloma parlait d'Infos à Louis le soir – tous les couples se racontaient leurs journées de boulot – suffisait à le rendre dingue. Il leva la tête et son regard croisa justement celui de Paloma, toujours assise dans la salle de verre, qui lui adressa un sourire hypocrite. Alors c'était ça son genre de meuf à Daumail ? La mère de famille blonde à gros seins ? Une espèce de sous-maman Nutella ? Il ne savait pas quelle tête il faisait, mais Paloma détourna le regard avec ce qui semblait être de l'inquiétude. Ce n'était plus seulement qu'il la détestait. Il voulait sa mort.

Depuis une semaine, Marianne passait ses après-midi, en silence, sur le canapé de Paul. Elle

300

débarquait vers 13 heures, il lui ouvrait sans la regarder et repartait devant son ordi, ne tournant même pas la tête quand elle finissait, au bout de trois heures, par se lever et partir. Mais elle acceptait facilement cette punition puisque s'il y avait punition, il y avait logiquement au bout pardon et réconciliation. Elle venait donc tous les jours en bonne pénitente, ce qui lui permettait accessoirement de faire une sieste et de réfléchir à la suite des choses. Pourtant, elle persistait à penser que la faute originelle incombait à Paul. Évidemment qu'elle n'aurait jamais agi de la sorte s'il lui avait dit qu'il aimait Sophia. Mais elle s'inquiétait des raisons qui avaient poussé Paul à se taire, voire pire, à mentir sur sa relation. Est-ce que cela signifiait qu'elle ne lui laissait pas la place de se confier ? Qu'elle était un monstre à qui on craignait de dire la vérité ? Ou alors, hypothèse nettement plus séduisante, que Paul lui-même savait que sa relation avec Sophia n'était pas épanouissante et qu'il ne l'assumait pas. Sans doute un peu des deux.

Et au milieu, se trouvait Christophe essayant de faire entendre à chacun la voix de l'autre. À Marianne, il répétait qu'elle ne devait plus se mêler aussi concrètement de la vie des autres, et qu'il serait bon, également, qu'elle admette qu'elle ne tenait pas l'alcool.

L'autre source de préoccupation de Marianne était sa mutuelle. Elle était vexée d'avoir été radiée d'un organisme dont elle s'imaginait cliente, selon l'axiome « le client est roi ». Comment le système avait-il pu inverser les choses au point que c'était aux clients de supplier les entreprises de les accepter ? Ça lui rappelait les files d'attente devant les boutiques Apple à la sortie de chaque nouveau produit. Alors que c'était aux marques de draguer les consommateurs, cet ordre logique avait été dévoyé de manière à ce que les gens implorent qu'on leur prenne leur argent.

Elle était motivée par l'idée d'en faire un article pour Christophe, en fait, elle considérait que c'était presque une promesse d'embauche. Enfin… D'embauche en free-lance. Elle avait donc élargi ses recherches pour comprendre comment le système du traitement des données fonctionnait de manière générale.

Avec la démocratisation de l'accès à Internet, on avait assisté à une explosion du volume de données que chacun laissait chaque jour en ligne, évidemment en premier lieu sur les réseaux sociaux. Mais le profilage allait beaucoup plus loin. Nombre de sites installaient des mouchards sur les navigateurs des internautes. En quelques clics, vous vous retrouviez avec plus d'une centaine de ces « cookies » sans vous en apercevoir. Ils enregistraient les autres sites que vous consultiez, le temps passé sur chaque page et son intitulé, le modèle de votre ordinateur et de votre navigateur. Ainsi, certains sites de voyage s'arrangeaient pour vous proposer des chambres d'hôtel plus chères s'ils détectaient que vous aviez un ordinateur de luxe.

Mais ça ne s'arrêtait pas là. Le véritable bouleversement, c'était que ces informations pouvaient être croisées avec votre vie quotidienne off line. Notamment via les cartes de fidélité que la moindre boutique vous proposait. Jusque-là, Marianne avait cru que ces cartes servaient simplement à fidéliser un client grâce à la ristourne de 20 % promise au bout d'une dizaine d'achats. En réalité, il y avait un intérêt stratégique à récupérer des infos de façon personnalisée. Nom, adresse, âge, situation familiale, liste des achats effectués à chaque passage en caisse, fréquence des achats, sommes dépensées en moyenne. Autant d'indices qui aidaient à vous profiler, une fois recoupés avec votre profil web. Cette évolution était appelée à s'accentuer grâce aux applications et aux objets connectés. Et c'était justement dans le domaine médical que le stockage de données explosait. Les pèse-personnes et autres gadgets pouvaient transmettre aux entreprises des informations très personnelles sur l'évolution de votre état de santé. D'ailleurs, Marianne utilisait depuis longtemps une appli pour enregistrer les cycles de ses règles.

Chaque firme détentrice de ce type d'informations pouvait revendre ses fichiers clients. C'est ce qu'avait fait une entité surprenante : l'État français. Depuis septembre 2011, le ministère de l'Intérieur commercialisait les nom, adresse, numéro de téléphone, marque de la voiture des nouveaux détenteurs d'une carte grise. En un an, cela avait rapporté la somme de 3 millions d'euros – et assuré des coups de téléphone intempestifs des fabricants de voitures aux usagers.

Le Big Data, c'était tout connement ça. Une véritable manne d'infos, un « pétrole moderne » à disposition des entreprises qui commençaient seulement à entrevoir l'utilisation qu'elles allaient pouvoir en faire, comme en témoignaient les dossiers spéciaux de strategies.fr (« Big Data, big deal »), lesechos.fr (« Big Data : comment transformer les masses de données brutes en stratégies gagnantes ! »), e-marketing.fr (« Big Data = big challenge = big opportunity »), *L'Argus de l'assurance* (« Le Big Data, une solution miracle ? »).

Mais tout ça n'expliquait pas pourquoi Marianne devait désormais raquer tous les frais médicaux de sa fille.

La pénitence de Marianne avait réactivé les tendances sadiques de Paul. Chaque après-midi, il jubilait de la sentir dans son dos, immobile, sur son canapé. Son père aurait sans doute décrété qu'il s'agissait de l'expression d'un désir sexuel inconscient. Ce qui aurait été une nouvelle fois une grosse connerie. Paul avait toujours très bien assumé son envie de se taper Marianne. La tenir prisonnière et soumise sur son canapé était un pis-aller qui le satisfaisait pleinement. En plus, Marianne partait à

16 heures, sans doute pour aller chercher sa fille à l'école, évitant ainsi une rencontre aussi gênante que malencontreuse entre Sophia et elle. Il n'avait qu'à aérer le salon pour enlever le parfum de l'une avant l'arrivée de l'autre – puisque, évidemment, il n'avait pas informé Sophia de ces visites quotidiennes. Elle avait clairement une dent contre Marianne. En même temps, Paul avait un peu chargé la barque pour se dédouaner après le fiasco de la soirée de l'enfer. Il avait peut-être glissé, comme ça, que Marianne était une fille sympa mais « dérangée » voire « complètement barge », rendue instable par une affreuse histoire de sextape qui s'était retrouvée sur le Net. Que Christophe et lui essayaient de l'aider pour qu'elle reprenne pied mais que, bon, c'était pas gagné. Si Marianne apprenait ça, il ne savait pas si elle en rigolerait ou si elle brûlerait son appart. Il avait donc tout intérêt à limiter leurs rencontres.

Le squat de Marianne avait également l'avantage non négligeable de le forcer à bosser un peu. Si elle n'avait pas occupé son canap, Paul y aurait lui-même posé son cul toute la journée en matant des films. Là, il était bien obligé de faire semblant de bosser devant son ordi. Il avait d'abord décidé de mettre en ordre ses affaires avant de trouver un nouveau moyen de survivre. Il avait un peu exagéré ses problèmes financiers auprès de Christophe. Il lui restait encore pas mal de fric, en liquide, caché dans une boîte à biscuits dans la cuisine – une manie héritée de sa grand-mère. Mais il ne comptait pas réduire son train de vie et commencer à bouffer de la merde made in Franprix. Et puis, il avait une confiance assez absolue dans ses capacités intellectuelles, convaincu qu'au moment où il serait acculé, son cerveau produirait une nouvelle idée géniale pour le sortir de la mouise.

Ce moment n'étant pas encore arrivé, il s'était lancé dans la comptabilité de PénisInc. Il voulait savoir combien de fric exactement il s'était fait depuis le début. Il éprouvait une certaine volupté à aligner des colonnes de chiffres, Pénissimo, Maxipénis, frais, recettes, argent versé à Christophe au début de l'aventure, puis à Marianne chaque mois. Il s'était acheté un véritable livre de comptes dans une papeterie et passait ses après-midi à y recopier des chiffres pendant que Marianne réfléchissait au sens de la vie ou à une autre de ses lubies habituelles.

Il entrecoupait ses calculs de séances d'Internet. Comme Marianne était sur son canapé, il pouvait chatter tranquillement avec Christophe sur IRC.

Il passait aussi pas mal de temps à traîner sur Facebook et autres à la recherche d'une nouvelle idée de génie. Ce qu'il fallait inventer c'était une appli pour smartphone. Mais quand il voyait qu'il existait même une appli pour savoir où faire pipi, il se disait que tout avait déjà été envisagé. Alors qu'il regardait des statuts sans intérêt – les gens ne partageaient plus que des articles, ou alors Facebook ne faisait plus apparaître que des articles sérieux et chiants – son regard fut attiré par un petit encart de pub sur le côté. « Envie de nouvelles rencontres ? » Ce n'est pas cette promesse qui le poussa à se pencher sur son écran mais la photo qui accompagnait la pub. Une petite photo carrée qui présentait le visage d'une blonde souriante.

Sauf que cette fille était le sosie de la patate qui était avachie derrière lui sur le canapé.

Une Marianne en gros plan tout en sourire charmeur et timide. Il avait même vaguement l'impression de reconnaître la photo. Il lui semblait que c'était une vieille photo qu'elle utilisait des années auparavant comme profil sur les réseaux sociaux.

Il se redressa. Il crevait d'envie de se retourner pour vérifier le visage de Marianne mais c'était hors de question. À la place, il commença à chercher sur Google Images des photos de Marianne. Il finit par retrouver l'exacte copie de cette image. En cliquant dessus, il arriva sur un article d'un site d'infos insolites qui datait de 2007 et racontait l'histoire de la sextape et la prise de parole de Marianne contre Frédéric Lefebvre. Il vérifia les mots-clés associés au papier, « fille, sexy, sexe, amour, Internet ». Voilà qui pouvait expliquer les choses. Il savait que ces pubs étaient générées par des bots, des robots qui fouillaient des bases de données d'images et récupéraient celles qui pouvaient coller aux critères demandés pour l'annonce. Si le programmeur avait demandé au robot de lui trouver une photo d'une fille sexy associée à d'autres critères, le robot avait

307

logiquement pu aspirer la photo de Marianne pour l'associer au site de « nouvelles rencontres ». Il y avait déjà eu plusieurs scandales du même genre. Une ado canadienne qui s'était suicidée suite à une affaire de sextape s'était retrouvée en photo, post-mortem donc, pour une pub, « Trouvez l'amour au Canada ».

Bon. Ce n'était pas la fin du monde mais il ne savait pas comment Marianne réagirait à cette résurgence de son passé de pornstar. Et puis, ça signifiait entrer en contact avec elle. Ça ne faisait qu'une dizaine de jours qu'il la laissait crever sur son canap, et elle aurait mérité de poursuivre son mea culpa encore quelques semaines. En même temps, il ne pouvait pas faire comme s'il n'avait pas vu cette pub. Il se racla la gorge et sentit immédiatement Marianne se redresser. Sans se retourner, il lui adressa un signe de la main pour qu'elle s'approche. Elle vint se mettre debout, à côté de lui. Du doigt, il lui désigna la publicité.

« Oh merde... lâcha-t-elle dans un souffle. Putain, mais qu'est-ce que c'est encore que ce truc ? »

Paul soupira avant d'entreprendre de lui expliquer le fonctionnement de l'aspirateur à images. Quand il eut fini, elle le fixait avec un petit sourire satisfait. Au fur et à mesure de son discours, sans s'en rendre compte, il s'était retourné vers elle.

« OK, dit-elle. Et faut que je fasse quoi pour l'effacer ?

308

— Désolé mais je peux pas crasher Facebook. Faut que tu contactes les mecs qui ont fait l'annonce et Facebook France pour leur demander de retirer ton image.

— Putain, mais relou quoi… Ça va jamais s'arrêter ce truc… » Elle se retourna vers lui : « Tu crois que Gauthier a le même genre de problème ?

— Nope. Il est pas associé à "mec sexy". Il est associé à "petite bite".

— Plus maintenant. »

Quelques années auparavant, Gauthier s'était payé les services d'une entreprise de e-réputation pour qu'ils lavent son nom sur Internet. Les nettoyeurs n'avaient pas réussi à effacer Gauthier Sandoz + micropénis mais avaient généré suffisamment d'autres pages web sur leur client pour que celles ayant trait à un problème sexuel soient reléguées au fin fond des résultats Google.

« Ça va me prendre un temps fou de contacter ces gens-là…

— C'est vrai que t'as l'air particulièrement débordée en ce moment…

— Bah figure-toi que oui. Je fais une enquête pour Christophe sur le Big Data. Ma mutuelle m'a radiée parce que d'après eux je suis une cliente à risques et j'essaie de comprendre comment le système fonctionne. » Elle s'arrêta brusquement et tendit le doigt vers l'écran de Paul avant de reprendre. « Tu m'as bien expliqué que mon image est associée à ces mots-clés ? » Paul hocha la tête. « Donc mon nom peut aussi l'être ?

— Ouais. Bien sûr. C'est pas une révélation.

— Certes. Mais avant, ce qui était sur Internet restait sur Internet. Avec le Big Data et le croisement de toutes les données, cette histoire de sextape peut suffire à me profiler comme cliente à risques…

— Ouais… Ça se tient.

— Ça se trouve, c'est encore à cause de ce connard de Gauthier que ma fille n'est plus assurée par la mutuelle ?!

— Internet n'oublie jamais, tu le sais.

— Je sais. Mais avant, le Net était coupé de la vie réelle. » Elle fit le signe des guillemets pour marquer toutes les précautions à prendre avec cette expression.

« T'es comme Christophe. Vous ne vouliez pas m'écouter quand je vous disais qu'on allait pourrir notre réseau. Internet c'est mort. C'est devenu une copie de la vie réelle.

— Un simulacre.

— Si tu veux te la péter avec tes mots d'intello, oui. »

Au grand effroi de Paul, il vit les yeux de Marianne se remplir de larmes.

« Putain non ! Tu vas pas chialer ! Tu sais que je supporte pas ça. »

Elle gloussa en essuyant ses yeux avec le dos de sa main et articula un « non » enroué.

« Mais cette histoire qui revient encore, et toi qui me fais la gueule, et mes problèmes d'argent, et Internet qui est mort, ça fait beaucoup. »

Elle reniflait un peu.

Paul lui tapota l'épaule.

« Tu vas pas te suicider ?

— Bah non. Pourquoi ? Tu trouves ma situation à ce point désespérée ?

— Non, mais y a eu plein de filles qui se sont pendues à cause d'histoires de sextapes qui ressurgissaient.

— Sympa de me remonter le moral…

— C'était juste pour savoir.

— Des fois, j'ai l'impression que tu me vois comme une foldingue.

— Mais non… T'es juste… Heu… Un peu différente. »

Chapitre neuf

#9

Parfois, Christophe se demandait si ce n'était pas la phrase de Paul, « En fait, t'as juste envie de la baiser », qui avait tout déclenché. À moins que ça n'ait été la révélation par Marianne de la relation entre Louis et Paloma. Une chose en tout cas était certaine : il avait peur.

Au début, il avait juste remarqué, en refusant d'y prêter vraiment attention, que ses recherches sur YouPorn se concentraient depuis peu sur les vidéos mettant en scène des blondes, cheveux filasse, *big boobs*, teint malade. Il avait fini par raccourcir en « *german* ». Certes, plus elles ressemblaient à Paloma, plus il était excité. Mais il avait pensé que c'était l'affaire de deux ou trois branlettes avant que cela lui passe.

Trois semaines plus tard, il devait admettre que leur promiscuité avait éveillé aux tréfonds de son être un monstre, une chose dégoûtante et effrayante, des pulsions malsaines de haine qui phagocytaient sa vie quotidienne et ses nuits. Il était littéralement obsédé par cette connasse. Au travail et à la maison, il tentait de faire bonne figure mais c'était au prix d'un effort permanent pour cacher son ignominie, ce qui le rendait à ses yeux encore plus ignominieux. Il était l'inverse d'Elephant Man. Un monstre à visage humain. De « *german* », il était passé à « *german* bondage anal ». Et puis, très vite, les vidéos n'avaient plus suffi. Il s'était alors livré à des séances masturbatoires d'une violence effrayante. Il s'en serait râpé la bite sur un mur en crépi pour se calmer. Il ne se branlait pas en imaginant seulement coucher avec elle. Ça aurait été trop simple à gérer pour sa culpabilité judéo-chrétienne. Non, il imaginait qu'il lui déchirait l'anus, qu'il la sodomisait comme un sauvage qui n'aurait pas baisé depuis un an – ce qui n'était pas non plus complètement faux vu la faible fréquence de ses rapports sexuels avec Claire. Il la fessait, il lui fouettait les seins jusqu'au sang.

Il se sentait sale. Et c'était sa faute à elle. Elle avait sali son travail, sa vie, son psychisme.

Il aurait voulu prendre un couteau et lui balafrer les seins. Elle aurait hurlé d'effroi pendant qu'il aurait regardé le sang s'écouler goutte à goutte. De toute sa vie, il n'avait jamais ressenti une telle violence. Et elle ne tarissait pas. Elle semblait sans fin. Plus il haïssait Paloma, plus ses fantasmagories pornographiques allaient en s'aggravant, franchissant à chaque fois un nouveau seuil dans la cruauté éjaculatoire. Christophe était effrayé par la violence

314

intime que cette femme avait réussi à déclencher en lui, l'être de calme et de compromis. Tout ça à cause de cette salope qui lui pourrissait ses journées et qui, après, devait aller se faire gang-banger par Louis et ses connards d'amis dans des boîtes à partouzes dégueu.

Son obsession bouffait toutes les minutes de ses journées. Même s'il arrivait à cacher ce terrible secret, cela le rendait irascible au travail et à la maison, et n'arrangeait pas les choses avec Claire.

Le problème, ce n'était pas tant qu'il n'ait plus envie d'elle, mais qu'à l'idée qu'ils fassent l'amour, il ait peur. Peur de ne pas réussir à contrôler sa haine sexuelle. Peur de lui faire du mal. Ou même simplement qu'elle lise dans ses yeux et comprenne tout. La dernière fois qu'ils avaient fait l'amour, l'image de Paloma avait fait irruption dans son esprit et Claire avait sursauté, lui signalant qu'il lui tenait le poignet trop fermement. D'ailleurs, Marianne avait elle-même senti un truc. L'autre jour, sur le chat, alors qu'il s'épanchait une énième fois sur l'enfer que Paloma lui faisait vivre, elle lui avait répondu : « OK, c'est une connasse. Mais t'as l'air tellement en colère… Je commence à me demander si ce qui te pose vraiment problème ce n'est pas que ce soit une femme. » Si Marianne se doutait de quelque chose, pourquoi pas Claire qui le connaissait mieux que quiconque ? Il aurait préféré crever que de la laisser entrevoir la mare de merde qu'il avait dans la tête. Alors, pour éviter de prendre ce risque, il préférait laisser mourir leur mariage dans l'abstinence. Il évitait tout contact physique avec elle, par crainte de ne pas se contrôler ou qu'elle fasse preuve d'un don de télépathie.

Il allait devoir se sortir de ça. Mais comment ? Il ne pouvait pas aller consulter un psy puisqu'il était hors de question de révéler son état réel – état qu'il considérait comme une forme de maladie psychotique sadomasochiste.

Comme si ça ne suffisait pas, il fallut que le destin s'acharne à mettre ses nerfs à l'épreuve.

Un après-midi, Vanessa vint le voir à son bureau. « On peut parler ? » Depuis que Paloma occupait la salle de réunion, Christophe n'avait plus d'autre choix que de proposer un tour à la machine à café à ceux qui voulaient s'entretenir avec lui. Mais quand ils s'en approchèrent, Vanessa lui demanda : « On peut aller ailleurs ? » Il regarda alentour, incapable de voir où pouvait être « ailleurs ». Elle ajouta : « En bas, dehors, dans un café. » Merde. Ça devait être particulièrement grave.

Ils firent le trajet jusqu'au troquet du coin en silence. C'était la fin du mois d'octobre, il faisait de plus en plus froid et la lumière était maussade. Des décorations de Noël commençaient à apparaître dans les vitrines. Ils s'installèrent et, regardant par la vitre du café, Christophe se souvint que c'était ici qu'il avait rencontré Marianne pour la première fois. C'était un été, en plein mois d'août. Elle portait un t-shirt blanc. Lucas était encore presque un bébé, il dormait dans sa poussette. Christophe soupira. Il avait aimé cette période où son fils était collé à lui toute la journée. Il avait aimé cet été où Claire était tombée enceinte, c'était la merde mais tout semblait possible. Ils étaient insouciants. Ils riaient ensemble de leurs problèmes. La vie était tellement différente. Ils avaient 30 ans. Et maintenant, à 40, il se sentait étouffé par les responsabilités, les décisions à prendre à tout bout de champ. Plus rien n'était léger. Même pas le sexe. Tout était devenu lourd. Compliqué. Fatigant. Il secoua la tête. Il ne devait pas embellir le passé. À l'époque, il galérait. Il n'avait pas une thune. Au moins, maintenant, il pouvait offrir une vie décente à sa famille, ce qui avait alors été son souhait le plus cher.

Après avoir bu une gorgée de son café allongé, Vanessa commença sur un ton dur qui peinait à dissimuler son malaise.

« Christophe, je suis désolée de te dire ça mais il y a un problème. Toute la rédaction est perturbée. »

Il soupira à nouveau mais tenta de mettre un peu d'entrain dans sa voix.

« Très bien… Vas-y, explique-moi. »

Elle croisa les mains et prit une inspiration.

« On ne comprend plus comment fonctionne le site. Qui est le chef. La plupart de ceux qui sont là sont venus pour bosser avec toi, parce qu'on a tous énormément de respect pour ton travail de journaliste et de patron. »

Oh putain, pensa Christophe. Elle utilise ma méthode : d'abord des compliments, puis l'estocade.

« Quel est le problème ?

— C'est Paloma. »

Il se laissa aller contre le dossier de sa chaise. Évidemment que c'était Paloma. Paloma était l'épicentre des problèmes de la Terre.

« Paloma, c'est mon problème, mentit Christophe. Vous n'avez pas à vous en préoccuper.

— Malheureusement, si. Ça fait plusieurs fois qu'elle envoie des mails aux journalistes qui doivent faire ses… Hum… Ses articles, parce qu'elle n'est pas satisfaite du résultat. »

Christophe fronça les sourcils.

« Comment ça ?

— Par exemple, hier, c'est à moi que tu as demandé de faire la news du jour sur le dauphin rose. Je l'ai faite. Sans rien dire. Mais elle m'a envoyé un mail après pour me dire qu'il fallait que je le reprenne pour en faire une version plus "positive". Parce que le lecteur veut lire un article "positif" pour le partager avec ses amis.

— OK. Tu fais très bien de m'en parler. Je vais régler ça avec elle. Je croyais qu'elle avait compris qu'il n'était pas question qu'elle vous donne des directives. »

Vanessa ne parut pas aussi soulagée que l'espérait Christophe. Elle jouait nerveusement avec son sachet de sucre vide.

« Le problème, c'est que ça révèle un malaise plus profond. On a peur que tu sois en train de perdre la main sur le contenu du site. Tu sais, depuis cette histoire d'audience truquée… Peut-être que tu es en position minoritaire par rapport à la direction. Nous, on est là pour te soutenir mais on ne sait pas quoi faire. On ne sait pas ce que toi, tu comptes faire. » Elle planta ses yeux dans ceux de Christophe : « Est-ce que tu es en train de chercher un autre boulot ? »

Christophe chancela. Mais qu'est-ce que c'était que cette histoire ?

« Mais non ! Mais qu'est-ce qui te fait penser ça ?

— Ton inaction. Comme tu ne réagis pas, on s'est dit que c'était parce que tu avais une solution de repli. »

Il passa de la consternation à la honte. C'était donc ça qu'il était censé faire ? Chercher une solution au problème plutôt que de continuer comme si de rien n'était, comme si les choses allaient s'arranger d'elles-mêmes.

« Non mais attends », répondit-il avec une calme assurance. « Paloma est là de manière provisoire. C'est une mission qu'elle remplit. À la fin de sa mission, elle s'en va.

— Ah, cool ! Et c'est quand la fin de sa mission ? »

Il se rendit compte qu'il n'en avait aucune idée. Il avait été vaguement question de six mois mais en réalité, il n'en savait pas plus. Putain, qu'est-ce qu'il foutait de ses journées ? Pourquoi une journaliste

319

de 25 ans avait une vision de la situation plus claire que lui ?

« Je ne sais pas exactement. En fait, ça va dépendre des audiences du site.

— Bah je comprends pas. Si les audiences sont mauvaises, ils vont dire qu'il faut qu'elle reste encore un peu. Et si elles sont bonnes, ils vont dire que c'est grâce à elle et qu'il faut qu'elle reste. Non ? »

Son « non » interrogatif avait été rajouté pour la forme. Elle repoussa sa tasse de café et enchaîna.

« Qu'elle se mêle directement du contenu de nos articles, nous demande des modifications, ça veut dire quoi ? Qu'elle est rédac chef ? Adjointe ? Si elle est adjointe, pourquoi c'est toi qui vas la voir tous les matins dans son bocal ? Pourquoi d'ailleurs elle est dans le bocal à tous nous espionner à longueur de journée ? Si elle n'est pas adjointe, ça veut dire qu'elle est rédac chef et qu'ils t'ont rétrogradé ? »

Elle se pencha en travers de la table, remonta ses lunettes d'un doigt et lui annonça solennellement : « Si tu veux qu'on débraie, on te suit. On a tous voté, on est d'accord pour une grève de soutien pour faire plier la direction. »

Oh mon Dieu… ! pensa Christophe. Si je me retourne, je suis sûr que je vais découvrir les délégués CGT et FO du groupe tapis dans mon dos, prêts à me serrer la main. La situation lui échappait mais, jusque-là, il pensait avoir seulement perdu face à Paloma, d'une manière certes déshonorante mais discrète, et voilà qu'il découvrait qu'il avait aussi perdu le contrôle sur sa propre rédaction. Il regarda autour de lui, cherchant en vain la réaction adéquate. Vanessa le regardait, tel un vaillant lieutenant sur le champ de bataille attendant les directives de son général.

Il sentit que sa migraine s'aggravait et se passa la main sur la tempe.

« Écoute, c'est très gentil. Je retiens votre proposition mais, pour le moment, je préfère essayer de régler ça entre la direction et moi. OK ?

— OK. Faut juste que tu nous tiennes au courant de l'avancement du truc qu'on sache à quoi s'en tenir. »

Elle semblait légèrement désappointée.

Mais l'avancement de quoi ? Qu'est-ce qu'il était censé leur dire ? C'était quoi cette nouvelle merde ? Sa tête allait exploser. Quand ils se levèrent, il eut une chute de tension et des points blancs apparurent devant ses yeux.

En retournant à son poste de travail, il sentit les regards impatients du reste de la rédac. Thomas lui fit un signe de complicité et Christophe crut l'espace d'un instant qu'ils allaient tous se lever, le poing tendu, pour entonner *L'Internationale*. Merde. Les commentaires des journalistes de BFM produisaient un brouhaha désagréable.

*****

« Le gouvernement est dans une situation compliquée. Il ne peut pas continuer sans une majorité unie. La situation économique demande des mesures d'urgence. Le problème, dans ce pays, c'est l'investissement. »

*****

Il avait besoin d'appuyer très fort sur son front mais il ne le pouvait pas tant qu'il sentait l'attention générale sur lui. Il prit ce qu'il espérait être un air impénétrable. Il fut tenté d'aller sur IRC tout raconter à Marianne et Paul, qui étaient enfin réconciliés, mais il voyait mal comment deux... Même pas deux free-lances... Deux postados au chômage pourraient comprendre sa situation inextricable. Il allait devoir encore une fois emmerder Claire avec ses problèmes de boulot.

Ce jour-là, Marianne tentait de mettre de l'ordre dans les notes qu'elle avait accumulées pour son enquête sur le Big Data. Elle avait l'équivalent de quarante pages sur le sujet, ce qui, elle s'en doutait, était légèrement trop pour un simple article. Elle avait interviewé trois spécialistes. Jusqu'à présent, ses recherches l'avaient amenée à lire des articles euphoriques du monde des affaires qui n'y voyait qu'un moyen d'améliorer son offre à destination des clients. Pour les scientifiques, recueillir toutes les données de la planète permettrait à terme de soigner chaque maladie. Mais ses nouveaux interlocuteurs se situaient à l'exact opposé de ce monde où l'on présentait le Big Data comme l'or noir du siècle.

Elle avait d'abord pris un café avec Jérémie Zimmermann de La Quadrature du Net, un ancien copain de l'époque où Paul avait envisagé de s'engager dans la lutte pour un Internet libre, avant de décréter que c'était foutu. Pour Zimmermann, ce qui était en jeu, c'était le choix entre une société libre et une société asservie à de grands intérêts économiques et politiques. Le Big Data allait de pair avec une société de surveillance qui nierait les libertés individuelles. Mais le plus effrayant à ses yeux était que ce contrôle était basé sur le fait de soustraire de la connaissance aux citoyens. D'après lui, la solution serait politique (avec la protection des libertés), sociale (pour que les gens comprennent combien ces enjeux étaient cruciaux) et technique avec la mise au point par des hackers d'outils techniques sécurisés, décentralisés et accessibles. « Logiciel libre, chiffrage,… », prêchait-il.

Olivier Ertzscheid, un professeur spécialiste de ces sujets, était davantage dans le compromis. « Il a fallu le désastre d'une crise sanitaire – celle de la vache folle – pour comprendre l'importance de permettre la traçabilité du moindre steak haché. Si rien ne change de manière rapide et significative dans la traçabilité de nos données, les Big Data et leur nouveau cortège d'objets connectés nous mènent droit vers une crise technologique majeure autour des "données folles". On ne peut pas récupérer nos données, personne n'a la place de les stocker à part ces multinationales. Mais on doit réussir à obtenir de la transparence. Il est impératif de disposer d'une vraie traçabilité de nos données, avec l'objectif que l'utilisateur soit libre de les effacer, de les modifier ou de les déplacer sur un autre service. En gros, nous rendre non pas nos données, qui sont devenues trop volumineuses pour qu'on en fasse, à l'échelle individuelle, quoi que ce soit, mais le contrôle sur elles. »

Dans un café proche du Panthéon, elle avait interrogé Michel Serres, qu'elle avait déjà rencontré à plusieurs reprises du temps de sa thèse et qui lui avait fait quelques clins d'œil privés dans son livre *Petite Poucette*. Pour lui, le problème était philosophique. Le but ultime du système était de pouvoir prédire nos comportements à partir de nos données. Nous ne serions alors plus des individus dotés d'un libre arbitre mais des profils. Après la mutation du citoyen en consommateur, ce dernier se transformait en profil. Mais le plus inquiétant était qu'on avait créé une intelligence artificielle dont l'esprit humain ne pouvait plus appréhender les choix et face à qui il ne restait qu'à obéir aveuglément. Le véritable pouvoir était celui des algorithmes qui, bientôt, ne seraient plus compréhensibles ni contrôlables par personne. L'humain serait alors dépassé par la machine, puis carrément asservi par ces algorithmes qui détermineraient à sa place ses choix de vie.

Le Procès de Kafka pouvait être relu à l'aune de ce futur bouleversement. La bureaucratie serait algorithmique ou ne serait pas. Il lui raconta également l'histoire du *Guide du voyageur intergalactique*. On demande au plus puissant ordinateur de tous les temps de répondre à la grande question sur la vie, l'univers et le reste. Après sept millions d'années de réflexion, la machine répond : « 42. » « J'ai vérifié très soigneusement, dit l'ordinateur, et c'est incontestablement la réponse exacte. Je crois que le problème, pour être tout à fait franc avec vous, est que vous n'avez jamais vraiment bien saisi la question. » Du coup, les chercheurs se lancent dans la fabrication d'un nouvel ordinateur pour trouver la bonne question.

Tous trois partageaient un constat : on vivait à l'aube d'une révolution qui déterminerait notre avenir et la nature de la société dans laquelle on allait vivre. Le web n'était plus la cour de récré que Marianne avait connue, c'était désormais le champ d'une bataille incertaine entre des États, des multinationales et des individus qui, eux, voulaient protéger leur vie privée et leurs droits contre le contrôle imposé par les deux précédents protagonistes.

Elle poussa un soupir à fendre l'écran de son ordi et referma ses notes. Tout cela était fort instructif, elle pouvait écrire une thèse sur les enjeux épistémologiques du Big Data, mais ça ne lui expliquait toujours pas pourquoi sa mutuelle l'avait radiée. Si elle partait de ce point précis dans son article, puis faisait un long développement sur les multiples enjeux (économiques, sociaux, juridiques, philosophiques) du Big Data, il fallait bien qu'à la fin, elle revienne sur sa mutuelle et sa fille.

Oh putain… Merde, souffla-t-elle en jetant un coup d'œil à l'horloge de l'ordi. 16 h 35. Elle était à la bourre pour aller chercher Léonie. Pétrie de la honte d'avoir à moitié oublié sa fille – comment j'ai pu oublier jusqu'à son existence ? – elle partit en catastrophe.

Sur le trajet, elle fut étreinte par une peur irrationnelle. Et s'il était arrivé quelque chose à Léonie ? Si elle avait tenté de traverser seule la rue pour rentrer à la maison, ou si on l'avait enlevée ? Elle se dit qu'elle allait peut-être finir par l'équiper d'un traceur GPS au cas où… Elle pourrait le coudre dans la doublure de son manteau, il lui permettrait de savoir en temps réel où elle était.

Quelques minutes plus tard, elle aperçut au loin sa fille, petit bout d'être humain, avec un bonnet trop enfoncé sur la tête et son manteau rouge mal boutonné, debout au milieu du trottoir devant l'école, qui regardait intensément autour d'elle. La gardienne de l'établissement était aussi là, en train de surveiller les quelques enfants potentiellement oubliés par leurs parents ou leur baby-sitter. Marianne aurait voulu abolir les deux cents mètres qui les séparaient. C'était insupportable de la voir et de ne pas encore pouvoir la serrer dans ses bras.

Reconnaissant la silhouette de sa mère, Léonie s'illumina et, ayant gardé cette habitude enfantine de commenter chaque surprise de sa vie, cria : « Maman ! » Quand Marianne sentit sa fille contre elle, elle reprit ses esprits. Tout allait bien. Elle devait arrêter de paniquer comme ça, c'était ridicule. Elle eut un sourire contrit à l'adresse de la gardienne, prit Léonie par la main et elles se mirent en route pendant que Marianne s'excusait : « Je suis désolée trésor, j'ai pas vu passer l'heure.

— Tu faisais quoi ? » demanda Léonie en s'essuyant le nez sur sa manche.

Marianne s'arrêta et s'accroupit face à elle avec, dans la main, un vieux mouchoir trouvé au fond de la poche de son blouson en cuir.

« Souffle. Je travaillais. »

Léonie écarquilla les yeux et Marianne pensa d'abord que c'était dû à l'effort pour se moucher correctement quand sa fille lui répondit :

« T'as un travail ?! C'est quoi ?

— Heu… J'écris un article pour Christophe.

— Oh… »

Elles se remirent en marche. Marianne regardait les mollets de sa fille, elle portait un collant rose atroce qui boulochait et qui, à en juger par les plis qu'il faisait sur sa jambe, devait être deux tailles trop grand. Elle se souvint elle-même de l'inconfort de ces collants qui grattaient et qu'il fallait sans cesse remonter en se tortillant.

« Mais pourquoi tu travailles ? Je croyais qu'il y avait la grand-tante ? »

Marianne se mordit la lèvre. Merde... Elle n'avait jamais expliqué à Léonie : « Maman gagne de l'argent en vendant une méthode d'agrandissement du zizi pour les messieurs, elle part tous les mois chercher l'argent dans un autre pays pour ne pas être arrêtée par la police. Maman est ce qu'on appelle une mule. » Elle avait préféré un poétique : « Une grand-tante de maman qui l'aimait beaucoup lui a donné de l'argent pour qu'elle puisse vivre sans trop travailler. » Qu'est-ce qu'elle pouvait lui répondre maintenant ?

« Eh bien... Tu sais, c'est important de travailler pour gagner son propre argent. Et puis, je le fais parce que c'est un travail intéressant. »

Elle jeta un coup d'œil inquiet au visage de sa fille et vit que cette dernière regardait un peu plus loin avec gourmandise. Léonie la tira par la main en criant : « On court ! », et trois mètres plus loin, alors que Marianne avait l'épaule à moitié démise par l'effort pour la suivre, Léonie sauta à pieds joints dans une énorme flaque d'eau marron qui macula ses collants roses et son manteau. Elle leva la tête vers Marianne en riant.

Après être passées à la boulangerie acheter le traditionnel pain au chocolat, elles rentrèrent chez elles et s'avachirent devant la télé. C'était tout ce que Marianne voulait faire dans la vie. Rester collée à sa fille en mangeant des viennoiseries devant des dessins animés.

Au dîner, alors qu'elles mangeaient des coquillettes sur la table basse, Léonie posa sa cuillère et prit un air très sérieux.

« Maman ?

— Oui ? »

Putain... Elle va encore me parler d'argent... Terrain miné.

« Pourquoi les gens arrêtent de s'aimer ?

— Hein ? » La fourchette de Marianne s'arrêta entre sa bouche et son assiette. Et boum, la grenade explose, pensa Marianne. « Heu... Pourquoi tu me demandes ça ?

— Parce que papa m'a dit qu'il n'était plus l'amoureux de Julien.

— Quoi ?! »

Non, en fait c'était pas une grenade, c'était une bombe H.

« Oui. C'est triste, hein ? »

Marianne était prise au dépourvu. Aux dernières nouvelles, les deux garçons vivaient ensemble et tout allait bien. Mais Léonie semblait plus au courant qu'elle.

« Qu'est-ce que papa t'a dit ?

— Il m'a dit qu'il n'était plus l'amoureux de Julien. Que parfois les gens arrêtaient de s'aimer. Mais qu'il avait une nouvelle amoureuse. Elle s'appelle Caroline. »

En fait, c'est une bombe extraterrestre. Caroline ? Mais quel homme pouvait s'appeler Caroline ? Olivier n'était pas du genre à craquer pour les drag-queens.

« Chérie, tu as dû mal comprendre. Papa, il préfère les amoureux garçons.

— Non. Il a dit qu'on choisissait pas qui on aimait. Parfois on aime un garçon, parfois une fille. Caroline, c'est une fille. »

Après avoir couché Léonie, elle s'enferma dans la salle de bains, s'assit sur le carrelage, adossée à la baignoire sabot, son téléphone posé sur le tapis de bain vert. Depuis ce niveau, elle pouvait voir les traces noires dans les angles entre les murs et le sol, des sortes de champignons qui proliféraient sur le mastic blanc, les cheveux qui traînaient sous l'évier, sa balance qui prenait la poussière et un tas de fringues à laver empilé dans un coin. Elle prit son téléphone et se concentra sur l'écran. Elle devait appeler Olivier pour éclaircir cette histoire mais vu ses derniers échanges avec lui, elle le sentait moyennement bien. Il était passif-agressif avec elle depuis quelque temps et elle devinait que ce n'était pas uniquement à cause de leurs habituelles divergences en matière d'éducation. C'était comme s'il lui en voulait à titre personnel, qu'il avait un grief qu'il n'exprimait qu'à demi-mot. Cette impression de non-dit, de menace implicite, la mettait très mal à l'aise. Du coup, elle n'arrivait plus à lui parler normalement. Mais cette fois, elle était dans son bon droit. S'il avait quitté Julien, il aurait dû l'en avertir avant, qu'elle ne se retrouve pas désarçonnée face à Léonie. Quant à cette déjà poufiasse de Caroline, elle se disait que Léonie avait dû mal comprendre. Elle était quand même bien placée pour savoir qu'Olivier était incapable de coucher avec une femme.

« Allô ?

— Salut, bonsoir, je ne te dérange pas ? »

Mais pourquoi elle prenait toutes ces précautions ?

« Non. Léonie va bien ?

— Oui, oui. Mais elle m'a dit un truc bizarre tout à l'heure.

— Ah, elle t'a parlé de mon changement de vie amoureuse.

— Heu… Ouais. Si tu appelles ça comme ça. Donc tu n'es plus avec Julien ? »

Elle commença à tirer nerveusement sur un fil qui dépassait du tapis de bain.

« En effet.

— Tu aurais pu m'en parler avant, non ?

— Ça s'est décidé assez vite en fait. Tu sais, enfin non, tu ne sais pas, mais ce genre de choses se fait sans être toujours prévu et planifié.

— Ça veut dire quoi ça ?

— Rien. Donc tu m'appelais pour avoir une confirmation ?

— Excuse-moi mais c'est quand même un gros changement dans la vie de notre fille. Elle a toujours connu Julien.

— Je sais. Et j'en ai longuement parlé avec elle, et je vais le refaire autant de fois que nécessaire. Mais elle est assez grande pour ne pas être perturbée.

— Ça, c'est toi qui le dis.

— Franchement Marianne, elle t'a semblé traumatisée ? Non. Et puis, elle apprend que la vie c'est aussi ça, des changements.

— OK. Et Caroline, c'est un sacré changement aussi...

— Oui. »

Elle arracha le fil. Il était en train de gagner.

« Et c'est tout ?! Mais putain, t'es pédé ou pas ?

— Salut la Gestapo, vous allez bien ? Alors je ne vais pas te faire maintenant un cours sur la sexualité, sache juste que ce n'est pas une donnée fixe. Elle évolue. Il se trouve que j'ai rencontré une femme. Et qu'avant elle, j'étais avec un homme. Point barre. »

Il marquait un point. C'était encore plus agaçant.

« Mais... Mais bordel de merde, comment tu peux classer ça comme ça ? Toi qui as toujours revendiqué d'être une pédale, je te cite. Y a pas si longtemps, tu pétais encore un câble devant l'institutrice en proclamant la main sur le cœur que tu étais pédé depuis ta naissance. Me dis pas que ça a changé en quelques semaines. C'est n'importe quoi.

— Ça avait déjà changé. Mais ce jour-là, cette conne m'énervait. Ce que j'ai dit, c'était une déclaration militante. »

Elle avait enroulé le fil autour de son index gauche, exactement sur les plis de la phalange. On aurait dit une mini-Knacki en train de gonfler au four.

« Wahou… Et Léonie à qui on a toujours expliqué que son papa aimait les garçons, on lui dit quoi maintenant ?

— Je lui ai parlé. Et elle a très bien compris.

— Mais tu ne te rends pas compte à quel point ça peut être déstabilisant pour elle.

— Attends, t'es en train de me dire qu'avoir un père dans une relation hétéro, c'est dysfonctionnel ?

— Pour elle, oui.

— OK, j'aurais tout entendu. Le vrai problème Marianne, et tu le sais, c'est que tu ne supportes pas l'idée qu'il y ait une autre femme dans sa vie. »

C'était vrai. Si elle avait décidé de faire un enfant avec son meilleur ami gay, ce n'était pas pour qu'au bout du compte Léonie se retrouve avec une belle-mère. Mais avec Olivier, l'honnêteté ne servait à rien. Il ne fallait jamais lui lâcher un pouce de terrain.

« Faux. On s'en fout de mes états d'âme. Ce qui compte c'est que le cadre familial de Léonie est complètement chamboulé.

— Oulalala… C'est terrible. Elle va apprendre que la vie ce n'est pas un cocon immuable où on reste enfermé chez soi à ne pas vivre, à ne pas avoir de relation.

— Je commence à en avoir ras le bol de tes sous-entendus. Si t'as un truc à me dire, crache le morceau.

— Tu veux vraiment que je te crache le morceau ? T'es prête à l'entendre ? Tu n'as pas de vie. Tu ne vis pas. Tu t'es construit une vie entièrement bétonnée pour être bien sûre que rien ne t'arriverait plus jamais. Je sais que l'histoire de Gauthier t'a fait beaucoup de mal. Au début, je me suis dit que c'était normal que tu réagisses comme ça, que tu te blindes mais là, ça fait des années et ça devient flippant. T'as pas 70 ans Marianne. D'ailleurs, même les meufs de 70 ans, elles savent qu'elles sont encore en vie. Tu m'accuses de perturber Léonie, mais toi et ton ambiance de huis clos, tu crois pas que c'est mortifère ? Tu penses pas que c'est malsain que vous restiez en tête à tête toutes les deux en rejetant les hommes, les histoires d'amour, la vie ? Moi, je lui apprends à ne pas avoir peur des autres, à ne pas avoir peur du changement. »

Marianne était figée. Incapable de réagir. Elle se serait transformée en statue pour l'éternité si elle n'avait pas senti sa gorge se serrer.

« Je... Alors... » Elle essaya de reprendre le contrôle de sa voix. « Alors c'est ça que tu penses de moi ? C'est comme ça que tu me vois ?

— Commence pas à pleurer. »

Paul lui avait dit la même chose. Qu'est-ce qu'ils avaient tous ? Ils la privaient même du droit légitime d'avoir des émotions quand ils se comportaient comme des connards avec elle ?

« Je sais que c'est un peu violent présenté comme ça, mais oui, je le pense. Et je ne te le dis pas seulement pour le bien de Léonie, mais aussi pour le tien.

— Je comprends pas. » Cette fois, elle pleurait pour de bon. « Qu'est-ce que j'ai fait pour que tu penses ça ?

— Rien. Justement. Marianne, tu es célibataire depuis combien d'années ?

— Mais j'ai le droit de préférer être seule !

— C'est pas sain.

— Et puis je couche avec des mecs !

— Mais on dirait que c'est purement hygiénique. Tu ne vas pas me dire qu'être seule, à ton âge, avec ton physique, depuis huit ans, c'est normal ?!

— C'est pas la norme. Ça veut pas dire que c'est pas normal.

— Et le fait de ne pas travailler, ça n'arrange rien.

— Ça, je suis d'accord. D'ailleurs, je suis en recherche d'emploi.

— Faut que tu sortes un peu de ta forteresse. Ça fait longtemps qu'on veut te le dire.

— On ? demanda-t-elle, brusquement suspicieuse.

— On est plusieurs à le penser, oui.

— Qui ?

— Arrête.

— QUI ? Je veux savoir qui !

— Bah… Moi. Julien. Margaux. Une fois j'en ai un peu parlé avec Paul et Christophe, c'était un moment où t'avais l'air d'aller mal et on était inquiets pour toi. »

Elle raccrocha avant même de l'avoir décidé. Son doigt avait suivi seul l'impulsion d'appuyer sur l'icône « Fin d'appel », comme si son corps avait décidé sans consulter son esprit de lui épargner davantage de révélations.

Les yeux embués de larmes, elle ne voyait plus sa salle de bains. Elle sentit une pulsation douloureuse dans son index. Elle baissa les yeux et vit qu'elle avait serré la ficelle au maximum. Sa phalange avait viré au méchant violet. Elle l'enleva.

Pendant toutes ces années de célibat, elle ne s'était pas sentie une seule fois aussi désespérément seule que ce soir. Elle s'en fichait de ne pas être en couple tant qu'elle avait des amis. Mais découvrir que sa relation avec eux n'était pas aussi claire et transparente que ce qu'elle s'était imaginé la laissait comme abattue sur le rebord d'une plage abandonnée après le chavirement d'un navire en pleine tempête.

Elle était quoi pour eux ? Une foldingue à qui on ne pouvait pas parler normalement ? Un boulet ? Cette amie qui va mal sans même le savoir et qu'on regarde sombrer avec gêne ?

Elle se laissa glisser pour s'allonger sur le carrelage sale et ferma les yeux. Elle avait voulu écrire un article pour raconter comment l'internet libre et ouvert de sa jeunesse était devenu un espace fermé et fliqué, et voilà qu'on lui balançait que c'était aussi le cas de sa propre vie. Oui, elle menait une existence recluse et évitait tous les dangers, mais si elle était heureuse comme ça ? Elle murmura : « Je suis la femme Internet », et sa voix résonna étrangement.

Cette nuit-là, il survint dans la vie de Paul un événement de taille. Comme d'habitude, Sophia était venue le rejoindre chez lui après le boulot. Il faisait froid et elle était arrivée le nez enfoui dans le col de son manteau noir, sa capuche en fourrure remontée sur la tête. Les joues rougies, elle ressemblait à une pâtisserie. Dès qu'elle était entrée, ils avaient ressenti la même joie mutuelle de se retrouver, de se toucher, de se serrer l'un contre l'autre. Ils avaient bu du vin en préparant le dîner, partageant un verre qu'ils se passaient en souriant, la télé allumée en fond sonore. Après avoir mangé, ils avaient regardé deux épisodes de la série *Game of Thrones*. Paul trouvait que l'héroïne, Khaleesi, ressemblait à Sophia qui avait éclaté de rire. Elle était aussi brune que Khaleesi était blonde, presque albinos. Mais derrière son rire perçait une pointe de contentement. *Game of Thrones* était la seule série dont le suspens les tenait assez en haleine pour qu'ils réussissent à regarder un épisode en entier sans commencer à faire l'amour, malgré le fait qu'une scène sur deux comportait des femmes nues, aux seins parfaits, qu'elles agitaient sous le nez d'un homme. Avant la fin du générique, Paul avait déjà commencé à déshabiller Sophia. Ils avaient fait l'amour, avec peut-être un peu plus de tendresse que d'ordinaire.

Ils étaient allongés, nus, dans le lit, la couette repoussée à leurs pieds. Au plafond, clignotait le reflet de la lumière verte de l'enseigne de la pharmacie de permanence cette nuit-là. La tête de Sophia était installée dans le creux du bras de Paul. Il avait très envie de savoir comment elle avait trouvé ça, si elle avait aimé. Il avait l'impression d'avoir fait des progrès en cunnilingus et il voulait son avis sur la question mais il sentait que le moment n'était pas à l'évaluation de ses performances sexuelles. Il se retenait donc de parler, attendant qu'un délai respectable de quelques minutes se soit écoulé avant de pouvoir lui demander si elle préférait qu'il effleure son clitoris ou si, au bout d'un moment, il ne fallait pas y aller plus franco. Sophia soupira plusieurs fois sans qu'il parvienne à interpréter ce signe. Peut-être qu'elle s'emmerdait et qu'elle aussi avait envie de discuter ? Ou alors elle se sentait juste bien et profitait de ce moment de silence ? C'était compliqué les meufs quand même. Ou alors pas les meufs, ce truc qu'on appelait l'intimité. Ouais, c'est ça, pensa-t-il, je partage un moment d'intimité. Putain… C'est cool quand même. Il en était là de ses grandes réflexions quand Sophia lui dit, sans bouger, sans qu'il puisse voir sa tête, dans un souffle : « Je t'aime. »

Il resta figé une seconde. Il savait qu'il devait réagir très vite à cette déclaration. Il passa en revue à vitesse accélérée toutes les scènes de films ou séries qui pouvaient coller à la situation, cherchant l'attitude adéquate. Finalement, il tourna un peu la tête, embrassa ses cheveux et lui répondit : « Moi aussi je t'aime. » C'était la bonne réponse, comme lui indiqua le mouvement de Sophia qui enfonça un peu sa tête contre lui.

Wahou...

C'était la première fois de sa vie qu'une fille lui disait qu'elle l'aimait. C'était peut-être même la première fois qu'un être humain prononçait à son intention à lui ces mots que tout le monde jugeait tellement banals, courants, dévoyés. Marianne avait bien dû le lui dire un soir où elle était bourrée, mais l'alcool la transformait en psychopathe à personnalités multiples, et puis, les potes, ça ne comptait pas vraiment. Il n'avait aucun souvenir de sa mère lui disant qu'elle l'aimait. Pourtant, c'était sûrement arrivé, mais noyé dans un flot de reproches. « Tu es mon fils et je t'aime mais je ne tolérerai plus que tu me parles sur ce ton, que tu laisses traîner tes chaussures dans le couloir, que tu ne sortes pas les poubelles, que tu n'appelles pas ton grand-père. » Autant de « je t'aime » qui n'en étaient pas, qui n'étaient que des introductions à des paroles négatives. Des « je t'aime » de parents qui sont bien obligés d'aimer leur enfant, ou au moins de le prétendre. Mais jamais avant ce soir on ne lui avait dit « je t'aime » pour lui dire « j'aime celui que tu es ».

Ça ne lui avait pas manqué jusque-là. Mais l'entendre de la bouche de Sophia, vivre enfin ce moment cinématographique par excellence, c'était le pied total.

Une fille était amoureuse de lui. Il se sentait surexcité, comme le lendemain de Noël, quand il se réveillait à peine, la tête encore embrumée, avec la sensation qu'il y avait des choses nouvelles et merveilleuses dans sa vie, avant qu'il se rappelle précisément qu'il s'agissait d'une édition limitée deluxe des Lego Star Wars.

Allongé dans le lit, Paul eut une vision particulièrement claire de son avenir proche. Il allait proposer à Sophia d'emménager chez lui. Ils n'allaient jamais chez elle, elle habitait dans le XVe arrondissement, donc trop loin de la zone de confort de Paul. Ici, ils avaient largement la place pour deux. Il avait 27 ans, un âge tout à fait convenable pour tester la vie à deux. Ah mais oui sauf que… Sauf qu'il y avait toujours ce gros problème de thune. Il devait trouver un moyen de gagner de l'argent. Il ne lui avait évidemment pas même traversé l'esprit de chercher un « vrai » travail. Il ne voulait pas un emploi mais un moyen de remplir son compte en banque pour subvenir à ses besoins. C'était très différent même si la majorité des gens semblaient confondre les deux. Mais justement, si Sophia payait la moitié du loyer, cela réduirait déjà considérablement ses dépenses. Tout était parfait. Il lui embrassa le front. Il n'arrivait pas à faire le deuil de PénisInc. Dans le fond, il cherchait toujours comment sauver son business. Il se dit que c'était ainsi que pensaient tous les grands entrepreneurs.

Mais pour le moment, il se contrefoutait de tout ça. Il avait une meuf et elle l'aimait.

Quelques heures plus tôt, Christophe était debout, ballotté par les secousses du métro dont le rythme lui paraissait à la fois cahotant et terriblement lent. Il avait une irrépressible envie de s'enfoncer les poings dans les orbites. Sa migraine s'accentuait de jour en jour et la douleur était proche de l'insoutenable malgré les cachets qu'il avalait au hasard. Paracétamol, Dafalgan, Aspégic, Nurofen, Nurofen Flash, Migralgine. Il ne dormait plus, il tombait sur le lit, assommé de douleur. Le pire moment de la journée, c'était celui-là, le retour du boulot en métro. Le crissement des rails, les sonneries à chaque station, la musique sourde qui s'échappait du casque d'un ado à côté de lui. Quand un musicien ambulant entrait dans le wagon en s'excusant du dérangement avant de commencer l'interminable et comminatoire massacre de *La Vie en rose*, Christophe devait sortir et attendre la rame suivante.

Il se disait qu'il passait trop de temps devant les écrans, soumis en permanence au flux d'infos. Ça commençait le matin avec la matinale de France

Inter dans le poste de radio de la cuisine, puis la consultation de son fil d'actu sur le téléphone dans le métro, les alertes sonores du monde.fr, et au bureau c'était BFM qui tournait en permanence au milieu de l'open space. L'avantage, c'était que sa libido s'était dissoute dans sa migraine permanente et Paloma ne lui semblait désormais pas plus insupportable que le reste de son environnement visuel et sonore. Son dégoût pour elle s'était propagé à tout le bureau. Pourtant, il continuait à relire des articles, à en commander d'autres, même s'il ignorait d'où il tirait l'énergie suffisante pour effectuer toutes ces tâches. Il avait besoin de prendre quelques jours de vacances. Il avait passé les deux derniers week-ends sur son lit, dans le noir, faisant de temps en temps un effort pour accompagner les enfants chez des copains. Claire commençait à s'inquiéter mais il lui répondait qu'il avait seulement besoin de se reposer un peu. Le problème étant qu'avec une rédaction au bord de l'implosion, il ne pouvait pas se permettre de disparaître. Il devait d'abord régler la situation. Mais comment le faire avec un étau qui se resserrait chaque jour un peu plus autour de son crâne ? Parfois, il avait l'impression que la pression intracrânienne allait exorbiter ses yeux.

Quand il arriva à la maison, il fut soulagé du calme qui y régnait. Pas de cri, pas de dispute. Claire était en train de préparer le dîner, Lucas finissait ses devoirs dans sa chambre et Chloé jouait sur le canapé dans le salon avec le téléphone de sa mère.

Il enleva sa parka, la suspendit au portemanteau de l'entrée et se traîna péniblement jusqu'à la cuisine pour embrasser Claire dans la nuque. Elle frissonna et se retourna avec un sourire qui s'estompa dès qu'elle vit la mine grisâtre de Christophe. Elle lui passa la main sur le front.

« Ça ne va pas mieux ?

— Non.

— Il faut que tu fasses quelque chose. Va voir un médecin. »

Il se laissa tomber sur une chaise, devant le plan de travail.

« Je vais pas aller voir un toubib pour une migraine. »

Elle ramena une mèche de ses cheveux derrière son oreille. Il adorait quand elle faisait ça. Il la regarda.

« Qu'est-ce qu'il y a ?

— Tu es toujours aussi belle tu sais. »

Elle sourit.

« Non. Je suis vieille. Au mieux, on peut dire que je porte bien mes rides. Tu as reparlé à Vanessa ? Tu sais ce que tu vas faire ?

— Non. Il faut que je m'en occupe demain », répondit-il d'une voix absente en jouant avec une cuillère abandonnée sur la table. Il ne savait toujours pas en quoi pouvait consister « s'en occuper ».

« Tu fais quoi à manger ?

— Lucas m'a demandé des spaghettis bolognaise. Est-ce que tu peux aller voir s'il a fini ses devoirs ?

Il a un contrôle de math à réviser et je crois qu'il n'est pas très motivé. »

Christophe soupira avant de se lever. Chaque geste lui demandait une concentration particulière. Il traversa le couloir, passa dans le salon et tapa à la porte de la chambre de son fils.

« Fils ? demanda-t-il en entrebâillant la porte.

— Ouais.

— Tu as fini de réviser ton contrôle ?

— Oui, presque. »

Christophe hésita une seconde. Il savait qu'il était dans ses obligations parentales de vérifier que son fils connaissait bien sa leçon mais c'était au-delà du possible pour lui, ce soir. Il se contenta d'un lâche :

« Tu veux que je te fasse réciter ? »

À quoi Lucas lui répondit sans surprise : « Non, pas la peine. »

Il referma la porte avec un soulagement coupable et revint dans le salon s'asseoir à côté de sa fille. Il aurait dû lui demander si elle avait l'autorisation d'utiliser le téléphone de Claire mais il était trop heureux qu'elle s'occupe en silence. Il sortit son propre téléphone pour vérifier Twitter. Heureusement, rien. C'était vraiment pas le soir pour qu'un peuple décide de descendre dans la rue et de destituer son dictateur, ni pour qu'un acteur connu décède, ni pour qu'un terroriste appuie sur le bouton de son gilet bardé d'explosifs. Et pourtant, pensa Christophe, c'était peut-être exactement ce qui se passait quelque part dans le monde et, dans ce cas, l'événement apparaîtrait dans quelques secondes sur son téléphone. Il fut tiré de ses réflexions vagues par Chloé qui lui agrippa le bras en chuchotant un « papa… » paniqué.

« Oui chérie ? »

Elle lui tendit le téléphone : « Mon jeu est arrêté, j'ai fait une bêtise ? » Il prit le téléphone, vit la fenêtre « Nouveau message », et par automatisme il appuya sur « Lire ». S'afficha alors : « J'ai encore envie de toi, tout de suite. » Il resta quelques secondes devant l'écran sans comprendre. Puis remonta d'un coup de pouce la discussion. Il s'agissait de messages échangés avec une certaine Cécile. Des messages courts, impersonnels, neutres qui donnaient des heures et des adresses. « Même lieu que la dernière fois, 21 heures. » Christophe sut immédiatement qu'il n'avait que quelques minutes pour enregistrer dans son esprit toutes ces infos, il n'avait pas le temps de réfléchir à leur contenu. Il prit son téléphone et photographia l'écran de celui de Claire, plusieurs clichés pour avoir tous les messages.

« Papa ? J'ai cassé le téléphone de maman ? Lui dis pas s'il te plaît ! Elle veut jamais que je le prenne… »

Il sourit à sa fille sans la regarder. « Non, ne t'inquiète pas, je le répare et on ne lui dit rien. Va dans ta chambre. » Le message le plus ancien datait d'il y a six mois. Il disait juste : « Jolie. » En regardant plus attentivement, au milieu des rendez-vous,

Christophe vit des messages plus personnels : « À tout à l'heure beauté. » Mais aucun comme le dernier : « J'ai encore envie de toi, tout de suite. »

Claire l'appela depuis la cuisine et son cœur s'emballa. Où remettre l'objet du délit ? Claire perdait rarement son téléphone. Puis il vit, posé sur le fauteuil, son sac à main ouvert. C'est là que Chloé avait dû le prendre. Mais s'il le remettait tel quel, elle saurait que son dernier message avait déjà été lu.

« Christophe ! Les enfants ! »

Il sélectionna « Effacer le message » et glissa le téléphone dans le sac au moment où Chloé revenait dans le salon. Elle lui jeta un regard inquiet et il lui répondit par un clin d'œil rassurant.

Ils mangèrent tous les quatre en bavardant. Christophe se rendit compte qu'il ne sentait plus sa migraine. Il était anesthésié. Son esprit s'était mis sur pause, en attendant d'avoir quelques minutes de tranquillité pour analyser la situation. Il n'eut donc aucun effort à faire pour donner le change. Mais quand, alors qu'il débarrassait les couverts, il vit Claire chercher nerveusement dans les poches de son jean, son esprit se remit en marche. Ce geste si anodin prenait une autre dimension. Cette manière faussement dégagée de palper chacune de ses poches…

« T'as perdu quelque chose ? demanda-t-il.

— Non. J'ai dû laisser mon téléphone dans mon sac », répondit-elle sur un ton naturel. Puis elle partit dans le salon.

Seul dans la cuisine, Christophe sortit son propre appareil et regarda les photos. S'il ne les avait pas prises, il aurait sans aucun doute réussi à se convaincre qu'il avait été victime d'une hallucination due à son mal de tête. Cécile : « J'ai encore envie de toi, tout de suite. » L'évidence le frappa enfin en pleine gueule. Il était cocu. Claire, sa femme, sa chère et tendre épouse qu'il aimait plus que tout au monde, se faisait ramoner le minou par quelqu'un d'autre. Mais par une femme ? C'était étrange. À moins qu'elle n'ait enregistré le contact sous un faux nom. Hypothèse qui semblait confirmée par le fait qu'elle avait effacé tous les autres messages compromettants. En regardant les échanges, on voyait bien qu'il manquait des bouts de discussion.

Ses yeux étaient posés sur le néon au-dessus de l'évier mais il était ailleurs. Au moins, ça voulait dire qu'elle ne voulait pas se faire griller. D'une certaine manière, sa dissimulation était la preuve qu'elle l'aimait toujours, sinon elle n'aurait pas pris ce genre de précautions. Il revint dans le salon, où il trouva sa famille installée devant la télé. C'était le soir où ils regardaient tous ensemble une énième émission de télé-crochet en plaisantant sur les candidats. Claire leva la tête vers lui et tapota le canapé pour lui faire signe de venir. Il resta debout dans l'embrasure de la porte. Il la regarda et, sans prévenir, son univers s'effondra. Il la voyait à tous les âges, il voyait leurs premières vacances ensemble en Thaïlande, il la voyait en salle d'accouchement, il la voyait allongée sur le lit, ivre morte, après leur mariage, son maquillage qui avait dégouliné. Et maintenant, il l'avait perdue. C'était insupportable. Elle n'avait pas pu balancer leur histoire aux chiottes comme ça alors qu'il avait besoin d'elle pour vivre. Ses yeux se remplirent de larmes, la silhouette de Claire qui s'approchait de lui se troubla jusqu'à n'être plus qu'une ombre lumineuse au milieu d'un écran noir avant qu'elle ne disparaisse complètement. Christophe devait toute sa vie se rappeler ce moment de bascule. À ceux qui, par la suite, lui demandèrent de raconter ce qu'il avait vu, il avait du mal à expliquer. Son champ de vision se rétrécissait en même temps que les pourtours de l'image devenaient de plus en plus flous et puis une tache lumineuse au centre, jusqu'à ce que tout cela sombre dans un vide total.

Il sentit la main de Claire sur son bras et entendit sa voix paniquée quand elle lui demanda ce qui lui arrivait. Mais il n'y avait plus rien. Il n'avait plus devant les yeux qu'un voile, ni noir ni blanc, le néant. Il fut pris d'un vertige et tendit avec maladresse une main qu'elle saisit aussitôt. « Dis-moi ce qui se passe ?

— Je ne vois plus rien », articula-t-il d'une voix atone.

Elle le guida vers le canapé. Il n'avait aucune idée d'où étaient les enfants. Il crut entendre la voix de Lucas sur sa droite : « Papa ? Tu fais un AVC ? » Puis la voix de Claire de nouveau : « Tais-toi Lucas !

Restez à côté de papa, j'appelle le SAMU, ils nous diront ce qu'il faut faire. »

Il sentait l'odeur des enfants à proximité mais il était coupé du monde. Le générique de l'émission de télé retentit et Claire aboya : « Coupez-moi le son immédiatement ! » Puis : « Christophe, tu ne vois plus rien ? Il faut que tu me décrives. Tu vois un voile noir ? Blanc ? Un éclair ? Tu as mal quelque part ? Au bras ? Encore à la tête ? »

Mais c'était comme si la vie continuait ailleurs, sans lui. Comme s'il avait été effacé d'une scène familiale se déroulant dans un salon parisien. Il sentit une petite tape sur sa joue. « Tu dois me répondre. Fais un effort. Tu as du mal à parler ? » La voix de Claire était de plus en plus paniquée. Il fit un effort. « Non, j'ai mal nulle part. Je ne vois rien. Ni noir, ni blanc. Rien. »

Il l'entendit qui répétait : « Il dit qu'il n'a mal nulle part. C'est venu d'un coup. Il a perdu la vue. Il y a dix minutes. Et il a eu un vertige juste après. Ça fait plusieurs jours qu'il a une migraine. »

Christophe savait ce que pensait Claire. Rupture d'anévrisme. C'est pour ça qu'elle paniquait.

Il resta prostré sur le canapé. Enfin… Il s'imaginait qu'il semblait prostré mais en réalité il n'avait aucune idée de ce dont il avait l'air. Il n'avait pas peur. Il se sentait étranger à tout. Il eut tout de même une vague sensation de panique quand il sortit son téléphone avant de réaliser que désormais il ne pouvait plus s'en servir. Mais il se calma aussitôt et le rangea dans sa poche.

Une équipe de ce qu'il supposa être des urgentistes arriva. Un jeune homme, qui avait vraisemblablement mangé un kebab avant de venir, lui fit passer un rapide examen avant de décréter qu'il valait mieux l'emmener à l'hôpital pour effectuer un scanner. Christophe avait envie de lui dire que ça ne servait à rien. Qu'il venait juste de subir un choc émotionnel, mais il ne pouvait pas expliquer ça devant Claire. Elle partit chez les voisins du dessous pour leur demander de monter surveiller les enfants durant leur absence pendant que l'urgentiste le guidait vers l'ambulance. Ou en tout cas un véhicule assez vaste dans lequel se trouvait une civière sur laquelle on le fit s'allonger. Il espérait que Claire était là, quelque part, avec lui. Mais quand elle lui prit la main, il eut envie de la retirer. Il ne supportait plus qu'elle le touche. Il serra les dents et prit sur lui.

Chapitre dix

#10

À l'hôpital, Christophe perdit la notion du temps. Il devait se concentrer sur les bruits pour se représenter l'espace où il se trouvait, la configuration des gens autour de lui, voix graves proches, cris féminins au loin, bruit de pas rapides dans ce qu'il supposait être un couloir. Claire faisait pourtant attention à tout lui expliquer. « Là on t'emmène au scanner, on va prendre l'ascenseur. » Privé de repères spatiaux, il avait beaucoup de difficulté à marcher droit. Tout ce qu'il reconnaissait, c'était le parfum et la voix de Claire. « Je t'accompagne aux toilettes, accroche-toi à moi pour t'asseoir. » À chaque médecin, ou était-ce toujours le même qu'elle harcelait sans relâche, elle répétait : « Il travaille comme une brute, ça fait des mois qu'il y laisse sa santé. Il subit une énorme pression au travail. Il se plaint de migraines permanentes. » Le fait qu'elle parle à sa place renforçait chez lui la sensation d'avoir disparu, de n'être rien qu'un atome flottant dans l'air ambiant. Ce n'était pas désagréable. Si, par moments, il avait envie qu'elle s'en aille, sa voix restait le seul élément familier auquel il pouvait se raccrocher.

Le scanner ne révéla rien, comme il s'en doutait. Le médecin put rassurer Claire en excluant une rupture d'anévrisme. Un terme revint de façon récurrente, « burn out ». Mais dans sa tête, il n'y avait qu'une phrase : l'amour rend aveugle. Une vieille maxime à la con mais il était convaincu que c'était la clé de ce qui lui arrivait. Il avait refusé d'affronter la réalité – Claire baisant avec un autre avant de rentrer à la maison faire des spaghettis bolognaise –, il avait rejeté les indices – le frisson qui l'avait parcourue quand il l'avait embrassée sur la nuque, mais un frisson dû à quoi ? Au dégoût qu'il lui inspirait ? Ou bien à la peur qu'il détecte une odeur étrangère sur sa peau ? Il aurait voulu pouvoir consulter à nouveau les textos. Vérifier ce qu'il avait vu. Savoir depuis combien de temps cela durait. Avec qui. Dans l'entourage de Claire, aucun homme en particulier n'avait attiré sa jalousie. Cela dit, il n'avait pas été très attentif. Plongé dans le néant, son cerveau tournait à plein régime. Il voulait voir Claire pour la confronter à ses mensonges, lui hurler dessus, l'attraper par les épaules pour lire la vérité dans ses yeux. Mais il ne pouvait pas. Il était réduit à rien.

Il fut admis à l'hosto pour la nuit et insista pour qu'elle rentre dormir à la maison, elle devait rassurer les enfants qui étaient sans doute un peu choqués. Enfin seul, dans un lit inconnu, il voulut réfléchir mais sombra dans le sommeil. Il n'y avait plus aucune lumière pour le perturber. Il dormit comme une masse jusqu'au lendemain, quand une infirmière entra pour lui servir son petit déjeuner. Il oublia de lui demander quelle heure il était et constata ensuite qu'il n'avait aucun moyen de le savoir à moins de biper une autre infirmière. Il resta allongé et dut attendre longtemps l'arrivée d'un nouveau médecin qui lui apprit qu'il était 10 heures. C'était un psy, un jeune d'après sa voix. Un interne en psychiatrie peut-être ? Est-ce que ça existait ? Depuis qu'il avait perdu la vue, la vie de Christophe était une succession de questions anecdotiques sans réponse. Quel temps il faisait, quelle heure il était, de quoi avait-il l'air, comment était la pièce. Pendant la matinée, il avait essayé de deviner s'il y avait une autre présence dans la chambre. Peut-être la partageait-il avec quelqu'un ? Mais si c'était le cas, son colocataire devait être plongé dans un coma profond.

Le jeune psy avait une voix douce et parlait en tournant les pages de quelque chose. Le dossier de Christophe sans doute, mais ça aurait aussi bien pu être un exemplaire de *L'Équipe*, il n'aurait pas pu faire la différence. Cette pensée amusa Christophe.

« Vos examens sont normaux. À part un net problème de tension. Votre épouse nous a informés que vous subissiez beaucoup de pression sur votre lieu de travail. »

Christophe hocha la tête.

« Vous êtes journaliste c'est ça ?

— Rédacteur en chef. Je dirige un site d'infos.

— Ah ! » L'interne sembla se féliciter de cette nouvelle. « Vous travaillez combien d'heures par jour ?

— Je ne sais pas. Vous savez, l'info en ligne, ça ne s'arrête jamais. Même quand je quitte le travail, je dois surveiller l'actualité.

— Le week-end aussi ?

— Bien sûr.

— Donc vous n'avez jamais la sensation de déconnecter vraiment du travail ?

— Heu… » Christophe· hésita une seconde. C'était idiot comme question. La condition pour faire correctement son boulot, c'était précisément de ne jamais être déconnecté des infos. Il ne s'agissait pas d'une conséquence malheureuse de son travail mais de son essence même.

« Non, effectivement. Je sais que j'ai peut-être un peu abusé des écrans ces derniers temps. Est-ce que vous savez dans combien de temps je retrouverai la vue ? »

Il y eut un silence.

« Je vais être honnête avec vous, monsieur Gonnet. Vous avez de la chance, nous avons dans cet hôpital le meilleur spécialiste du burn out lié à la surconsommation d'Internet. Et il va vous recevoir en urgence après le déjeuner.

— Je ne suis pas certain que ce soit nécessaire. Je veux surtout savoir ce qui se passe pour mes yeux.

— Vous savez, les yeux sont les fenêtres de l'âme. »

OK, il est débile, conclut Christophe. Il allait falloir attendre de rencontrer le spécialiste du burn out pour avoir un interlocuteur à la hauteur. Il entendit un téléphone vibrer à côté de lui. Sûrement sur la table de chevet. Mais que ce soit le travail ou Claire, il n'avait aucune envie de répondre. Après tout, il était aveugle et hospitalisé, il avait le droit d'ignorer les appels.

Après le déjeuner, sans doute vers 14 heures, il fut conduit en fauteuil roulant chez le grand ponte. Il avait expliqué à l'infirmière qu'il pouvait marcher mais avait vite compris qu'elle n'avait pas de temps à perdre à le traîner à tâtons dans les couloirs.

Le grand ponte se présenta avec une voix chaleureuse en lui serrant la main. « Alain Guedj, psychiatre. Enchanté de faire votre connaissance monsieur Gonnet. »

Son nom lui évoquait vaguement quelque chose. Il avait dû lire une interview de lui quelque part.

« J'imagine combien votre cécité actuelle doit vous perturber.

— En fait non. Pas tant que ça », avoua Christophe d'une voix légère.

« Ah. Intéressant. Et pourquoi ?

— Je ne sais pas. Je me sens… soulagé.

— Vous avez l'impression d'échapper enfin un peu à la pression qui vous entoure ?

— Peut-être, oui. »

La voix grave du professeur lui faisait l'effet d'être la parole d'un dieu omniscient et invisible.

« Est-ce que vous connaissez le burn out ?

— J'ai édité des enquêtes sur le sujet, oui.

— Et vous vous sentez concerné par ce sujet ?

— Non. J'ai trop travaillé ces derniers temps, mais je ne suis pas dans l'état des travailleurs au bord du suicide. Comme chez Orange ou Renault.

— Très bien. Permettez-moi de vous lire quelques descriptions du burn out, vous me direz si vous ne vous sentez toujours pas concerné. Concentrez-vous. »

Christophe avait la sensation de plus en plus nette de connaître cet homme mais sans l'avoir personnellement rencontré. Si seulement il avait pu voir sa tête... Peut-être que c'était un psy d'une émission de télé-réalité ?

« Les professions les plus à risques sont celles qui supposent des responsabilités vis-à-vis d'autres personnes. Est-ce votre cas ?

— Oui.

— Ce sont des professions où l'on vous donne des objectifs de plus en plus difficiles à atteindre.

— Oui. En un sens. On me met la pression pour des objectifs d'audience mais ils ne sont pas inatteignables. Le vrai problème c'est la manière dont on me demande de les atteindre. Donc en fait, je dirais non.

— Très bien. Il existe un fort déséquilibre entre les tâches à accomplir et les moyens mis en œuvre.

— Bien sûr, je me plains de ne pas pouvoir embaucher plus de journalistes. Mais c'est le cas de tous les rédacs chef sans qu'ils fassent pour autant un burn out.

— Alors intéressons-nous à votre personnalité. Elle pourrait expliquer que vous soyez plus sensible à ces impératifs. Le burn out concerne des personnes qui ont des idéaux élevés de performance et de réussite.

— Non.

— Non ?

— Non », réaffirma Christophe. Franchement, en ce moment, il ne pouvait pas dire que professionnellement il avait un idéal élevé.

« Des personnes qui lient l'estime de soi à leurs performances professionnelles.

— Oui, OK.

— Qui sont obsédées par leur travail.

— Sans doute.

— Qui se réfugient dans le travail en fuyant les autres aspects de leur vie. »

Christophe décroisa les jambes. Pour une fois, ce n'était pas pour se donner une contenance mais simplement parce qu'il avait la cuisse engourdie.

« Écoutez. Je sais ce qui m'arrive. J'ai découvert hier soir que ma femme me trompait. »

Silence de l'autre côté. Christophe insista.

« Je suis toujours éperdument amoureux d'elle. Je sais que j'ai été très absent ces derniers temps. Et hier, en découvrant ça, je l'ai regardée et c'était comme si… Comme si je ne pouvais plus la voir en face. Ou comme si je ne pouvais plus la voir parce que j'avais l'impression de ne plus la connaître. C'est comme cette expression idiote, "l'amour est aveugle", eh bien j'y pense depuis hier. C'est pour ça que je ne vois plus rien. Ce que j'aimerais, c'est que vous m'aidiez à régler ce traumatisme-là pour que je récupère la vue. Et ma vie. »

Il avait à peine fini de parler qu'il se produisit une chose prodigieuse : une tache lumineuse apparut devant ses yeux. Il ne voyait toujours rien mais il y avait un halo clair, brumeux, vague. Preuve ultime qu'il s'était correctement autodiagnostiqué. Le problème, c'était Claire. Si la psychanalyse c'était aussi con que ça, Freud était un authentique génie.

Il se sentait soulagé mais également un peu déçu. Il n'avait même pas un truc grave. C'était uniquement un dysfonctionnement psychologique. Ça se trouve dès demain, il verrait parfaitement. En tout cas, au final, c'était une bonne idée, cette histoire de psy. Guedj reprit la parole avant que Christophe ait pu lui faire part de cette nette amélioration de son état.

« Vous êtes familier avec le concept d'"infobésité" ? Je crois que cette histoire avec votre femme n'est qu'un leurre, une illusion qui cache un problème plus profond lié à votre profession. Parce que des histoires d'adultère dans un mariage, vous serez d'accord pour dire que c'est chose courante. Par contre, perdre la vue l'est nettement moins. Vous travaillez sur Internet, c'est bien ça ? Ce qui veut déjà dire que vous souffrez du *multitasking*, soit le fait d'être en permanence sollicité par diverses tâches à accomplir simultanément. Relire un papier en même temps que répondre à un mail en même temps que surveiller les réseaux sociaux. Et en plus, vous êtes journaliste, l'emploi qui fait de vous la cible parfaite de l'infobésité. C'est un concept sur lequel je travaille depuis plusieurs années déjà. »

Christophe voyait très bien de quoi parlait Guedj mais où avait-il entendu ce nom ?

« Bien sûr, tout cela influe sur mon état. J'en ai bien conscience. Mais je ne suis pas certain que ce soit le vrai problème en l'occurrence.

— Quand est-ce que vous déconnectez ? Quand est-ce que vous laissez votre ordinateur, votre téléphone, votre tablette, la télé pour profiter de l'instant présent ? Je parie que vous emportez votre téléphone aux toilettes, non ? C'est ce que les Anglo-Saxons appellent le FOMO, *"fear of missing out"*. La peur incontrôlable de rater quelque chose si l'on n'est pas connecté. »

Christophe hocha la tête. Il connaissait ce concept. Le flux permanent d'informations donnait l'impression d'être là où ça se passait, de ne rien manquer. Par son travail, il participait d'ailleurs au bruit général, à l'hystérie permanente. Mais est-ce que cela ne fabriquait pas une illusion de la réalité, comme aurait dit Marianne. Un monde médiatisé. Il ne ratait rien mais, ironie logique, était passé à côté du plus important pour lui : les tromperies de Claire.

« Le problème, ce n'est pas votre femme. C'est Internet. Le web est en train de vous tuer. Je sais de quoi je parle, j'ai moi-même failli perdre mon fils qui était tombé dans l'addiction au Net. J'ai d'ailleurs raconté cette expérience tragique dans un ouvrage, *Comment j'ai sauvé mon enfant d'Internet*. J'aurais aimé vous l'offrir mais… Eh bien… Il ne vous serait pas bien utile dans votre état actuel. »

Oh mon Dieu, pensa très fort Christophe. C'est lui… C'est… le père de Paul. Lui revenait en mémoire comment, quelques années auparavant, Paul avait décidé de rompre tout contact avec son père parce que « ce bâtard se sert de moi pour sa théorie de gros naze en me transformant en cas psychiatrique alors qu'il est juste un père de merde ». Paul avait fulminé pendant toute la promo du livre qui avait trouvé un large écho dans les médias. Christophe s'était dit qu'il le lirait et puis finalement, il n'avait jamais eu le temps. Mais il se souvenait bien au fil des interviews de la description pathétique de Paul, rebaptisé François dans l'ouvrage, un ado mal dans sa peau qui s'était déconnecté de la réalité et s'était réfugié dans un univers virtuel. Papa Guedj avait raconté avec une pudeur feinte le sevrage de force qu'il avait fait subir à son fils, les longues nuits à le veiller, les crises de manque de Paul/François qui mettait la maison à sac. Toutes choses qui ne s'étaient évidemment jamais produites, nonobstant un verre jeté une fois par terre. Il regretta d'avoir confié à cet homme l'adultère de Claire.

Guedj père reprit la parole.

« Je vous propose, monsieur Gonnet, que nous nous voyions pendant quelques semaines. Ni moi, ni mes confrères des urgences ne voyons de contre-indication à ce que vous rentriez chez vous si vous le souhaitez, à condition de revenir plusieurs fois par semaine pour des examens supplémentaires. Mais il serait sans doute préférable que vous intégriez une maison de repos afin de profiter d'un suivi médical optimal. Je supervise moi-même un service de ce genre, garanti sans wifi. »

Christophe préférait rentrer chez lui. Mais deux problèmes le préoccupaient : Paloma n'allait-elle pas définitivement prendre sa place pendant son congé maladie ? Et comment allait-il espionner Claire en étant aveugle ?

Après le coup de téléphone assassin d'Olivier, Marianne avait rampé jusqu'à son lit pour tenter de dormir. Mais à 1 heure du matin, elle avait dû s'avouer vaincue. Après avoir vérifié que même Paul n'était pas connecté, elle s'était résignée à se remettre à son papier sur le Big Data. C'était le seul moyen d'éviter de penser à sa vie. Assise en tailleur sur sa chaise de bureau, emmitouflée dans un pull et un sweat, deux paires de chaussettes et des mitaines qui lui permettaient à la fois de se réchauffer les mains et de taper au clavier, elle alluma sa lampe de bureau et relut ses notes. Après quelques nouvelles recherches en ligne, elle finit par trouver le nom d'une entreprise, Dataxiom, un « *data broker* » chargé de la collecte et de la revente des données personnelles des internautes. La mutuelle de Marianne faisait appel à ses services. « Nous sommes capables d'affecter un code segment à chaque client. L'intérêt majeur est que ce code ne repose plus seulement sur les données internes de l'entreprise mais sur des données globales, concernant le foyer ; l'affectation à un segment étant mise à jour régulièrement », expliquait dans une interview Armand Laplier, codirecteur général de Dataxiom France. Cette mise à jour régulière se faisait grâce aux autres clients, parmi lesquels Facebook, des supermarchés, des sites Internet, des banques. Ainsi, grâce à une logique de concentration et de croisement des données mené par Dataxiom, la banque de Marianne, son assurance, son supermarché pouvaient mettre en commun toutes leurs données sur elle – sans qu'elle en soit jamais avertie et en ayant l'illusion que ces comptes étaient étanches.

Dans son cas, il était clair que sa réputation en ligne transformée en mots-clés et confrontée aux soixante-dix profils types de Dataxiom aboutissait à l'étiquette « cliente à risques » et non pas « courageuse jeune femme ayant pris position publiquement pour défendre un Internet libre ». Le profil se fichait du contexte ou de la nuance. Cette mécanique accentuait les discriminations qu'elle prétendait effacer. Pour certains prêts bancaires aux États-Unis, des banques observaient vos amis Facebook : si l'un d'entre eux était reconnu comme un mauvais payeur, on en déduisait que vous risquiez également de l'être et on vous refusait votre prêt. Le Big Data accentuait toutes les formes de discrimination en nous enfermant dans des schémas produits par des ordinateurs. Et les plus précaires finiraient une nouvelle fois blacklistés.

Quand Marianne avait rencontré Paul et Christophe, ils voulaient défendre le droit à l'anonymat face au pouvoir politique. Mais il n'y avait pas eu besoin d'une loi pour interdire l'anonymat. Ils avaient tous, en tant qu'internautes, fourni leurs données. Le pouvoir alors détenu par des entreprises privées devenait absolu. Un pouvoir que les citoyens n'auraient jamais accordé à un État.

Et la plus grande absurdité de ce système c'était qu'il se plantait. Dataxiom admettait que 30 % de ses données étaient fausses. Marianne faisait partie de ces 30 % d'erreur. Elle ne correspondait pas au profil qu'on lui avait assigné, mais le système s'en foutait et elle n'avait aucun recours pour récupérer sa mutuelle. Elle devrait payer plus cher pour une couverture moins efficace parce que la machine l'avait décidé.

Mais en dehors de son cas particulier, le système algorithmique pouvait-il tomber juste ? Avec ces profils, on mécanisait les personnes, comme si l'individualité irréductible, propre à chacun, la singularité humaine pouvait être contenue dans une formule mathématique. Les « profils d'individus » étaient un non-sens sémantique. Baudrillard distinguait la copie du simulacre parce que ce dernier ne renvoyait à aucune réalité.

Elle releva la tête et constata qu'il était 7 heures du matin. Léonie n'allait pas tarder à se réveiller. Elle s'était endormie devant l'écran et sa nuque lui faisait mal. Elle se leva pour aller prendre une douche. Peut-être parce qu'elle se retrouvait dans la salle de bains comme la veille au soir, le jugement d'Olivier lui revint. Tout en retirant ses couches de fringues, elle s'admonesta. Elle ne voulait pas décréter d'emblée qu'il avait tort. Elle enjamba la baignoire et se tint en retrait, le pommeau de douche à la main, le temps que l'eau chauffe. Il avait eu tort de lui parler aussi méchamment mais elle voulait écarter sa rage personnelle contre lui pour examiner ses reproches en toute objectivité. Dans le fond, elle était ébranlée par le tableau qu'il avait dressé. Elle accrocha le pommeau et se glissa sous le jet d'eau tiède. Sa vie était-elle réellement aussi à chier ? Sur quels critères juge-t-on la vie, sa propre vie ? S'il s'agissait simplement d'un degré de bien-être, Marianne était satisfaite de l'existence paisible qu'elle menait. Mais peut-être l'était-elle pour de mauvaises raisons, par pure névrose. Est-ce que le fait de se conforter dans ses névroses jusqu'à en tirer une certaine satisfaction pouvait réellement être considéré comme le signe d'une existence réussie ?

C'est vrai qu'elle voyait peu de gens. Elle ne rencontrait pas grand-monde, ou alors il s'agissait de rencontres d'une nuit auxquelles elle n'attachait pas d'importance. Non, ce qui l'emmerdait vraiment, là où Olivier avait touché juste, c'était le modèle qu'elle proposait à Léonie. Une mère au foyer célibataire qui ne sortait pas de chez elle et vivait en autarcie. Marianne ne voulait pas que sa fille soit comme elle – ce qui était peut-être un indice de ce qu'elle pensait vraiment de son existence.

Elle attrapa le gel douche et se concentra une seconde sur le parfum synthétique de la vanille des îles. Elle comprenait que de l'extérieur cela paraisse mortifère. Depuis la naissance de Léonie, elle n'avait laissé personne s'interposer entre elles. D'ailleurs, elle ne voulait même pas un autre enfant qu'elle imaginait forcément comme un étranger perturbant leur tête-à-tête. OK, ce n'était sans doute pas très sain. Mais que devait-elle faire ? Elle était convaincue d'une chose : il fallait qu'elle travaille. C'était ça, le vrai problème. Elle s'en était rendu compte en allant faire les interviews. Ça lui avait fait du bien de sortir, de communiquer IRL avec de nouvelles personnes. Or, dans son cas, c'était simple : le problème contenait sa solution. Pénissimo avait été un piège qui l'avait enfermée dans l'inaction, loin du monde. Un piège à double détente puisque même en s'en échappant, elle se retrouvait avec un trou béant dans son CV et un retard abyssal par rapport aux autres dans sa carrière professionnelle.

Elle s'était repliée sur elle-même, comme Internet. C'était étrange, en définitive, elle avait grandi avec le Net, ils avaient évolué en parallèle. Dix ans auparavant, ils étaient jeunes et fous, ouverts sur le monde, prêts à n'importe quoi, partant dans tous les sens. Et puis, avec le temps, ils s'étaient renfermés. Ils voulaient tout contrôler en permanence. Ils étaient accablés de responsabilités. Loin de la légèreté des débuts. Le web était de plus en plus lourd. Sa cour de récré s'était transformée en une immense firme privée.

Elle sortit de la douche et se sécha avant de tendre la main machinalement pour attraper le flacon de crème qui promettait fermeté éternelle et douceur angélique à ses cuisses. Il était presque vide. Elle allait devoir en racheter. Ces crèmes lui coûtaient une blinde sans qu'elle parvienne à évaluer leur efficacité. C'était chiant. Et ça tombait mal. Brusquement, elle releva la tête et vit son reflet dans le miroir au-dessus du lavabo. Ça servait à quoi de mettre ces crèmes si elle ne sortait jamais de chez elle ? La dernière personne qui avait pu profiter du « voile de douceur satiné » promis par la marque, c'était Max. Depuis, elle n'était sortie que pour la soirée Internet avec Christophe et Paul. C'était comme les masses de fringues qu'elle s'obstinait à acheter. Ça rimait à quoi puisqu'elle passait le plus clair de son temps en jogging chez elle ?

En sortant de la salle de bains, à nouveau vêtue de deux sweats et d'un jogging, elle trouva Léonie qui l'attendait sur le canapé, recroquevillée sous une couverture. Elles prirent leur petit déjeuner et Marianne l'accompagna à l'école. À son retour dans l'appart qui paraissait encore plus glacial, elle se remit devant l'ordinateur avec une tasse de café. Elle devait écrire ce papier. Elle ne savait pas pourquoi mais elle sentait que, malgré son aspect impersonnel, éloigné de la vie, il lui parlait. Il lui racontait ce qu'Internet était devenu. Elle avait quelque chose à apprendre de cette enquête. Elle se remit devant l'ordinateur pour rédiger enfin son article. Trente minutes plus tard, soit à 9 h 21, elle regardait son écran sans pouvoir y croire, se demandant comment, bordel de chiottes, elle allait pouvoir se sortir du nouveau merdier qu'elle venait de découvrir, quand son téléphone sonna.

« Allô ? Marianne ? C'est Claire. Je ne te dérange pas j'espère ?

— Non. Qu'est-ce qui se passe ?

— Je ne sais pas trop. » Claire avait une voix faussement maîtrisée derrière laquelle Marianne décela un vibrato d'angoisse. « Christophe a été hospitalisé cette nuit.

— Quoi ?!

— Ne t'inquiète pas. Ça n'a pas l'air grave d'après les médecins mais, hier soir, il a perdu la vue. »

L'information paraissait tellement incongrue à Marianne qu'elle crut avoir mal entendu. Peut-être qu'elle disait « il a perdu la vie » ?

« Oui, la vue. Une crise de cécité soudaine. Je pense que c'est lié à son boulot. Trop de pression. Les médecins pensent que c'est un état temporaire dû à un burn out.

— Putain…

— Oui. Comme il ne peut plus utiliser aucun écran, je me suis dit que j'allais te prévenir moi-même.

— T'as bien fait. On peut aller le voir ?

— Oui. Il est hospitalisé à Thouret. Il devrait sortir ce soir. »

Elle appela sur le portable de Christophe mais il ne répondit pas. Vers midi, elle tenta de passer par le standard de l'hôpital – ils devaient pouvoir transmettre la communication dans sa chambre –, mais on lui dit qu'il était en examen. Elle envoya un message à Paul en sachant pertinemment qu'il ne l'accompagnerait pas puisque cela aurait nécessité qu'il prenne le métro, chose dont il n'était depuis longtemps plus capable.

Marianne partit pour l'hôpital, se disant qu'une fois sur place, elle arriverait bien à voir Christophe. Mais dans le métro, elle fut prise d'un doute. Elle craignait d'être de nouveau accusée d'intrusion dans la vie de ses amis. Ils se réuniraient ensuite pour se plaindre de son comportement psychotique. À cause du scud d'Olivier, elle ne parvenait plus à agir de façon spontanée avec les autres. Elle se sentait toujours sur le point d'être jugée – et condamnée. Même si ses intentions étaient louables. Mais cette fois, il s'agissait d'un cas de force majeure, d'une urgence médicale.

Dans les séries américaines, pénétrer dans une chambre d'hosto relevait d'une mission impossible parce qu'une infirmière noire finissait toujours, au dernier moment, quand vous aviez la main sur la poignée de la porte, par vous arrêter et vous demander où vous alliez. À Thouret, Marianne fut surprise de pouvoir se balader tranquillement dans les couloirs. Elle obtint sans aucune difficulté le numéro de la chambre de M. Gonnet puis, à deux reprises, dut demander son chemin aux rares personnes qu'elle avait croisées. Quand elle tapa à la porte de la chambre 112, elle se sentait un peu nerveuse. Elle ne savait pas dans quel état elle allait trouver Christophe. En entrant et en le voyant à moitié assis sur son lit, elle se rendit compte qu'elle s'était attendue à le voir intubé comme après un gravissime accident de la route.

Elle parla doucement : « Salut, c'est Marianne », en s'approchant du lit. Il tourna la tête vers elle. Il avait plutôt bonne mine.

« T'as l'air en forme. »

Il haussa les épaules.

« Ça va. J'ai bien dormi. »

Elle prit un énorme fauteuil en plastique orange qu'elle tira vers le lit avec un grincement désagréable.

« Comment tu te sens ? »

Elle essayait de regarder ses yeux, comme si elle allait y voir sa cécité, mais ils paraissaient tout à fait normaux. Peut-être juste un peu dans le vague mais rien de décelable.

« Ça va. C'est rien du tout. Juste une grosse frayeur.

— Qu'est-ce que disent les médecins ? Claire m'a parlé d'un burn out. »

À cette phrase, le visage de Christophe se contracta bizarrement. Elle se demanda si elle avait fait une gaffe.

« C'est pas un burn out. J'étais très fatigué, c'est tout. T'inquiète pas. Et tu peux me parler normalement. Sans chuchoter. En fait, j'attends qu'on m'apporte les papiers à signer pour sortir d'ici.

— Ah bon ? Déjà ?

— Décevant, hein ? Je suis même pas foutu d'avoir un vrai truc grave.

— Ils savent combien de temps il va falloir pour que tu retrouves la vue ?

— Non. » Il sembla hésiter une seconde mais n'ajouta rien.

Marianne se sentait mal à l'aise. Il y avait un truc qui clochait mais elle ne savait pas quoi.

« Ça te dérange que je sois venue ? Tu m'en veux ?

— Miss Paranoïa… dit-il en souriant. Non. Ça me fait plaisir. Je m'emmerdais pas mal. Et toi ? Ça va ?

— Bof. » Elle se cala au fond du fauteuil et croisa les mains derrière la tête. « Je me suis engueulée avec Olivier, il m'a balancé des horreurs. Comme quoi je vis comme une morte et c'est nocif pour Léonie. Je crois qu'il faut que je change de vie. T'en penses quoi ?

— Qu'on en est au même point. Faut que je change de vie aussi. Et tu vas faire quoi ?

— D'abord, je vais travailler. »

Il éclata de rire.

« T'as avancé ton article sur la mutuelle ?

— Heu… Oui… Mais on en parlera une autre fois.

— Non, vas-y, raconte-moi, ça me changera les idées. »

Elle lui résuma ce qu'elle avait appris sur le fonctionnement de Dataxiom. Christophe partageait son avis, c'était un sujet important. Il lui dit qu'elle devrait se spécialiser dans ces thématiques. Il était certain que les débats sociétaux des vingt prochaines années porteraient sur la manière dont Internet était en train de dessiner de nouveaux modes de vie. Ça avait commencé avec la polémique sur le piratage de musique mais ça irait beaucoup plus loin. Elle préféra changer de sujet.

« Et toi, ton changement de vie, ça va être quoi ?

— Je sais pas encore. En fait… »

Elle esquissa un sourire encourageant mais il finit par hausser les épaules en silence.

« Tu me trouves trop intrusive ?

— Non. Ce n'est pas parce que j'ai du mal à me confier que ça fait de toi une meuf intrusive. »

Elle se sentit immédiatement plus légère.

Il finit par lui dire qu'il avait besoin de se reposer.

Il n'avait pas parlé à Marianne du chamboule-ment de sa vie privée, à la fois parce qu'il ne voulait pas donner une consistance quelconque à l'adultère de Claire, et parce qu'il commençait à entrevoir la possibilité de ne pas les tuer, elle et son connard d'amant, mais au contraire de continuer comme si de rien n'était. Mieux : il allait se battre pour la garder grâce à un avantage stratégique : l'informa-tion. Il devait apprendre le maximum de choses sur son adultère, et parallèlement réussir à la reconqué-rir. Il éliminerait ce mec par un moyen détourné. Il allait faire en sorte que Claire elle-même mette un terme à sa liaison. Tandis que s'ils avaient une discussion franche et ouverte sur le sujet, en gros s'il lui disait qu'il savait, leur couple risquait de ne jamais s'en remettre. Dans le fond, il était pétri de trouille à l'idée qu'elle le quitte. Or, la confronter à son adultère, c'était laisser à Claire la possibilité d'envisager de partir. Il allait donc prendre sur lui, refouler, et gagner. Il sombra dans le sommeil au milieu d'images d'une Claire éblouissante se jetant à son cou en riant.

Quand il se réveilla, il la vit assise à côté de son lit, penchée sur son téléphone. Il mit quelques secondes à réaliser ce qu'impliquait le fait qu'il la voyait. Pas très nettement certes, mais alors que Marianne n'avait été qu'une forme floue, la silhouette de Claire était beaucoup plus précise. À ce rythme-là, il serait guéri le lendemain. Il se sentit déçu. Floué par sa maladie. Victime d'une mauvaise farce. Et énervé contre lui-même. Ce n'était donc que ça, une cécité de quelques heures ? Un truc médiocre, sans gravité. À l'image de sa vie en somme. Retrouver aussi vite la vue lui semblait une injustice en comparaison du bouleversement psychologique qu'il traversait, de la dévastation de sa vie. Claire leva la tête et lui sourit. « Ça va mieux ? » Il hocha la tête. « Les médecins disent que tu peux rentrer puisque c'est ce que tu préfères.

— Et toi ? Tu préfères que je reste ici ? »

Elle parut surprise.

« Bien sûr que non. Attends… Tu ne vas pas culpabiliser d'être malade et me jouer le couplet "Je ne veux pas être un boulet pour toi" ? »

Non, ça, il ne risquait pas de lui jouer ce couplet-là.

Elle s'était déjà occupée de toutes les paperasses et ils purent se mettre en route pour la maison. Christophe tira un plaisir pervers à feindre la cécité pour qu'elle lui prenne le bras et le guide. Il avait décidé que vu la masse de mensonges qui pourrissaient déjà leur couple, ils n'étaient plus à ça près. Même si, par une habitude d'honnêteté écœurante, il culpabilisait de lui cacher sa guérison – oui, il culpabilisait, c'était un comble –, il avait décidé de prendre quelques jours dans l'espoir qu'à un moment, elle finirait bien par baisser la garde et qu'il aurait accès à son téléphone pour commencer à enquêter. Ça faisait partie de son plan de reconquête. En plus, ils allaient devoir passer du temps ensemble pendant sa convalescence. Le boulot ne serait plus là pour s'interposer entre eux.

Quand ils arrivèrent à la maison, elle le guida jusqu'au canapé et partit lui préparer une tasse de café. Christophe en profita pour sortir son téléphone et revoir les photos. Il fut presque surpris de constater qu'elles existaient toujours. Il n'avait pas rêvé. Sa vie ne retournerait pas à la normale.

Dans la cuisine, Claire hésita. Un café n'était peut-être pas une bonne idée vu le stress de Christophe. Elle trouva une sorte de tisane relaxante dans un placard et retourna dans le salon pour lui demander s'il ne préférait pas une infusion. Quand elle vit Christophe penché sur son téléphone, elle ne comprit pas immédiatement. Mais quand il leva la tête avec un air de surprise, coupable de s'être fait griller, elle resta pantoise. Il la voyait le regarder.

« Tu me vois ?

— Non. Enfin, je vois une silhouette. »

Mais à ce moment-là, il commit l'erreur fatale de scruter le visage de Claire pour savoir si elle le croyait. Il se rendit compte de sa maladresse quand Claire se décomposa avant de lui demander d'une voix glaciale :

« Depuis quand tu vois ?

— Ce matin, ça va un peu mieux mais pas vraiment…

— Tu m'as menti ? Tu as fait semblant d'être malade ? »

Elle s'approcha de lui, jeta la boîte de tisane en carton et lui donna un coup de poing sur l'épaule. Elle essaya de crier mais sa voix restait en sourdine.

« Mais t'es malade ? Qu'est-ce qui t'arrive ? J'étais folle d'inquiétude et toi, tu simules une cécité ? POURQUOI ? »

Christophe ne put s'empêcher de lâcher :

« Tu ne vas pas commencer à me reprocher de mentir. »

Il s'arrêta là. Il ne voulait pas en dire plus. C'était trop tôt, il n'était pas prêt à affronter ça. Mais Claire n'était pas comme lui. Elle prit un air de défi, les bras croisés, campée face à lui.

« Et pourquoi pas ? Ça veut dire quoi ? »

Christophe était prêt à tout pour couper court à cette discussion avant que cela aille trop loin.

« Rien. Je... Je suis désolé. Je suis perdu. Je me sens mal. J'aurais dû te dire que j'allais mieux. »

Il était même prêt à s'excuser. Il s'en foutait de n'avoir aucun orgueil, aucun amour-propre. Il l'aimait, il ne voulait pas la perdre. C'est tout.

Elle parut se calmer. Ils restèrent face à face en silence, de longues secondes. Elle debout, lui assis, le visage levé dans sa direction. Jamais ils n'auraient cette discussion, décida Christophe. Jamais il ne lui dirait qu'il savait. C'était trop risqué. Il avait trop à perdre. Il préférait n'avoir qu'un bout de Claire plutôt que pas de Claire du tout. Il ferait semblant. Il serait compréhensif. Et puis, il allait la reséduire

et tout reviendrait dans l'ordre. Mais le frémisse-
ment des narines de Claire indiquait une autre voie.

« Qu'est-ce qui se passe Christophe ? Qu'est-ce
qui t'arrive ?

— Rien. Je fais un… Tu sais, un burn out. Je
vais tout arrêter et tout va s'arranger. » Il n'avait
aucune idée de ce qu'il voulait vraiment dire par
là, il remplissait l'air avec des suites de mots sans
contenu. « Je vais arrêter, et on va prendre du temps
pour se retrouver. »

Elle éclata d'un rire cruel en même temps que ses
yeux se remplissaient de larmes.

« Oui, bien sûr. Comme tu me l'as dit en début
d'année. J'en ai assez. » Son visage avait une expression étrange, comme si elle prenait conscience des
choses en même temps qu'elle les formulait. « Tu
veux que je te dise ? J'en ai marre de cette vie de
con. En fait, c'est ça. J'en ai ras le cul de notre vie. »
Elle fit un geste large de la main qui pouvait aussi
bien englober la télé, le canapé, que Christophe
lui-même.

« Merde… murmura-t-il. Si je bosse comme un
taré depuis des années c'est pour t'offrir la vie que
tu voulais. Qu'on voulait », précisa-t-il devant la
mine ulcérée de Claire.

Elle s'avança et lui donna un coup de pied en
plein dans le tibia. La douleur qu'il éprouva était
presque un soulagement.

« Mais tu te fous de moi ? Tu me prends pour
qui ? Le genre de meuf qui attend que son mec

l'entretienne ? Tu crois vraiment que ce qui compte pour moi c'est d'avoir un grand appart ? Tu ne me connais pas en fait ? »

Il allait parler mais elle leva une main. « Je t'ai toujours dit que j'en avais rien à foutre qu'on soit fauchés. De bosser pour deux. Du moment que tu étais… Enfin… Tu étais cool avant. Tu étais pauvre, on mangeait des raviolis en boîte sur notre vieux canapé-lit pourrave mais on se marrait. Tu étais gentil, prévenant, passionné. Et puis TU as voulu réussir. » Elle commença à arpenter le salon. « TU as décidé que gagner de l'argent c'était le plus important. Tu es devenu tout ce qu'on détestait.

— Arrête… » supplia-t-il en se prenant la tête entre les mains. « Tu es injuste. J'ai fait ce choix quand tu es tombée enceinte de Chloé. Tu voulais avoir un autre enfant, et moi aussi, en fait moi je voulais tout ce qui pouvait te rendre heureuse. Je ne suis pas le méchant dans l'histoire. J'ai pris mes responsabilités pour te décharger. Et si je n'avais pas fait ça, tu m'aurais quitté il y a des années. »

Elle s'arrêta net pour le regarder avant de lui balancer :

« Eh bien je te préférais en trentenaire immature qu'en quadra dépressif. »

La phrase claqua comme une réplique de théâtre. Une réplique qu'elle aurait déjà eu l'occasion de prononcer pendant des répétitions. Elle l'avait déjà dite avant, Christophe en était certain. Sûrement à ses copines. Elle devait le leur dire depuis des mois.

« Christophe, je le préférais en trentenaire immature qu'en quadra dépressif. » Mais elle trichait. Elle
inversait les rôles. Ce n'était pas lui qui avait foutu
en l'air le pacte de confiance entre eux.

« Dans ce cas, pourquoi tu ne m'en as pas parlé
avant hein ? »

Elle sembla prise au dépourvu et baissa les bras
avant de se laisser tomber sur le canapé à côté de
lui. Christophe respira. Elle s'asseyait, elle était
encore là, avec lui. Elle ne partait pas. Elle regardait
l'écran de télé éteint, en face d'eux. Il pouvait enfin
observer son profil tranquillement.

« Parce que… » Elle se passa la main sur les yeux
avant de reprendre. « Au début, tu avais l'air excité
de changer de travail. Et puis ce que Louis t'avait
fait avec Vox, c'était tellement horrible… J'étais
contente que tu t'en remettes aussi bien. Que tu
rebondisses. Et après, les choses se sont dégradées
petit à petit. » Elle fit une pause douloureuse. Avec
son index gauche, elle grattait le bord de son pouce
verni de rouge, les yeux toujours dans le vague.
« Tu avais de plus en plus de travail. On se voyait
de moins en moins mais je me disais toujours que
c'était une période transitoire. Que ça allait bientôt
se calmer. Et puis, il y avait tellement de choses à
gérer… Les enfants, la routine… Alors j'ai laissé
faire. Et toi, on aurait dit que tu ne remarquais rien.
Ça n'avait pas l'air de te manquer qu'on ne se voie
quasiment plus. Alors… Je suis devenue déçue. Et
blessée. Et puis, il y a un an, un an et demi, j'ai

décidé que j'en avais marre. » Elle baissa les yeux vers sa main et gratta frénétiquement son vernis qui s'écaillait. « Que moi aussi j'avais ma vie – même si tu n'avais plus l'air de vouloir en faire partie. »

Christophe se sentit anéanti. En l'espace d'une minute, le canapé s'était allongé de trois longueurs et un mouvement de caméra l'éloignait de Claire. Elle parlait comme si leur couple était mort. Et qu'ils le savaient tous les deux. Comment c'était possible ? Et elle continuait.

« On vieillit. Je ne voulais pas devenir une vieille femme aigrie. Je voulais rester en vie. Encore une fois, encore un peu. » Elle essuya une larme sur sa joue. « Alors il y a quelques mois, j'ai commencé une histoire. »

Jusqu'au bout Christophe avait espéré qu'elle dirait « j'ai commencé une psychothérapie », « un régime sans gluten », « à fumer du crack » ou n'importe quoi d'autre. Qu'elle nierait farouchement s'il la confrontait. Elle ne devait pas lui raconter ça. Elle devait vouloir sauver leur couple. Mais assise sur ce canapé, sur leur putain de canapé blanc, les épaules affaissées, à avouer sans difficulté qu'elle se faisait baiser par un autre, elle avait l'air d'avoir abandonné depuis longtemps. Il serra les poings et murmura :

« Tais-toi. Putain… Tais-toi, je t'en supplie. »

Elle tourna vers lui un visage étonné et ils se regardèrent en silence quelques secondes, puis elle fronça les sourcils :

« Tu savais ?

— On oublie tout. On n'en parle pas. On n'en parlera jamais. Promets-moi. »

Mais il vit le corps de Claire se tendre, comme s'il pouvait visualiser chacun de ses muscles et de ses tendons. Elle se releva d'un coup.

« TU SAVAIS ? Et tu n'as rien dit ? Espèce de connard de merde !! » hurla-t-elle en levant la main avant de lui retourner les trois gifles les plus violentes possibles.

Surpris par la douleur qui lui cuisait les joues, il resta interdit en même temps qu'il sentait naître au fond de lui, dans l'obscurité de ses couilles, le désir quasi irrépressible de la jeter à terre et de la baiser. Une envie d'elle comme il n'en avait pas eu depuis des mois. Il dut faire un énorme effort pour se contenir.

« Tu savais et tu as continué comme si de rien n'était ??? Mais bordel, Christophe, si tu m'avais aimée, tu me hurlerais dessus, tu me giflerais. Tu deviendrais fou. Mais putain... Aie des couilles au moins une fois dans ta vie ! »

Il était abasourdi. Il ne voulait pas la frapper. Il voulait qu'elle le prenne dans ses bras.

« Oulalala... Oui, j'ai dit ça. J'ai dit "avoir des couilles". J'ai dit "cogne-moi". Oui c'est sexiste. Mais j'ai besoin de ça. J'ai besoin que tu réagisses. La dernière fois où tu as fait un truc courageux c'était y a quoi... huit ans ? Quand tu as quitté Vox pour défendre Marianne. Mais pour moi aussi je veux que tu fasses un truc comme ça. » Sa voix se brisa et elle se laissa tomber par terre en sanglotant. « J'en ai ras le cul d'être ta conseillère d'orientation. Je veux quelqu'un qui traverse Paris juste pour me voir dix minutes en cachette sous un porche. Je veux quelqu'un qui me harcèle parce qu'il ne supporte pas l'idée qu'un autre me touche. Je veux quelqu'un qui se consume pour moi. Pas... Pas un lâche qui accepte tout pourvu qu'on ne touche pas à sa petite vie confortable. C'était déjà humiliant de constater que tu te passionnais plus pour ton travail et Internet que pour moi, mais tu peux pas imaginer ce que ça me fait que tu en sois au stade d'accepter que je te trompe. »

Il se leva pour venir s'asseoir collé à elle. Il sentait son odeur, ses cheveux, il avait l'impression que s'il ne la baisait pas là, tout de suite, il allait en crever.

« Mais tu te trompes. C'est parce que je t'aime.

— Non. Ce n'est pas ça l'amour, ça, c'est de la lâcheté. Tu es devenu un lâche. Prêt à tous les compromis. Comme à ton boulot où tu acceptes n'importe quoi de tes connards de patrons, du moment que tu gardes ton titre de rédac chef.

— Claire... » articula-t-il d'une voix plaintive. « Si je ne voyais rien hier c'est justement parce que j'étais sous le choc. Tu... Tu n'as aucune idée d'à quel point je t'aime. Tu ne l'as jamais compris. J'ai tellement peur de te perdre, je ne peux pas vivre sans toi, que je suis prêt à être lâche pour te garder, oui. C'est ça la vérité. Je suis une merde mais c'est parce que je ne peux pas imaginer être sans toi. Je ne peux pas prendre le risque de te perdre. Même si ça doit me torturer de t'imaginer avec un autre. Et oui, j'ai envie de te gifler. J'ai même très envie de te baiser, là, tout de suite. Mais si je fais ça, après, tu partiras. »

Elle tourna son visage en larmes vers lui.

« Si tu m'aimais tellement, tu rentrerais plus tôt le soir parce que tu crèverais d'envie de me voir. Mais ton amour, il se suffit de la certitude de pouvoir me voir. Tu n'as pas besoin de passer du temps avec moi, juste de savoir que je suis là au cas où. »

Il l'étreignit. Elle ne se laissait pas aller mais il la serrait fort. Puis, il sentit une chape de lassitude s'abattre sur lui et écraser ses envies de sexe. Il attendit plusieurs minutes avant de lui demander :

« Alors pourquoi tu ne m'as pas quitté hein ? Et je t'interdis de me parler des enfants.

— Parce que… Parce que je tiens à toi. Parce qu'on… Parce qu'on est une équipe. Des partenaires.

— Tu l'aimes ? »

Il ne pouvait pas voir son visage mais il remarqua qu'elle avait cessé de respirer une seconde avant de lui répondre :

« Je vais être honnête avec toi. Je ne sais pas. Je ne sais pas si je l'aime, ou si j'aime simplement que lui m'aime. »

Il la serra encore mais cette fois moins pour la consoler que pour s'accrocher à elle.

« Qu'est-ce qu'on va faire ?

— Je ne sais pas. Les enfants vont rentrer de l'école.

— On aurait dû se parler avant. Il y a longtemps. »

Ils restèrent silencieux jusqu'à ce que Christophe finisse par demander :

« Tu veux que je descende prendre un truc à manger chez le chinois pour ce soir ? »

Elle haussa les épaules.

« Pourquoi pas. » Elle s'écarta de lui et s'essuya les paupières du bout des doigts. « Faut aussi racheter une ampoule pour le plafonnier de la cuisine.

— Je vais en profiter pour faire quelques courses au supermarché. On a besoin de quoi d'autre ? »

Elle eut un sourire désabusé.

« Vaste question… », commenta-t-elle avant d'ajouter : « Ça ne va pas suffire, tu sais. »

Il la regarda tristement.

« Je sais. Mais de toute façon, faut faire des courses. Alors pourquoi pas maintenant. »

Il faut se méfier des microbes, des germes, des bactéries en tout genre. Ce n'était pas faute d'avoir mis Paul en garde contre ces dangers, mais son père n'avait peut-être pas suffisamment insisté sur le fait qu'une simple intoxication alimentaire allait se révéler capable de ruiner sa vie.

Les nems commandés ce soir-là sur Alloresto décidèrent aux environs de 22 heures de livrer une bataille homérique contre le système intestinal de Paul tandis que les nouilles sautées de Sophia étaient, elles, dénuées de toute animosité. Pourtant, la soirée avait bien commencé, comme les précédentes depuis qu'ils étaient officiellement un couple d'amoureux. Ils se regardaient avec intensité, éblouis par leur propre amour, puis ricanaient comme deux idiots, gênés de leur bêtise. Paul était soulagé que personne n'assiste à ces scènes dont la mièvrerie n'avait d'égal que le bonheur qu'ils éprouvaient.

L'arrivée de gargouillis bruyants troubla à peine leur tête-à-tête, jusqu'à ce que Paul se précipite aux toilettes.

À partir de là, la soirée bascula. Les toilettes étant mitoyennes de la chambre, Paul supplia Sophia d'aller dormir sur le canapé, histoire de l'éloigner des divers bruits liés à l'évacuation douloureuse des nems maléfiques. Elle tenta de protester, son amour pouvait résister à une grosse chiasse, mais ne voulait pas mettre Paul encore plus dans l'embarras. Elle hésita à rentrer chez elle pour dormir mais elle préféra ne pas l'abandonner au milieu de la maladie. Elle savait qu'il n'était jamais à l'abri d'une crise d'angoisse et qu'il valait mieux rester à proximité.

Après avoir retourné la boîte à pharmacie, ou plus exactement le sac plastique qui en faisait office, à la recherche d'un sachet de Smecta qu'elle dilua dans un verre d'eau et força Paul à avaler avant de le border, elle migra donc dans le salon. Elle s'installa confortablement dans le canapé avec une grosse couverture et un oreiller. Mais aussitôt allongée, elle se rendit compte qu'elle n'avait plus sommeil. Elle avait envie de regarder la télé, une émission débile, comme lorsqu'elle était célibataire et qu'elle passait la soirée seule chez elle. Paul détestait les émissions, les talk-shows, toutes choses qu'il considérait comme des dégénérescences télévisuelles, absurdités amenées à disparaître au cours de l'ère des séries HBO. D'ailleurs, c'était pour ça qu'il ne voyait pas l'intérêt d'acheter une télé. On était mardi soir, elle pouvait espérer tomber sur une émission de relooking (au sens large, M6 ayant décidé qu'on pouvait relooker aussi bien sa maison que son cul), ou alors, encore mieux, une émission politique sur France 2 qui la bercerait. Elle rabattit la couverture et se leva pour prendre l'ordinateur que Paul avait laissé sur son bureau. Le plancher était froid sous ses pieds. Elle revint rapidement s'asseoir sur le canapé, l'ordi posé sur ses genoux. Elle avait un peu peur de casser un truc dans cette machine. Ce que Paul y faisait à longueur de journée était assez mystérieux à ses yeux mais elle se doutait qu'il avait installé moult fonctions auxquelles elle ne comprendrait rien et qu'elle risquait de dérégler. L'écran, qui était en veille, se ralluma dès qu'elle effleura le pavé tactile. Elle chercha l'icône Internet et cliqua. Le navigateur la dirigea vers une page qu'elle ne connaissait pas. Elle tapa timidement Google dans la barre de recherche et elle se retrouva enfin dans un environnement familier. Au bout de quelques minutes, une fenêtre s'afficha avec le direct de la chaîne. Une bande d'hommes s'engueulait autour d'une immense table ronde et l'animateur à lunettes tentait de les calmer en levant les mains. « Messieurs, messieurs, laissons la secrétaire d'État répondre. » Sophia se cala au fond du canapé et remonta la couette jusqu'à son menton. Paul ne faisait plus de bruit. Elle supposait qu'il s'était endormi. Normalement, d'ici trente minutes, il se réveillerait en panique et elle l'entendrait courir aux toilettes pour se vider. Le pauvre… Mais elle n'était pas mécontente de profiter d'un peu de solitude.

Quand elle avait commencé à coucher avec Paul, s'il y avait une chose dont elle aurait pu jurer, c'est que cela lui passerait au bout de trois semaines. Paul n'était pas beau, voire carrément gras, et leurs centres d'intérêt communs ne sautaient pas aux yeux. En fait, la première fois qu'elle avait couché avec lui, elle était saoule. Elle avait atteint ce degré d'alcoolémie qui lui avait permis de trouver mignonnes et attendrissantes ses tentatives pour la draguer, cette manière d'affirmer, en dépit de son embonpoint, qu'il savait qu'elle ne pouvait pas lui résister. Finalement, c'était très con, il avait suffi d'un peu trop de vodka et qu'il lui dise : « Tu vas coucher avec moi et tu vas trouver ça génial », pour qu'elle cède, à moitié par curiosité, à moitié parce que cette assurance l'avait rendu sexy. Et puis… Et puis derrière son apparence de gros con, Paul s'était montré terriblement fragile. Comme un adolescent. Elle avait su qu'il était amoureux d'elle bien avant que lui-même s'en rende compte. Il était amoureux comme seuls les adolescents peuvent l'être. Et elle était elle-même tombée amoureuse. Il la fascinait un peu. Mais ce qui avait vraiment cristallisé les sentiments de Sophia, c'était cette connasse de Marianne. Depuis que Paul lui parlait de cette blondasse – est-ce qu'il y avait quelque chose de plus ringard que les blondes ? –, elle la détestait. OK, ils étaient amis mais ça voulait dire quoi ? Au fond, elle savait que Paul n'aurait jamais refusé de niquer avec une fille comme Marianne. Donc la seule raison de leur amitié, c'était que Marianne ne trouvait pas Paul assez bien pour elle ? Une belle attitude de poufiasse ça. Depuis le début, cette fille la débecquetait. Avec ses airs d'héroïne romantique à deux balles. Salut, je suis blonde, j'ai les yeux bleus, je suis une petite chose fragile.

Mais Sophia avait été prête à en faire abstraction jusqu'au soir où Marianne s'était permis d'intervenir dans leur relation pour tenter de les faire rompre. Elle ne voulait peut-être pas de Paul, mais visiblement elle ne supportait pas qu'il soit en couple avec une autre fille. Ce jour-là, Sophia décida que 1) Marianne était la personne la plus méprisable qu'elle avait jamais croisée, 2) qu'elle la détesterait toute sa vie, 3) qu'elle ne la laisserait pas s'interposer entre Paul et elle, 4) que puisque c'était elle, Sophia, la moitié de Paul, il était temps que Marianne dégage. Ce jour-là, elle comprit qu'elle était amoureuse. À moins qu'elle ne fût tombée amoureuse.

Il avait été étonnamment facile d'expliquer à Paul que Marianne était de toute évidence une tarée qu'il devait éloigner de sa vie. Il était lui-même très en colère contre Marianne et avait décrété qu'il ne voulait plus lui adresser la parole. Depuis la disparition de sa rivale de leur paysage sentimental, ils filaient le parfait amour.

Elle sombrait dans le sommeil quand une série de « blop » la réveilla. Elle regarda l'écran de l'ordi et vit une nouvelle fenêtre affichant : « Marianne – T'es là ? » Elle se frotta les yeux et se redressa. Elle cliqua dessus, la fenêtre s'agrandit et se déroula tout un fil de discussion. Une série d'échanges entre Marianne et Paul. Sophia se sentit tremblante en commençant sa lecture. Il semblait s'agir d'une longue explication entre eux, mais pas du tout une explication au cours de laquelle Marianne tenterait de se réconcilier avec Paul. C'était plutôt l'inverse. Marianne semblait à la fois énervée et triste, Paul tentait de la rassurer. « Tu es une meuf géniale, tu le sais. Arrête ton cinéma. T'es juste un peu cinglée. Enfin, je veux dire complètement siphonnée. » Sophia relut cette phrase plusieurs fois. Génial. Mais… Ensuite, ils se faisaient des déclarations d'amitié éternelle. Si on lui avait appris à cet instant-là que Paul était un tueur en série recherché depuis cinq ans par Interpol, le choc n'aurait pas été plus violent. D'ailleurs, elle eut presque peur à l'idée qu'il dormait dans la pièce à côté.

Elle ne pouvait même pas se dire qu'il l'avait trahie. C'était plutôt comme si elle n'avait jamais su qui il était. Alors qu'elle s'était confiée à lui – elle lui avait même parlé de son père, putain ! – et lui… Lui, il la manipulait pour son bon plaisir, il la ridiculisait. Il osait lui dire qu'il l'aimait alors qu'il lui mentait sans doute en permanence. Ce chat, c'était une pièce cachée qu'elle venait de découvrir dans l'appartement, la fameuse armoire des cocus, ou la chambre secrète de Barbe-bleue. Un endroit obscur où il cachait non seulement ses secrets, mais sa véritable nature de psychopathe.

Elle se recroquevilla sur le canapé. Que faire ? Prendre ses affaires et quitter l'appartement en courant ? Retourner dans la chambre le confronter à son ignominie ? Aucune des deux solutions ne lui paraissait à la hauteur du tsunami intérieur qu'elle vivait. Elle en avait ras le bol de ces mecs qui arrivaient toujours à s'en sortir. Elle l'insulterait et quoi ? Ce ne devait pas être la première fois que ça arrivait à Paul. Elle finirait sa grande scène en le larguant et ? Il se foutait tellement de sa gueule… Il trouverait une autre conne à baiser avant la fin de la semaine et s'en tirerait encore à bon compte. Non. Elle ne voulait pas qu'il s'en tire. Elle voulait qu'il souffre. Qu'il soit détruit comme elle l'était. Trahi. Poignardé dans le dos. Elle repensa au poster qu'elle avait dans sa chambre au lycée. Une reproduction de *Judith et Holopherne* de Klimt. Judith avait séduit Holopherne et attendu le moment idéal pour le décapiter et ainsi sauver son peuple. Elle serait cette Judith. Pour une fois dans sa vie amoureuse, elle n'allait pas être gentille et compréhensive. Elle allait se venger. Restait à trouver le moyen, mais elle ne doutait pas que les circonstances allaient vite le lui offrir.

Chapitre onze

#épilogue

<Paul> Ça fait longtemps qu'on ne s'est pas retrouvés tous les trois comme ça.

<Marianne> Comme au bon vieux temps, chacun écroulé chez soi devant l'ordi. Mais je pense vraiment qu'on devrait utiliser des moyens de discussion cryptés. Vous ne vous rendez pas compte que toutes nos communications sont surveillées.

<Christophe> Oui Marianne. Bien sûr. On est n° 1 sur la liste de la NSA.

<Paul> En tout cas, je suis content que t'aies pas fini aveugle mec, ça aurait été super chiant. On n'aurait plus pu être potes.

<Christophe> C'est très touchant de voir à quoi tient notre amitié…

<Paul> En parlant d'amitié brisée, j'ai trouvé une solution pour Pénissimo. J'ai demandé à Sophia de prendre la relève de Marianne.

<Marianne> Ah bon ?

<Christophe> Elle a accepté ?

<Paul> Ouais. Elle avait l'air très contente que je lui en parle. J'ai envie qu'on ait une relation saine. Avec de la confiance dedans. Et ouais Marianne, ça veut aussi dire que c'est sérieux entre nous. On envisage d'ouvrir un restau ensemble. Ou un traiteur. Ou une pâtisserie.

<Marianne> Et l'achat du labrador, c'est prévu pour quand ?

<Paul> Connasse.

<Marianne> Christophe, tu reprends le boulot quand ?

<Christophe> Dans deux jours. Et après deux semaines d'arrêt, je sais pas dans quel état je vais retrouver le site. Ni mon poste.

<Marianne> Oui… Faudrait que je te parle de mon article.

<Christophe> Tu l'as fini ?

<Marianne> Oui, il y a juste un petit problème. Je t'expliquerai.

<Christophe> Te sens pas obligée. J'en ai ras le cul des problèmes.

<Marianne> Je trouve que les problèmes se calment ces derniers temps. J'ai l'impression qu'on est en train de sortir de la merde. On tend vers une amélioration de nos vies. La preuve, Paul est sexuellement actif.

<Paul> En fait, vous ne m'avez pas du tout manqué.

<Marianne> Moi j'ai décidé de régler mes galères. J'ai proposé à mon ancien directeur de recherche

de monter un colloque sur le langage et l'identité à l'ère du numérique. Et puis, je sors avec Léonie.

<Paul> PUTAIN mais t'es dégueu. Elle a que 4 ans.

<Marianne> T'es tellement con que les touches de mon clavier tombent à terre. Je nous ai inscrites à des ateliers pour qu'on socialise avec d'autres gens. Elle est ravie.

<Christophe> Et Olivier ?

<Marianne> Il m'a promis qu'il ne présenterait pas sa poufiasse à Léonie avant quelques mois. D'ici là je suis certaine qu'il aura retrouvé le sain chemin de l'homosexualité. Donc tout va pour le mieux.

Christophe commenta à voix haute « mouais » en lisant le message de Marianne. « Pour le mieux » lui paraissait un chouia hyperbolique sachant que son propre couple était toujours au bord de l'implosion et que sa situation professionnelle s'annonçait aussi instable.

Il redressa l'oreiller contre l'accoudoir du canapé, ce foutu canapé blanc bien moins confortable que leur antiquité marron. Depuis sa sortie de l'hosto, il y passait ses nuits. Claire trouvait ça « plus sain ». Un « plus sain » qui ne tenait pas compte du fait que se réveiller avec la peau du bras collée au cuir figurait dans le top 10 des sensations les plus désagréables du monde. Dans le genre « plus sain », elle était sortie ce soir sans lui dire où elle allait. Il avait compris qu'il aurait tort de poser la question. Il ne savait même pas si elle était disposée à leur donner une nouvelle chance. Devant ses timides tentatives pour la sonder, elle secouait la tête en répétant : « Je ne sais pas où j'en suis, j'ai besoin de temps et d'espace. » Seule dans un lit double, il espérait qu'elle jouissait de suffisamment « d'espace ». Niveau boulot, il attendait d'évaluer la situation à son retour pour décider de la suite. Enfin, c'est ce qu'il s'était dit, avec son art très personnel de ne jamais trancher, jusqu'à ce soir-là, quand Marianne lui envoya un mail alors qu'ils étaient en train de discuter sur le chat, ce qui n'était jamais bon signe. Elle avait joint à son message le texte de son enquête sur le Big Data. L'article était excellent. Elle partait de son cas particulier, l'accident de sa fille et son bras cassé, puis racontait son décryptage progressif du Big Data. Il ne voyait pas du tout où était le « petit problème » qu'elle avait évoqué. Il lui posa la question par mail. Elle lui expliqua : « En fait, en enquêtant sur Dataxiom, j'ai découvert qu'Infos faisait partie des nouveaux clients de la boîte. J'ai demandé aux anciens potes hackers de Paul de fouiller un peu votre site. Ils ont découvert plein de mouchards, des cookies installés sur chaque page d'Infos et qui restent incrustés dans le navigateur web pour enregistrer des informations personnelles des visiteurs qu'ils ne devraient absolument pas récolter. Non seulement vous êtes obligés de prévenir les visiteurs, ce que vous ne faites pas, mais même le périmètre des données que vous récoltez est trop vaste. Vous identifiez chaque personne qui vient sur votre site grâce à un recoupement de fichiers fait par Dataxiom. Et vous refourguez les infos aux publicitaires pour cibler plus précisément vos pubs.

« Mais le plus problématique, c'est que Dataxiom a aussi un partenariat avec des partis politiques. Les données que vous récoltez sur les visiteurs, vu que vous êtes un site d'infos, permettent aussi de définir le profil politique des internautes. Dataxiom peut alors décider de cibler tel individu pour le compte d'un parti de gauche, tel autre pour celui d'un parti de droite en fonction des articles qu'il a choisi de lire chez vous. Donc je me vois mal ne pas en parler dans mon article, mais je ne vais pas dénoncer les pratiques d'Infos sur Infos. Mais je pense que d'autres journaux seraient intéressés. Après, si vraiment ça te fout dans la merde, je n'en parle pas pour l'instant. Tu as sacrifié Vox pour moi à une époque. Je peux bien me garder un article sous le coude tant que ça t'arrange. »

Christophe crut que ses yeux allaient lui sortir des orbites. Il se redressa, prit son ordinateur qui était posé sur ses genoux (ça faisait belle lurette qu'il avait abandonné l'idée de préserver ses spermatozoïdes) et l'installa sur la table basse, histoire de prendre du recul.

Je suis dans la merde, fut sa première pensée. Très vite suivie de : « Je suis dans un océan de merde. » Il n'avait pas besoin de demander à Marianne si elle était certaine de ce qu'elle avançait. D'abord parce que l'avantage avec les gens psychorigides comme elle, c'est qu'ils vérifiaient tout dix fois, ensuite parce que ça ne l'étonnait pas une seconde. Il aurait même mis son ordinateur à brûler que c'était Louis et Paloma qui avaient suggéré de signer un contrat avec Dataxiom. Cela augmentait le prix des pubs sur le site. Plus elles étaient ciblées, plus elles étaient chères.

Le point positif, pensa Christophe, c'est que cette fois, il n'avait plus à se demander ce qu'il devait faire. La tirade de Claire sur sa lâcheté, qu'il trouvait parfaitement injuste concernant leur couple, était assez pertinente quant à son attitude à Infos depuis quelques mois. Il aurait dû gueuler, mettre sa démission dans la balance dès le scandale des audiences truquées. Mais il ne l'avait pas fait – entre autres pour préserver la vie qu'ils avaient construite avec Claire, chose qu'elle lui reprochait désormais sans percevoir la haute ironie de la situation. Il avait accepté tout ce qu'il détestait. Il avait accepté Paloma. Mais là, il n'y avait plus à tergiverser.

Il reprit le papier de Marianne et commença à le corriger.

Deux heures plus tard, alors qu'il recevait un septième message de Marianne lui demandant s'il faisait la gueule, il lui renvoya « une nouvelle version à laquelle je me suis permis d'ajouter quelques éléments essentiels, si c'est bon pour toi, je le mets en ligne demain en une d'Infos ». Quand Marianne ouvrit le document, elle écarquilla les yeux devant le titre : « Sur ce site, nous volons vos données ». Il avait conservé toute l'enquête qu'elle avait menée mais ajouté au début et à la fin l'explication de ce qu'Infos et Dataxiom faisaient des données des internautes. « Pendant que vous lisez cet article, un mouchard est installé sur votre navigateur web. Quand vous quitterez notre site, il continuera d'enregistrer toute votre activité, chaque site que vous visiterez, ces informations seront ensuite croisées avec les données de votre banque, celles tirées de vos cartes de fidélité, de toutes les traces que vous avez laissées en ligne et hors ligne. »

Elle lui envoya : « Tu es sûr de toi ? Tu te rends compte de ce que tu fais ? Et que, de toute façon, ils vont effacer ton article dès qu'ils le verront ? » Il répondit : « Je vais le publier sur un site miroir, ne t'inquiète pas. Et oui, je sais ce que je fais. Pour une fois. De toute façon, les choses ne peuvent pas être pires. »

Un mois plus tard, Paul n'était pas loin de partager ce constat. Ça ne pouvait pas être pire. Christophe était en train de se faire lourder pour faute grave. Il avait gagné le respect de l'ensemble des journalistes web de France mais Paul voyait mal ce qu'on pouvait faire avec le respect. On ne pouvait même pas se torcher avec. Mais la vraie inquiétude de Paul était que Sophia ne lui répondait plus depuis trois jours. Au début, il avait cru qu'elle avait été victime d'un accident. Il envisageait de contacter les hôpitaux, jusqu'au moment où il avait découvert qu'elle continuait de poster des photos d'elle sur Internet. Elle avait testé une nouvelle manucure, elle sortait de chez le coiffeur, elle bouffait des pancakes avec ses copines. Et elle refusait de répondre aux appels, aux textos, aux mails de Paul. Il n'y comprenait rien. Sans doute lassée de ce harcèlement, elle lui envoya un lapidaire : « Tu es mort pour moi, espèce de connard, je te hais. » Il demanda à Marianne ce qu'elle avait encore fait mais elle semblait sincèrement ne pas savoir de quoi il parlait.

Il était allongé dans son lit, en train d'essayer de se branler sans grand succès. Son écran d'ordi affichait d'un côté une vidéo porno d'une Asiatique avec trois Noirs, et de l'autre le compte Twitter de Sophia. Il tenta de se concentrer sur les petits cris de l'Asiat, mais quelque part dans son cerveau tournait la question « pourquoi ? ». Pour une fois dans sa vie, il était classe avec une meuf, il faisait tout comme il fallait, il s'investissait, il était amoureux, et gentil, et prévenant, et cette pute le prenait en grippe du jour au lendemain ? Sans explication ?

Quand la sonnette de l'entrée retentit, il n'y prêta pas attention. Il tenait son sexe d'une main machinale tandis que de l'autre il rafraîchissait le profil de Sophia sur Facebook. En vain, puisqu'elle l'avait banni de ses amis. La sonnette se fit encore entendre, plus insistante. Il reprit alors ses esprits.

C'était forcément elle. Il se leva, remonta son caleçon et se dirigea vers la porte.

Il ouvrit et quand l'un des trois hommes qui lui faisaient face sortit un papier plastifié en déclarant : « Police judiciaire, nous venons perquisitionner votre domicile », il se rappela la phrase de Christophe : « Ça ne peut pas être pire. » Il en resta comme deux ronds de flan.

« Veuillez nous laisser entrer, monsieur. »

Il se décala bêtement pour leur laisser la place et regarda les trois mecs, deux blousons en cuir, une parka, tous bruns, faire le tour de son salon avant de commencer à réagir.

« Mais putain de bordel de merde, vous êtes qui ? Vous foutez quoi chez moi ? »

L'un des prétendus flics lui tendit une liasse de papiers. « Perquisition. » Un quatrième, sorti il ne savait d'où et habillé d'un manteau noir, s'approcha de lui. « Vous connaissez PénisInc ? »

Paul sentit son sang se figer net. Il articula : « Non. »

L'autre leva les yeux au ciel, d'un air de profonde fatigue. « Bon, écoutez, le rigolo. Soyez malin une seconde. Si on est là, c'est qu'on sait tout. Donc on va s'épargner ce cirque-là hein. »

Paul pensa très fort : « Ne dis rien, ne hoche pas la tête, ne laisse rien transparaître. »

« Vous avez un mandat de perquisition ? » demanda Paul avec une assurance feinte.

Parka se retourna vers Blouson en cuir n° 1 :
« Allez, aboule mes 20 euros ! Je te l'avais dit.

— Merde », grommela le premier flic en fouillant
dans la poche de son jean.

« C'était pas difficile, je t'ai dit, dans 80 % des
cas, ils se croient dans une série américaine. » Manteau noir expliqua à Paul en souriant :

« Les mandats de perquisition ça existe aux États-
Unis. Pas en France. Mais vous le demandez quand
même tous.

— Oh, dites donc, on dérangeait monsieur je
crois », cria Blouson en cuir n° 2 hilare en entrant
dans le salon, l'ordinateur portable de Paul tenu
ouvert au bout de son bras et l'Asiatique en pleine
double pénétration. Ils gloussèrent tous.

« Moi, j'ai trouvé mieux. Le livre de comptes. »
Paul tourna la tête. Parka était en train de fouiller les dossiers sur sa table et agitait le cahier dans
lequel Paul, comme une grosse andouille que je suis,
pensa-t-il, avait soigneusement consigné toutes les
transactions financières liées à PénisInc.

L'officier en manteau décréta :

« OK, on prend. L'ordi aussi. Vous n'oubliez pas
les papiers bancaires.

— Ouais, j'ai trouvé le contrat pour le compte
à Bruxelles. »

Puis il se retourna vers Paul.

« Autant gagner du temps, y a autre chose à
embarquer ici ? »

Paul ne fit pas un geste.

« Eh ! J'ai trouvé de l'argent liquide ! » s'exclama Parka en agitant la boîte à biscuits dans laquelle Paul avait planqué ses réserves monétaires.

« Heu… Je peux savoir de quoi je suis accusé ?

— De rien. Vous êtes soupçonné de fraude fiscale et d'arnaque sur Internet. »

Paul allait se récrier, pour expliquer que sa méthode d'allongement du pénis n'était pas une arnaque puisqu'elle fonctionnait, mais il se retint.

« Signez le procès-verbal de la perquisition s'il vous plaît. »

Le flic lui tendit des feuilles et un bic. Mais Paul se rengorgea. Voilà, il avait la solution pour tout arrêter.

« Non. Je refuse. »

Le flic haussa les épaules.

« Nico, tu dois 15 euros de plus. »

Paul le regarda noter un truc sur les feuilles.

« Vous faites quoi ?

— Bah je mentionne que vous refusez de signer.

— Et ?

— C'est tout. Ça figure sur le PV. Et non, ça n'empêche pas qu'on embarque vos affaires. »

Marianne était en train de faire cuire des pâtes pour son déjeuner quand on tapa à sa porte. Elle alla ouvrir et resta interdite sur le seuil.

Devant elle, Paul.

Il articula : « Je suis désolé », et fondit en larmes sur le « désolé ». Elle le prit dans ses bras pendant qu'il sanglotait et le tira à l'intérieur. « Appelle Christophe », hoqueta-t-il. Un bras toujours passé autour du cou de Paul, elle sortit de l'autre son téléphone qui était dans la poche de son sweat, et dit à Christophe de ramener ses fesses chez elle, urgemment.

Christophe arriva vingt minutes plus tard.

Marianne lui désigna du menton Paul recroquevillé par terre, juste en dessous du canapé. Christophe écarta les mains en signe d'incompréhension. « Je sais pas, répondit Marianne, il ne m'a rien dit. Il est arrivé, il s'est mis à pleurer et là ça fait un quart d'heure qu'il est comme ça, prostré. »

Paul leva la tête vers eux. Ou plus exactement, le cadavre vivant de Paul parut sortir d'un cercueil après y être resté plusieurs années en décomposition.

« Je... Je suis désolé putain... »

Marianne et Christophe vinrent s'asseoir par terre, à côté de lui.

« C'est... » Paul soupira. « Putain... Vous allez me détester... »

Les deux autres échangèrent un regard inquiet. Paul continuait de fixer ses chaussures en se balançant d'avant en arrière.

« Les flics ont débarqué chez moi ce matin. Pour PénisInc.

— Nan... souffla Marianne.

— Si. Ils ont saisi mon ordi, les papiers de la banque de Bruxelles et... mon livre de comptes. »

Christophe attrapa le bras de Paul.

« Reprends-toi et explique-nous tout dans l'ordre. Pourquoi ils sont venus ?

— Pour perquisitionner. Ils savaient déjà tout. Ils savaient exactement ce qu'ils cherchaient. J'ai été piégé.

— Paul, dis-moi où est-ce que mon nom apparaît.

— Eh bien… Dans le livre de comptes, j'avais noté les sommes que je te donnais et aussi la thune que j'avais filée à Christophe au début.

— Avec nos noms de famille ? demanda Christophe.

— Oui. »

Marianne se laissa tomber à la renverse, sur le sol.

Malgré le silence qui régnait, uniquement perturbé par le bruit de la pluie qui s'abattait sur les vitres branlantes du salon, Christophe leva les mains.

« On se calme. On ne panique pas. Il faut qu'on se trouve un avocat. Je connais un ami de Claire qui peut nous aider. On ne risque pas grand-chose je pense, à part un contrôle fiscal.

— Ça veut dire quoi ? » demanda Marianne en regardant la fissure au plafond.

« Eh bien… Qu'il va falloir rembourser l'argent non déclaré au fisc et aussi sans doute payer une amende…

— OK, ça veut dire qu'on en a pour trente ans à rembourser. On est foutus. »

« Je crois que je vais gerber », déclara Paul. Après avoir consulté par vidéoconférence l'avocat de Christophe, ce dernier était descendu à l'épicerie acheter deux bouteilles de rhum. C'était la seule chose adéquate à faire selon lui. Il avait prévenu Claire qu'il rentrerait sans doute tard. Elle avait envoyé un texto pour demander où il était. Tiens, finalement, elle s'intéressait encore un peu à ce qu'il faisait. Comme chaque jour, il se dit que si elle avait dû le quitter, elle l'aurait déjà fait.

Ils avaient passé les trois heures suivantes à boire méthodiquement en trinquant à tout ce qu'ils pouvaient.

Il n'était pas si tard, environ 22 heures, mais en les voyant affalés tous les trois dans le salon, Marianne avachie sur son clic-clac, Paul et Christophe écroulés par terre, les verres et les chips éparpillés, un observateur étranger aurait cru qu'il était 4 heures du mat.

« T'es gentil, tu feras l'effort d'aller jusqu'aux toilettes pour vomir », conseilla Marianne d'une voix pâteuse. Puis, comme elle le faisait toutes les dix minutes depuis une heure, elle commença à déclamer un poème : « N'eus-je pas une fois une jeunesse aimable, héroïque, fabuleuse, à écrire sur des feuilles d'or, – trop de chance ! Par quel crime, par quelle erreur, ai-je mérité ma faiblesse actuelle ? Vous qui prétendez que des bêtes poussent des sanglots de chagrin, que des malades désespèrent, que des morts rêvent mal, tâchez de raconter ma chute et mon sommeil. Moi, je ne puis pas plus m'expliquer que le mendiant avec ses continuels *Pater* et *Ave Maria*. Je ne sais plus parler ! Pourtant, aujourd'hui, je crois avoir fini la relation de mon enfer. C'était bien l'enfer ; l'ancien, celui dont le fils de l'homme ouvrit les portes. Du même désert, à la même nuit, toujours mes yeux las se réveillent à l'étoile d'argent, toujours, sans que s'émeuvent les Rois de la vie, les trois mages, le cœur, l'âme, l'esprit. Quand irons-nous, par-delà les grèves et les monts, saluer la naissance du travail nouveau, la sagesse nouvelle, la fuite des tyrans et des démons, la fin de la superstition, adorer – les premiers ! – Noël sur la terre ! Le chant des cieux, la marche des peuples ! »

Elle marqua une pause mélodramatique avant de chuchoter : « Esclaves, ne maudissons pas la vie.

— C'est beau ton truc, murmura Paul.

— Ouais. C'est Rimbaud. Après ça, il a arrêté d'écrire et il est parti.

— Ah… Par contre, j'ai rien pigé. Ça veut dire quoi ? »

Marianne fit un geste des mains incompréhensible.

« Ça veut dire que je vais faire comme lui. Arrêter Internet.

— Et tu vas faire quoi ?

— De vrais trucs. Genre des quiches lorraines. La quiche lorraine, c'est hyper vrai.

— Mouais… La réalité, c'est un truc à chier. D'ailleurs, c'est quoi ? Les autres dont on n'est jamais capable de se rapprocher ?

— Des codes sociaux ineptes.

— Non, trancha Christophe. La réalité, c'est le fait de remplir sa déclaration d'impôts. Tu devrais l'avoir compris Paul...

— Mais qu'elle aille se faire sodomiser, ma déclaration d'impôts. J'emmerde cette société, ses flics pourris et ses lois merdiques. J'ai rien fait de mal. »

Marianne émit un son de désapprobation.

« Reviens sur terre Paul. On a perdu. La fête est finie. Le web et la société ont fusionné. Notre échappatoire nous échappe. T'y peux rien. Il nous reste plus qu'à payer. » Elle tourna la tête vers Christophe : « Et toi, qu'est-ce que tu vas faire ?

— J'ai eu une proposition d'un parti politique. Ils veulent se servir d'Internet pour gagner les élections. Utiliser aussi le Big Data pour profiler les électeurs et gagner en efficacité dans les campagnes électorales.

— Je suis trop bourré, je comprends rien à ce que vous racontez, dit Paul.

— Bah si tu racontes sur Facebook que tu t'es fait agresser dans la rue, on pourra t'envoyer un message sur ce sujet-là. » Christophe se pencha pour se verser un nouveau verre. « Mais comme ça veut dire enterrer la démocratie, j'hésite un peu à accepter le job. »

Ils replongèrent dans le silence quelques minutes.

« Vous croyez que c'était une bonne chose qu'on se rencontre tous les trois ? »

La voix de Christophe était très sérieuse. Presque lucide.

« Bah… Pourquoi tu dis ça ? » demanda Paul avec un brin de contrariété. « Évidemment que c'est bien.

— Je veux dire… Depuis qu'on se connaît, tous les trois, vous avez vraiment l'impression qu'on s'est apporté autre chose que des emmerdes ?

— C'est super blessant ce que tu dis, mec. »

Marianne se redressa sur un coude et se pencha pour apercevoir le visage de Christophe.

« Non mais t'es sérieux là ? Tu regrettes carrément de nous avoir rencontrés ? On est à ce point des boulets ?

— Le prenez pas mal. C'est valable pour nous tous.

— De toute façon, c'est complètement con comme question. Maintenant c'est trop tard.

— OK, admit Christophe. Alors imaginez, on revient en août 2006. Vous venez de recevoir un mail de moi. Mais cette fois, vous connaissez la suite. Vous savez qu'à la fin de tout ça, on se retrouve là, je veux dire ici. Dans cette situation. Est-ce que vous me répondriez quand même ? »

Un silence pesant s'ensuivit.

« Ah ! s'exclama Christophe. Vous voyez !

— Arrête, le coupa Marianne. C'est juste que je réfléchis sérieusement pour te donner une vraie réponse.

— Mais ça veut dire que la réponse n'est pas si évidente que ça.

— Attends, expliqua Paul, on vient juste d'apprendre qu'on allait être plombés de dettes envers le fisc pour des années. Alors oui, on réfléchit. »

Ils retombèrent dans le silence. Au bout de quelques minutes, Paul lâcha :

« Avouez qu'on a bien rigolé quand même...

— Oui.

— C'est vrai.

— Et puis vous en avez d'autres des amis ?

— Heu... » Marianne toussota. « En fait, oui. Quelques-uns.

— Moi aussi, approuva Christophe.

— Nan mais arrêtez ! Je veux dire des amis comme nous trois. On est liés, on était destinés même. »

Christophe rigola bêtement et Marianne répondit :

« C'est mignon Paul, mais faut être lucide. On n'a aucun point commun les uns avec les autres.

— C'est exactement pour ça que je dis que c'est le destin.

— En l'occurrence, le destin s'appelle Internet... commenta Christophe.

— Pfff... Internet c'est juste des codes informatiques qui ont failli améliorer le monde. »

REMERCIEMENTS

Diane Lisarelli pour m'avoir appris Debord et 4chan.

Frédéric (dieu) Royer pour m'avoir fait découvrir les coulisses de Pénissimo et Maxipénis.

Charles Recoursé pour beaucoup de choses.

Olivier Ertzscheid pour apporter un peu de son immense intelligence sur/à Internet.

Jérémie Zimmermann pour ses corrections.

M00t pour avoir inventé 4chan.

Nadia Daam, Ondine Benetier, David coach Carzon et Romain Monnery parce qu'ils ont été le premier comité de lecture.

Marion Mama Mazauric, Julien Vignial El Diablo, Magic-Pacific Zeltner, Dame Anne Vaudoyer – parce qu'ils arrivent tous, chacun à sa manière, à me faire croire que ce que j'ai écrit mérite d'être publié. Big up.

Titiou Lecoq
dans Le Livre de Poche

Les Morues n° 32962

C'est l'histoire des Morues, trois filles – Ema, Gabrielle et Alice – et un garçon – Fred –, trentenaires féministes pris dans leurs turpitudes amoureuses et professionnelles. Un livre qui commence par un hommage à Kurt Cobain, continue comme un polar, vous happe comme un thriller de journalisme politique, dévoile les dessous de la privatisation des services publics et s'achève finalement sur le roman de comment on s'aime et on se désire, en France, à l'ère de l'internet. C'est le roman d'une époque, la nôtre.

Comment survivre à une rupture amoureuse ? Comment s'insérer dans une société qui, clairement, n'attend pas les bras ouverts un bac + 5 de sémiologie ? En adoptant une technique de survie simple : la débrouille. Dans ce journal de bord hilarant se dessine la vie d'une jeune femme d'aujourd'hui, trentenaire, qui passe sa vie entre les boulots, les cartons, ses amis précieux et les histoires ratées. Incapable de survivre sans télé ni ordi, elle doit aussi faire face aux nouveaux rapports hommes-femmes : on discute, on boit, on couche. Le lendemain, on se réveille et on réfléchit. On ne badine pas avec l'amour, ni avec le porno. Un beau jour un enfant naît, et on découvre la vie à trois. Par le prisme de son histoire personnelle romancée et librement adaptée de son blog, Titiou Lecoq raconte sans ambages le quotidien de toute une génération.

Le Livre de Poche s'engage pour l'environnement en réduisant l'empreinte carbone de ses livres. Celle de cet exemplaire est de : 350 g éq. CO_2 Rendez-vous sur www.livredepoche-durable.fr

PAPIER À BASE DE FIBRES CERTIFIÉES

Composition réalisée par PCA

———————

Achevé d'imprimer en mars 2016, en France sur Presse Offset par
Maury Imprimeur – 45330 Malesherbes
N° d'imprimeur : 207398
Dépôt légal 1re publication : avril 2016
LIBRAIRIE GÉNÉRALE FRANÇAISE – 31, rue de Fleurus – 75278 Paris Cedex 06